LE MAGASIN
DES ENFANTS

PAR

MME LEPRINCE DE BEAUMONT

PARIS
MORIZOT, LIBRAIRE-ÉDITEUR
RUE PAVÉE-SAINT-ANDRÉ, 3.

LE MAGASIN

DES ENFANTS

**

PARIS. — IMP. SIMON RAÇON ET COMP., RUE D'ERFURTH, 1.

... Mais le Seigneur avait donné la sagesse à Salomon,
et le roi dit à ses gardes... (p. 248.)

LE MAGASIN
DES ENFANTS

OU

DIALOGUES D'UNE SAGE GOUVERNANTE AVEC SES ÉLÈVES

PAR

Mme LEPRINCE DE BEAUMONT

NOUVELLE ÉDITION

REVUE ET CORRIGÉE D'APRÈS LES PLUS ANCIENNES ET MEILLEURES ÉDITIONS

AUGMENTÉE D'UN CONTE DU MÊME AUTEUR

ET PRÉCÉDÉE D'UNE NOTICE

PAR Mme LOUISE SW.-BELLOC

Auteur de *Pierre et Pierrette*, de *la Ruche*, etc.

ILLUSTRATIONS DE G. STAAL

★ ★

PARIS

GARNIER FRÈRES, LIBRAIRES-ÉDITEURS

6, RUE DES SAINTS-PÈRES, ET PALAIS-ROYAL, 215

1865

VINGTIÈME DIALOGUE

— DIX-HUITIÈME JOURNÉE —

LADY MARY.

Il est de bonne heure; ma Bonne, n'aurons-nous pas un conte aujourd'hui?

MADEMOISELLE BONNE.

Vous aimez terriblement les contes, mais puisque vous apprenez si bien vos histoires, je ne puis vous refuser. En voici un qui sera un peu long.

1

LADY CHARLOTTE.

Tant mieux, ma Bonne.

LE ROI GUINGUET ET LE PRINCE TITY

CONTE.

Il y avait une fois un roi, nommé *Guinguet*, qui était
fort avare. Il voulut se marier; mais il ne se souciait
pas d'épouser une belle princesse; il voulait seulement qu'elle eût beaucoup d'argent, et qu'elle fût plus
avare que lui. Il en trouva une telle qu'il la souhaitait. Elle eut un fils qu'on nomma *Tity*, et, une autre
année, elle accoucha d'un second fils, qu'on nomma
Mirtil. Tity était plus beau que son frère; mais le roi
et la reine ne le pouvaient souffrir, parce qu'il aimait à partager tout ce qu'on lui donnait avec les autres enfants qui venaient jouer avec lui. Pour Mirtil,
il aimait mieux laisser gâter ses bonbons que d'en
donner à personne. Il enfermait ses jouets, de crainte
de les user, et quand il tenait quelque chose dans sa
main, il le serrait si fort, qu'on ne pouvait le lui arracher, même quand il dormait. Le roi et sa femme
étaient fous de cet enfant, parce qu'il leur ressemblait.
Les princes devinrent grands, et de peur que Tity ne
dépensât son argent on ne lui donnait pas un sou. Un
jour que Tity était à la chasse, un de ses écuyers, qui
courait à cheval, passa auprès d'une bonne vieille et
la jeta dans la boue : la vieille criait qu'elle avait la

jambe cassée, mais l'écuyer ne faisait qu'en rire. Tity, qui avait un bon cœur, gronda son écuyer, et s'approchant de la vieille avec l'Éveillé, qui était son page favori, il l'aida à se relever; l'ayant prise chacun par un bras, ils la conduisirent dans une petite cabane, où elle demeurait. Le prince alors fut au désespoir de n'avoir point d'argent à donner à cette femme. « A quoi me sert-il d'être prince, disait-il, puisque je n'ai pas la liberté de faire du bien? Il n'y a de plaisir à être grand seigneur, que parce qu'on a le pouvoir de soulager les malheureux. » L'Éveillé, qui entendit le prince parler ainsi, lui dit : « J'ai un écu pour toute richesse; il est à votre service. — Je vous récompenserai quand je serai roi, dit Tity; j'accepte votre écu pour le donner à cette pauvre femme. » Tity étant retourné à la cour, la reine le gronda de ce qu'il avait aidé cette femme à se relever. « Le grand malheur quand cette vieille serait morte! dit-elle à son fils (car les avares sont impitoyables) : il fait beau voir un prince s'abaisser jusqu'à secourir une misérable pauvresse! — Madame, lui dit Tity, je croyais que les princes n'étaient jamais plus grands que quand ils faisaient du bien. — Allez, dit la reine, vous êtes un extravagant, avec cette belle façon de penser. » Le lendemain, Tity alla encore à la chasse; mais c'était pour voir comment cette femme se portait. Il la trouva guérie, et elle le remercia de sa charité. « J'ai encore une prière à vous faire, lui dit-elle : j'ai des noisettes et des nèfles qui sont excellentes ; faites-moi la grâce d'en manger quelques-unes. » Le prince ne voulut point refuser ce que lui offrait cette bonne femme, de crainte qu'elle ne crût que c'était par mépris : il goûta donc ces noisettes et ces nèfles, et les trouva excellentes. « Puisque vous les trouvez si bonnes, dit la vieille, faites-moi le plaisir d'emporter le reste pour votre dessert. » Pendant qu'elle disait cela, une poule qu'elle avait se mit à chanter, et la vieille pria le prince de si bonne grâce d'emporter aussi cet œuf, qu'il le prit par complaisance ; mais en même temps il donna quatre guinées à la vieille ; car l'Éveillé lui avait apporté cette somme, qu'il avait empruntée à son père, gentilhomme de campagne. Quand le prince fut dans son palais, il commanda qu'on lui donnât l'œuf, les nèfles et les noisettes de la bonne femme pour souper ; mais lorsqu'il eut cassé l'œuf, il fut bien étonné de trouver dedans un gros diamant : les nèfles et les noisettes étaient aussi remplies de diamants. Quelqu'un alla dire cela à la reine, qui courut à l'appartement de Tity, et qui fut si charmée de voir ces pierreries, qu'elle l'embrassa et l'appela son cher fils pour la première fois de sa vie. « Voulez-vous bien me donner ces diamants ? dit-elle à son fils. — Tout ce que j'ai est à votre service, lui dit le prince. — Allez, vous êtes un bon garçon, reprit la reine ; je vous récompenserai. » Elle emporta donc ce trésor, et elle envoya au prince quatre guinées, pliées bien proprement dans un petit morceau de papier.

Ceux qui virent ce présent voulurent se moquer de la reine, qui n'était pas honteuse d'envoyer cette somme pour des diamants qui valaient plus de cinq cent mille guinées; mais le prince les chassa de sa chambre, en leur disant qu'ils étaient bien hardis de manquer de respect à sa mère. Cependant la reine dit à Guinguet : « Apparemment que la vieille que Tity a relevée est une grande fée; il faut l'aller voir demain : mais, au lieu d'y mener Tity, nous y mènerons son frère; car je ne veux pas qu'elle s'attache trop à ce benêt, qui n'a pas eu l'esprit de garder ses diamants. » En même temps elle ordonna qu'on nettoyât les carrosses et qu'on louât des chevaux; car elle avait fait vendre ceux du roi, parce qu'ils coûtaient trop cher à nourrir. On fit remplir deux de ces carrosses de médecins, de chirurgiens, d'apothicaires, et la famille royale se mit dans l'autre.

Quand ils furent arrivés à la cabane de la vieille, la reine lui dit qu'elle venait lui demander excuse de l'étourderie de l'écuyer de Tity. « C'est que mon fils n'a pas l'esprit de choisir de bons domestiques, dit-elle à la bonne femme; mais je le forcerai de chasser ce brutal. » Ensuite elle dit à la vieille qu'elle avait amené avec elle les plus habiles gens de son royaume pour guérir son pied. Mais la bonne femme lui dit que son pied allait fort bien, et qu'elle lui était obligée de la charité qu'elle avait de visiter une pauvre femme comme elle. « Oh! vraiment, reprit la reine, nous savons bien que vous êtes une grande fée ; car vous avez donné au prince Tity une grande quantité de diamants. — Je vous assure, madame, dit la vieille, que je n'ai donné au prince qu'un œuf, des noisettes et des nèfles ; j'en ai encore au service de Votre Majesté. — Je les accepte de bon cœur, » dit la reine, qui était charmée de l'espérance d'avoir des diamants. Elle reçut le présent, caressa la vieille, la pria de la venir voir ; et tous les courtisans, à l'exemple du roi et de la reine, donnèrent de grandes louanges à cette bonne femme. La reine lui demanda quel âge elle avait. « J'ai soixante ans, répondit-elle. — Vous n'en paraissez pas quarante, lui dit la reine, et vous pouvez encore penser à vous marier, car vous êtes fort aimable. » A ce discours, le prince Mirtil, qui était très-mal élevé, se mit à rire au nez de la vieille, et lui dit qu'il aurait bien du plaisir à danser à sa noce ; mais la bonne femme ne fit pas semblant de voir qu'il se moquait d'elle. Toute la cour partit ; la reine ne fut pas plus tôt arrivée dans son palais qu'elle fit cuire l'œuf, et cassa les noisettes et les nèfles. Mais, au lieu de trouver un diamant dans l'œuf, elle n'y trouva qu'un petit poulet : les noisettes et les nèfles étaient pleines de vers. Aussitôt la voilà dans une colère épouvantable. « Cette vieille est une sorcière, dit elle, qui a voulu se moquer de moi ; je veux la faire mourir. » Elle assembla donc les juges pour faire le procès de la vieille femme ; mais l'Éveillé, qui avait tout entendu, courut à la cabane pour dire à la bonne femme de se sauver. « Bonjour, le page aux vieilles ! » lui dit-elle ; car on lui avait donné ce nom depuis qu'il avait aidé à la tirer de la boue. « Ah ! ma bonne mère, lui dit l'Éveillé, hâtez-vous de vous sauver dans la maison de mon père ; c'est un très-honnête homme ; il vous cachera de bon cœur ; car si vous demeurez dans votre cabane, on enverra des soldats pour vous prendre et vous faire mourir. — Je vous ai bien de l'obligation, lui dit la vieille ; mais je ne crains pas la méchanceté de la reine. » En même temps, quittant la forme d'une vieille, elle parut à l'Éveillé sous sa figure naturelle, et il fut ébloui de sa beauté. Il voulut se jeter à ses pieds ; elle l'en empêcha, et lui dit : « Je vous défends de dire au prince, ni à personne au monde, ce que vous venez de voir. Je veux récompenser votre charité : demandez-moi un don. — Madame, lui dit l'Éveillé, j'aime beaucoup le prince mon maître, je souhaite de tout mon cœur lui être utile ; ainsi je vous demande d'être invisible quand je voudrai, afin de pouvoir connaître quels sont les courtisans qui aiment véritablement mon prince. — Je vous accorde ce don, reprit la fée ; mais il faut que je paye les dettes de Tity. N'a-t-il pas emprunté quatre guinées à votre père ? — Il les a rendues, reprit l'Éveillé : il sait bien qu'il est honteux aux princes de ne pas payer leurs dettes ; ainsi il m'a remis les quatre guinées que la reine lui a envoyées. — Je sais cela, dit la fée ; mais je sais aussi que le prince a été au

désespoir de ne pouvoir vous rendre davantage, car
un prince doit récompenser noblement, et c'est cette
dette que je veux payer. Prenez cette bourse, qui est
pleine d'or, portez-la à votre père; il y trouvera toujours la même somme, pourvu qu'il n'y puise que pour
faire de bonnes actions. » En même temps la fée disparut, et l'Éveillé alla porter cette bourse à son père,
auquel il recommanda le secret. Cependant les juges
que la reine avait assemblés pour condamner la vieille
étaient fort embarrassés; ils dirent à cette princesse :
« Comment voulez-vous que nous condamnions cette
femme? Elle n'a point trompé Votre Majesté; elle lui a
dit : Je ne suis qu'une pauvre femme, et je n'ai point
de diamants. » La reine se mit fort en colère et répondit : « Si vous ne condamnez pas cette malheureuse qui
s'est moquée de moi et qui m'a fait dépenser inutilement beaucoup d'argent pour louer des chevaux et
payer des médecins, vous aurez sujet de vous en repentir. » Les juges pensèrent en eux-mêmes : la reine
est une très-méchante femme; si nous lui désobéis-
sons, elle trouvera le moyen de nous faire périr; il
vaut mieux que la vieille périsse que nous. Tous les
juges condamnèrent donc la vieille à être brûlée vive,
comme sorcière. Il n'y en eut qu'un seul qui dit qu'il
aimait mieux être brûlé lui-même que de condamner
une innocente. Quelques jours après, la reine trouva
de faux témoins qui dirent que ce juge avait mal parlé
d'elle. On lui ôta sa charge, et il allait être réduit à

demander l'aumône avec sa femme et ses enfants;
mais l'Éveillé prit une grosse somme dans la bourse de
son père, et la donnant à ce juge, il lui conseilla de
passer dans un autre pays. Cependant l'Éveillé se trouvait partout, depuis qu'il pouvait se rendre invisible:
il apprit beaucoup de secrets; mais comme c'était un
honnête garçon, jamais il ne rapportait rien qui pût
faire tort à personne, excepté ce qui pouvait servir son
maître. Comme il allait souvent dans le cabinet du roi,
il entendit la reine dire à son mari : « Ne sommes-nous
pas bien malheureux que Tity soit l'aîné? Nous amas-
sons beaucoup de trésors qu'il dissipera aussitôt qu'il
sera roi; et Mirtil, qui est bon ménager, au lieu de toucher à ces richesses, les aurait augmentées : n'y aurait-il pas moyen de le déshériter? — Il faudra voir,
lui répondit le roi, et si nous ne pouvons réussir, il
faudra enterrer ces trésors, de crainte qu'il ne les dis-
sipe. » L'Éveillé entendait aussi tous les courtisans
qui, pour plaire au roi et à la reine, leur disaient du
mal de Tity et louaient Mirtil; puis, au sortir de chez
le roi, ils venaient chez le prince, et lui disaient qu'ils
avaient pris son parti devant le roi et la reine; mais
le prince qui savait la vérité par le moyen de l'Éveillé,
se moquait d'eux dans son cœur et les méprisait. Il y
avait à la cour quatre seigneurs fort honnêtes gens;
ceux-là prenaient le parti de Tity, mais ils ne s'en
vantaient pas; au contraire, ils l'exhortaient toujours
à aimer le roi et la reine, et à leur être obéissant.

1.

Un jour, un roi voisin envoya des ambassadeurs à Guinguet pour une affaire importante. La reine, selon sa coutume, ne voulut pas que Tity parût devant ces étrangers : elle lui dit d'aller dans une belle maison de campagne qui appartenait au roi, « parce que, ajouta-t-elle, les ambassadeurs voudront sans doute voir cette maison, et il faudra que vous leur en fassiez les honneurs. » Quand Tity fut parti, la reine prépara tout pour recevoir l'ambassade sans qu'il lui en coûtât beaucoup. Elle prit une jupe de velours et la donna aux tailleurs, avec ordre d'en faire les deux dos d'un habit à Guinguet et à Mirtil : on fit les devants de ces habits en velours neuf; car la reine pensait que le roi et le prince étant assis, on ne verrait pas le derrière de leurs habits. Pour les rendre magnifiques, elle prit les diamants qu'on avait trouvés dans les nèfles, et les fit mettre en guise de boutons à l'habit du roi; elle attacha sur son chapeau le gros diamant qui avait été trouvé dans l'œuf, et les petits qui étaient sortis des noisettes furent employés à faire des boutons à l'habit de Mirtil, et une pièce, un collier et des nœuds de manches à la reine. Véritablement ils éblouissaient avec tous ces diamants. Guinguet et sa femme se mirent sur leur trône, et Mirtil s'assit à leurs pieds; mais à peine les ambassadeurs furent-ils entrés dans la salle, que les diamants disparurent, et il n'y eut plus à la place que des nèfles, des noisettes et un œuf. Les ambassadeurs crurent que Guinguet s'était habillé

d'une manière aussi ridicule pour faire affront à leur
maître; ils sortirent tout en colère, et dirent que leur
roi leur apprendrait qu'il n'était pas le roi des nèfles.
On eut beau les rappeler, ils ne voulurent rien entendre, et s'en retournèrent dans leur pays. Guinguet et
sa femme restèrent très-honteux et fort irrités. « C'est
Tity qui nous a joué ce tour-là, dit la reine au roi
quand il fut seul avec elle; il faut le déshériter et laisser notre couronne à Mirtil. — J'y consens de tout mon
cœur, » dit le roi. En même temps, ils entendirent
une voix qui disait : « Si vous êtes assez méchants
pour le faire, je vous casserai tous les os les uns après
les autres. » Cette voix leur fit grand'peur, car ils ne
savaient pas que l'Éveillé était dans leur cabinet, et
qu'il avait entendu leur conversation. Ils n'osèrent
donc faire aucun mal à Tity; mais ils faisaient chercher la vieille de tous côtés pour la faire mourir, et
ils étaient au désespoir qu'on ne pût la trouver. Cependant le roi Violent, qui était celui qui avait envoyé
des ambassadeurs à Guinguet, crut que véritablement
on avait voulu se moquer de lui, et résolut de se venger en déclarant la guerre à son voisin. Ce dernier en
fut d'abord bien fâché, car il n'avait pas de courage et
craignait la mort; mais la reine lui dit : « Ne vous affligez point; nous enverrons Tity commander l'armée,
sous prétexte de lui faire honneur : c'est un étourdi
qui se fera tuer, et alors nous aurons le plaisir de laisser la couronne à Mirtil. » Le roi trouva cette inven-

tion admirable; il fit revenir Tity de la campagne, et
le nomma généralissime de ses troupes; et, pour qu'il
eût plus d'occasions d'exposer sa vie, il lui donna aussi
plein pouvoir de faire la guerre ou la paix.

Comme ce conte est encore fort long, mes enfants,
et que nous n'aurions pas le temps de dire nos histoires, je le garderai pour la première fois.

LADY MARY.

Je vous assure, ma Bonne, que je ne dormirai pas
tranquillement jusqu'à ce temps-là; achevez-le aujour-
d'hui, s'il vous plaît.

MADEMOISELLE BONNE.

Ma chère amie, il faut savoir se priver d'un plaisir
quand il est question de faire son devoir. Je finirai ce
conte si vous le voulez absolument; mais nous man-
querons à des choses plus nécessaires, et cela ne sera
pas bien; pour être bonne, il ne faut pas s'accoutumer
à suivre ses fantaisies : je vous conseille donc de faire
ce petit sacrifice; autrement, je penserai que vous
n'aurez jamais le courage de sacrifier le plaisir au devoir.

LADY MARY.

Eh bien, disons donc nos histoires; mais je vous assure que cela me coûte un peu.

MADEMOISELLE BONNE.

Il en coûte souvent pour faire ce que l'on doit; mais
c'est pourtant de l'habitude de se vaincre dans les petites choses que dépend le bonheur de toute notre vie.

Quand vous serez grande, ma bonne amie, si vous n'êtes point accoutumée à vous gêner un peu, vous ne ferez jamais rien à propos. Vous aurez envie de vous promener quand il faudra rester à la maison ; vous voudrez lire quand il sera nécessaire de sortir ; et toujours vous vivrez dans le désordre. Il faut se faire une règle, et une fois qu'on se l'est imposée, il ne faut jamais l'abandonner par fantaisie et sans une grande nécessité. Voyons donc l'histoire de lady Charlotte.

LADY CHARLOTTE.

Les enfants d'Israël ayant encore adoré les idoles, Dieu les abandonna aux Madianites, qui les tourmentèrent. Ces peuples venaient dans le temps de la moisson ; ils détruisaient les fruits et les blés et prenaient tous les troupeaux. Alors le peuple reconnut sa faute, et demanda pardon au Seigneur. Dieu, touché de son repentir, envoya son ange à un homme nommé Gédéon ; et l'ange lui dit : « Très-fort et vaillant homme, le Seigneur est avec toi. — Hélas! Seigneur, répondit Gédéon, que sont devenues toutes les merveilles que Dieu a faites en faveur de nos pères? maintenant il nous a délaissés. — Parce que vous l'avez délaissé les premiers, lui dit l'ange ; mais il a écouté vos pleurs : marchez contre Madian, et vous le vaincrez. » Gédéon dit à l'ange : « Comment délivrerai-je mes frères ; je suis le plus pauvre des Israélites, et le plus petit de la maison de mon père? » L'ange lui répondit : « Parce que le Seigneur est avec toi, tu vaincras les Madianiles comme s'ils n'étaient qu'un seul homme. — Que votre serviteur ne vous offense point, dit encore Gédéon, mais donnez-moi une preuve que Dieu veut que j'entreprenne cette guerre. » Alors Dieu fit plusieurs miracles pour prouver à Gédéon que c'était sa volonté qu'il combattît Madian. Ensuite l'Éternel lui apparut, et lui commanda de détruire l'autel de Baal, qui était à son père. Gédéon obéit, et le peuple voulut le faire mourir ; mais le père de Gédéon dit au peuple : « Ne prenez point le parti de Baal ; s'il est dieu, qu'il se venge lui-même. » Cependant les Madianites, les Amalécites et les Orientaux assemblèrent une armée innombrable contre Israël ; et Gédéon, sonnant de la trompette, assembla aussi une grande armée d'Israélites ; mais Dieu dit à Gédéon : « Vous avez une trop grande armée ; si vous battiez les ennemis avec ces troupes, le peuple dirait : C'est moi qui ai remporté la victoire, et ce n'est pas la main du Seigneur qui a détruit nos ennemis. Faites donc publier que tous ceux qui ont peur retournent dans leurs maisons. » Gédéon obéit, et de trente-deux mille hommes, il n'en resta que dix mille. Le Seigneur dit à Gédéon : « Vous avez encore trop de monde ; marchez vers la rivière. » Quand ils furent près de l'eau, comme ils avaient une grande soif, ils voulurent boire ; il y en eut trois cents qui prirent de l'eau dans leurs mains, seulement pour se rafraîchir la bouche ; mais les autres se mirent à genoux pour boire tout à leur aise, et se désaltérer entièrement. Alors Dieu dit à Gédéon : « Prends les trois cents hommes qui ont pris de l'eau dans leurs mains ; ceux-là sont de bons soldats, car ils savent souffrir la soif ; par eux je vaincrai cette grande armée. » Ensuite Dieu commanda à Gédéon d'aller dans le camp des ennemis avec un seul homme, et quand il y fut, il entendit un soldat qui disait à son camarade : « J'ai rêvé cette nuit qu'un gâteau avait roulé dans notre camp, et qu'en touchant nos tentes il les avait renversées. » L'autre soldat lui répondit : « Ce songe veut dire que l'épée de Gédéon, qui était représentée par ce gâteau, détruira toute notre armée. » Ce que Gédéon ayant entendu, il se prosterna pour remercier le Seigneur, et retourna à son camp plein de confiance. Alors il dit à ses trois cents soldats : « Je vais vous diviser en trois bandes ; prenez chacun une trompette dans votre main ; prenez de l'autre main une cruche vide, dans laquelle vous mettrez un flambeau, et vous ferez tout ce que vous me verrez faire. » Étant arrivés au camp des ennemis, ils sonnèrent tous de la trompette, et cassèrent leurs cruches, en criant : *L'épée du Seigneur et de Gédéon*. A ces paroles, les ennemis s'enfuirent, et retournant leurs armes les uns contre les autres, ils s'entretuèrent.

MADEMOISELLE BONNE.

Continuez, miss Molly.

MISS MOLLY.

Alors Gédéon fit dire à tous les Israélites de pour-

suivre les ennemis, et ils en tuèrent cent vingt mille ;
mais comme les trois cents hommes de Gédéon étaient
fatigués, et qu'ils continuaient de poursuivre les
fuyards, Gédéon pria les peuples qui étaient sur son
passage de leur donner un peu de pain ; ils le refusèrent avec brutalité ; et quand Gédéon eut achevé de
remporter la victoire, il punit les principaux d'entre
ces peuples. Gédéon demanda pour sa récompense
qu'on lui donnât les bagues d'or qu'on avait prises sur
les ennemis : il en eut une grande quantité ; il les fit
fondre pour en faire un éphod, c'est-à-dire un vêtement comme celui que Dieu avait ordonné pour le
grand-prêtre, et il mit cet éphod dans sa ville ; mais
par la suite ce fut une occasion de péché pour le peuple, qui adora cet éphod. Gédéon mourut dans une
grande vieillesse, et laissa soixante-dix fils légitimes
et un bâtard. Le peuple avait dit à Gédéon, après qu'il
eut vaincu les Madianites : « Soyez notre roi, et vos fils
après vous. » Mais Gédéon leur avait répondu : « C'est
Dieu qui doit être votre roi. » Après la mort de Gédéon les Israélites obéirent à ses fils ; mais oubliant
bientôt les obligations qu'ils avaient au père, ils écou-
tèrent les mauvais discours de son bâtard, qui se nommait *Abimélec*, et le reconnurent pour maître. Ce méchant homme fit mourir tous ses frères, à la réserve
du plus jeune, appelé *Joatham*, qui s'était caché. Celui-ci reprocha au peuple son ingratitude, et lui prédit
qu'Abimélec lui ferait beaucoup de mal. Cela arriva

comme il l'avait prédit ; Abimélec fit mourir un grand
nombre de personnes ; comme il allait mettre le feu
à une tour pour la brûler avec ceux qui étaient dedans,

une femme lui jeta sur la tête une pierre de meule qui
le blessa mortellement. Alors Abimélec commanda à
son écuyer de lui passer son épée au travers du corps,

afin qu'il ne fût pas dit qu'il était mort de la main d'une femme.

MADEMOISELLE BONNE.

Remarquez, mes enfants, le soin que Dieu a de punir les crimes. Les enfants d'Israël furent ingrats envers les enfants de Gédéon. Il se sert d'Abimélec pour les punir, et ensuite il punit Abimélec lui-même. Continuez, lady Mary.

LADY MARY.

Une autre fois les enfants d'Israël délaissèrent encore le Seigneur pour adorer les faux dieux, et il les abandonna aux Ammonites et aux Philistins. Alors ils demandèrent du secours au Seigneur, qui leur dit : « Demandez du secours aux dieux que vous avez servis. » A la fin pourtant, Dieu eut pitié d'eux, et leur inspira de choisir Jephté pour leur chef. Ce Jephté avait été chassé, par ses frères, de la maison de son père. Toutefois il leur pardonna, et se mit à leur tête pour combattre les ennemis. Avant le combat, il dit tout haut : « Seigneur, si vous me donnez la victoire, je vous promets de vous sacrifier la première personne qui paraîtra à mes yeux quand je rentrerai dans la ville. » Il remporta la victoire; et sa fille, ayant appris cette bonne nouvelle, vint au-devant de lui avec ses compagnes qui jouaient des instruments; elle marchait la première. Quand Jephté vit sa fille unique, il détourna les yeux et déchira sa robe, car il n'avait que cette fille, qui était fort bonne, et il l'aimait beaucoup. Elle fut très-surprise de voir la douleur de son père dans un jour de réjouissance ; mais quand il lui eut dit qu'il s'affligeait à cause d'elle, parce qu'il était obligé de la sacrifier au Seigneur pour accomplir son

vœu, elle lui dit : « Ne vous affligez pas ; je consens à mourir puisque vous l'avez promis à Dieu. » Elle demanda deux mois pour pleurer avec ses compagnes, parce qu'elle n'avait pas été mariée et qu'elle n'avait point d'enfants ; car c'était une honte dans ce temps-là de n'avoir point de mari et d'enfants, et au bout de ce temps elle revint trouver son père, qui la sacrifia au Seigneur.

LADY SPIRITUELLE.

Mais, ma Bonne, est-ce que Jephté aurait fait un péché s'il n'avait pas sacrifié sa pauvre fille? Le bon Dieu peut-il aimer de tels sacrifices?

MADEMOISELLE BONNE.

Non, ma chère; Dieu a en horreur le sang des hommes. Jephté avait fait un serment imprudent, et il eut tort de l'exécuter. Les Israélites, qui avaient commerce avec les peuples qu'ils avaient laissé subsister contre l'ordre du Seigneur, prirent leurs mauvaises coutumes : or, les peuples de Tyr et de Sidon immolaient des hommes à un de leurs dieux qu'on nommait Saturne. Jephté, qui avait été chassé tout jeune de la maison de son père, n'était pas instruit dans la loi de Dieu; il crut donc faire merveille en offrant à Dieu un sacrifice pareil à celui que les Tyriens offraient à Saturne. Son intention était bonne, et son action mauvaise; mais j'admire le courage de sa fille, qui se soumet sans murmurer à la volonté de son père, et cela au moment qu'il était devenu un grand seigneur, et qu'elle allait être honorée comme la fille de celui qui avait sauvé le peuple.

LADY CHARLOTTE.

Mais, ma Bonne, pourquoi était-il honteux de mourir sans enfants?

MADEMOISELLE BONNE.

Pour vous expliquer ce que je pense là-dessus, mes enfants, il faut que je vous rappelle ce que Dieu dit au serpent avant de chasser Adam et Ève du paradis terrestre : « Tu as vaincu la femme, et la femme t'écrasera la tête. » Ce serpent, c'était le démon; et Dieu voulait dire qu'un jour son fils, qui était un Dieu comme lui, se ferait homme, et naîtrait d'une femme. Je pense donc que toutes les femmes juives prétendaient à l'honneur de voir naître le Messie dans leurs familles, et que c'était pour cela qu'elles souhaitaient d'avoir des enfants.

LADY MARY.

Ma Bonne, permettez-moi de vous faire une question sur une chose qui me tient à l'esprit depuis une heure. Dans le conte du prince Tity vous nous avez dit que la reine avait trouvé un poulet au lieu d'un diamant dans l'œuf que la fée lui avait donné; comment pouvait-il être venu un poulet dans cet œuf?

MADEMOISELLE BONNE.

C'est qu'il y a des poulets dans les œufs, ma chère; je vais sonner pour demander un œuf, et je vous ferai voir un poulet dedans... Voyez-vous cette petite chose blanche qui tient à ce jaune? il y a un poulet enfermé là-dedans.

MISS MOLLY.

Cela est admirable, ma bonne. Est-ce que tous les

poulets que nous mangeons viennent d'une petite chose blanche comme celle-là?

MADEMOISELLE BONNE.

Oui, ma chère; cette petite chose s'appelle germe : quand la poule veut avoir des poulets, elle reste sur ses œufs pendant vingt et un jours, et, en les échauffant, elle fait sortir le poulet de ce germe : quand il est sorti, il se nourrit d'abord du blanc et du jaune de cet œuf; et quand il n'y a plus rien à manger, et qu'il est assez fort, il casse la coquille de l'œuf avec son petit bec, qui est surmonté tout exprès d'une petite excroissance très-dure, et il sort.

LADY SPIRITUELLE.

J'ai remarqué cela à la campagne, et j'admirais la patience de la poule : cette pauvre bête ne quittait point son nid; elle était maigre comme un bâton, et on était obligé de lui porter à manger, sans quoi je crois qu'elle serait morte de faim.

MADEMOISELLE BONNE.

Admirez la Providence, qui permet que cette pauvre bête ait tant d'attachement pour sa famille qui n'est pas encore née. Quand ses poulets sont sortis de la coquille, que d'inquiétudes et de soins pour les défendre! La poule est fort timide; elle a peur de tout : cependant si on attaque ses poussins, elle devient hardie comme un lion; elle attaque un chien; elle sauterait à la face d'un homme.

LADY CHARLOTTE.

J'ai vu une poule à qui l'on avait fait couver des œufs de canard : quand les cannetons furent grands, ils se jetèrent dans l'eau, et la pauvre poule, qui ne pouvait pas les suivre dans la mare, se désespérait.

MADEMOISELLE BONNE.

Admirez encore la Providence. Vous voyez combien cette poule est attachée à ses petits poulets tant qu'ils ont besoin d'elle ; mais aussitôt qu'ils sont grands et qu'ils peuvent se passer de la mère, elle les abandonne et ne les connaît pas même. D'où vient que ce prodigieux attachement disparaît tout d'un coup dans tous les animaux ? C'est qu'il n'est point nécessaire à la conservation de l'espèce, et ne doit pas durer inutilement ; car Dieu, qui fait tout ce qui est nécessaire. s'arrête précisément à ce point, et ne va pas au delà. Rien d'inutile dans la nature ; tout y est à sa place, et l'on aurait beau imaginer, on ne pourrait jamais rien trouver de plus parfait. Tout y est miracles ; nous les voyons, nous sommes au milieu d'eux, et nous n'y faisons pas attention. Par exemple, mes enfants, croiriez-vous bien qu'il n'y a pas, dans tout l'univers, deux choses qui soient absolument semblables ?

LADY SENSÉE.

Quoi ! ma Bonne, dans toutes les feuilles qui sont sur cet arbre, il n'y en a pas deux semblables ?

MADEMOISELLE BONNE.

Non, ma chère, ni même dans le monde entier. Un grand philosophe, qui se promenait dans un parc avec une princesse, fit un jour cette remarque : on se moqua de lui, et tous les seigneurs qui étaient à la suite de cette princesse passèrent la journée à mettre des feuilles à côté l'une de l'autre ; ils ne purent jamais en trouver deux pareilles. Mais, mes enfants, il y a une autre chose à laquelle vous ne faites pas attention : tous les hommes ont un visage, un nez, deux yeux, une bouche, un menton, des sourcils, des joues ; cependant ces mêmes traits, presque faits de la même manière, diffèrent tellement entre eux qu'il n'y a pas deux hommes qui se ressemblent parfaitement. Où est l'ouvrier qui pourrait mettre une telle diversité dans ses ouvrages?

LADY SPIRITUELLE

En vérité, ma Bonne, vous avez raison de dire que nous sommes environnés de miracles auxquels nous ne pensons pas. Et les esprits sont-ils aussi différents que les visages?

MADEMOISELLE BONNE.

Oui, ma chère : l'ouvrier qui a fait toutes ces choses pourrait en faire d'autres sans nombre qui ne se ressembleraient pas. Mais il est temps de nous quitter, mes enfants : réfléchissez quelquefois à tout cela, et vous y trouverez sans cesse de nouveaux sujets d'admirer la sagesse et la science du Créateur.

VINGT ET UNIÈME DIALOGUE

— DIX-NEUVIÈME JOURNÉE —

LADY MARY.

ous nous avez promis d'achever le conte du prince Tity, ma Bonne.

MADEMOISELLE BONNE.

Oui, mes enfants : nous sommes restées à l'endroit où le roi lui donna le commandement de son armée pour le faire périr.

Tity étant arrivé sur les frontières du royaume de son père, résolut d'attendre l'ennemi, et s'occupa à faire bâtir une forteresse dans un petit passage par lequel il fallait entrer. Un jour qu'il regardait travailler les soldats, il eut soif; et voyant une maison sur une montagne voisine, il y monta pour demander à boire : le maître de la maison, qui se nommait Abor, lui

donna de l'eau et du vin; comme le prince allait se retirer, il vit entrer une fille si belle qu'il en fut ébloui :
c'était Biby, fille d'Abor; et le prince, charmé de cette
belle fille, retourna souvent à cette maison sous divers
prétextes: il causait chaque fois avec Biby, et trouvant

qu'elle était fort sage et qu'elle avait beaucoup d'esprit, il disait en lui-même : Si j'étais mon maître, j'é-
pouserais Biby; elle n'est pas née princesse, mais elle
a tant de vertus qu'elle est digne de devenir reine.
Tous les jours il l'aimait davantage, et enfin il prit la

résolution de lui écrire. Biby, qui savait bien qu'une
honnête fille ne reçoit point de lettres des hommes,
porta celle du prince à son père, sans l'avoir décache-
tée. Abor voyant que le prince était amoureux de sa
fille, demanda à Biby si elle aimait Tity. Biby, qui n'a-
vait jamais menti de sa vie, dit à son père que le
prince lui avait paru si honnête homme, qu'elle n'a-
vait pu s'empêcher de l'aimer; « mais, ajouta-t-elle, je
sais bien qu'il ne peut m'épouser, parce que je ne
suis qu'une bergère; ainsi je vous prie de m'envoyer
chez ma tante qui demeure loin d'ici. » Son père la fit
partir le même jour, et le prince fut si chagrin de l'a-
voir perdue, qu'il en tomba malade. Abor lui dit :
« Mon prince, je suis désolé de vous chagriner; mais
puisque vous aimez ma fille, vous ne voudriez pas la
rendre malheureuse : vous savez bien qu'on méprise,
comme la boue des rues, une fille qui reçoit les visites d'un homme qui l'aime et qui ne peut pas l'épouser. — Écoutez, Abor, dit le prince : j'aimerais mieux
mourir que de manquer de respect à mon père, en me
mariant sans sa permission; mais promettez-moi de
me garder votre fille, et je vous promets de l'épouser
quand je serai roi. Je consens à ne point la voir jusqu'à ce temps-là. » En même temps la fée parut dans
la chambre, et surprit beaucoup le prince, car il ne
l'avait jamais vue sous cette figure. « Je suis la vieille
que vous avez secourue, dit-elle à Tity, et vous êtes si
honnête homme, et Biby est si sage, que je vous prends

tous deux sous ma protection. Vous l'épouserez dans deux ans; mais jusque-là vous aurez bien des traverses; au reste, je vous promets de vous rendre une visite tous les mois, et je mènerai Biby avec moi. » Le prince fut enchanté de cette promesse, et résolut d'acquérir beaucoup de gloire pour plaire à Biby. Le roi Violent vint lui offrir la bataille; Tity non-seulement la gagna, mais encore Violent fut fait prisonnier. On conseilla à Tity de lui ôter son royaume; mais il dit : « Je n'en veux rien faire : les sujets, qui aiment toujours mieux leur roi qu'un étranger, se révolteraient et lui rendraient la couronne. Violent n'oublierait jamais sa prison, et ce serait une guerre continuelle qui rendrait deux peuples malheureux. Je veux au contraire rendre la liberté à Violent, et ne lui rien demander en échange; je sais qu'il est généreux, il deviendra notre ami, et son amitié vaudra mieux pour nous que son royaume qui ne nous appartient pas; j'éviterai par-là une guerre qui coûterait la vie à plusieurs milliers d'hommes. » Ce que Tity avait prévu arriva. Violent fut si charmé de sa générosité, qu'il jura une alliance éternelle avec le roi Guinguet et avec son fils.

Cependant Guinguet fut fort en colère quand il apprit que Tity avait rendu la liberté à Violent sans lui faire payer beaucoup d'argent; et le prince avait beau lui représenter qu'il lui avait donné ordre d'agir comme il voudrait, il ne pouvait lui pardonner. Tity, qui ai-

2.

mait et respectait son père, tomba malade de chagrin
de lui avoir déplu. Un jour qu'il était seul dans son
lit, sans penser que c'était le premier jour du mois,

il vit entrer deux jolis serins par la fenêtre, et fut fort
surpris lorsque ces deux serins, reprenant leur forme
naturelle, lui présentèrent la fée et sa chère Biby.
Il allait remercier la bonne fée, quand la reine entra
dans l'appartement, tenant dans ses bras un gros chat

qu'elle aimait beaucoup, parce qu'il prenait les souris qui mangeaient ses provisions, et qu'il ne lui coûtait rien à nourrir. Dès que la reine vit les serins, elle se fâcha de ce qu'on les laissait courir, parce que cela gâtait les meubles. Le prince lui dit qu'il les ferait mettre en cage; mais elle répondit qu'elle voulait qu'on les prît sur-le-champ, qu'elle les aimait beaucoup, et qu'elle les mangerait à son dîner. Le prince, désespéré, eut beau prier; tous les courtisans et les domestiques couraient après les serins, et on ne l'écoutait pas : un valet saisit un balai et fit tomber à terre la pauvre Biby. Le prince se jeta hors de son lit pour la secourir; mais il serait arrivé trop tard, car le chat de la reine, s'étant échappé des bras de sa maîtresse, allait croquer le pauvre oiseau, lorsque la fée, prenant tout d'un coup la figure d'un gros chien, sauta sur le chat, et l'étrangla. Ensuite elle se métamorphosa, ainsi que Biby, en souris, et toutes deux s'enfuirent par un petit trou qui était dans un coin de la chambre. Le prince s'était évanoui à la vue du danger qu'avait couru sa chère Biby; mais la reine n'y fit pas attention; elle n'était occupée que de la mort de son chat, pour lequel elle jetait des cris horribles. Elle dit au roi qu'elle se tuerait s'il ne vengeait pas la mort de son cher favori; elle ajouta que Tity avait commerce avec des sorciers pour lui donner du chagrin, et qu'elle n'aurait pas un moment de repos qu'il ne l'eût déshérité et donner la couronne à Mirtil. Le roi y consentit, et lui dit que le lendemain il ferait arrêter le prince, et lui ferait faire son procès. Le fidèle l'Éveillé ne s'était pas endormi dans cette occasion ; il s'était glissé dans le cabinet du roi, et vint tout de suite avertir le prince. La peur qu'il avait eue pour Biby lui avait ôté la fièvre : il se disposait à monter à cheval et à s'enfuir, lorsqu'il vit entrer la fée, qui lui dit : « Je suis lasse des méchancetés de votre mère et de la faiblesse de votre père ; je vais vous donner une bonne armée ; allez les prendre dans leur palais ; vous les mettrez en prison avec leur fils Mirtil ; vous monterez sur le trône, et vous épouserez Biby tout de suite. — Madame dit le prince à la fée, vous savez que j'aime Biby plus que ma vie ; mais le désir de l'épouser ne me fera jamais oublier ce que je dois à mon père et à ma mère, et j'aimerais mieux périr tout à l'heure que de prendre les armes contre eux. — Venez que je vous embrasse, lui dit la fée ; j'ai voulu éprouver votre vertu : si vous aviez accepté mes offres, je vous aurais abandonné ; mais puisque vous avez eu le courage d'y résister, je serai toujours de vos amies ; et je vais vous en donner une preuve. Prenez la forme d'un vieillard, et sûr de ne point être reconnu sous cette figure, parcourez votre royaume, et instruisez-vous par vous-même de toutes les injustices qu'on commet contre vos pauvres sujets, afin de les réparer quand vous serez roi. L'Éveillé, qui restera à la cour, vous rendra compte de tout ce qui arrivera pendant votre absence. » Le prince obéit à la fée, et vit des choses qui le firent frémir. On vendait la justice ; les gouverneurs pillaient le peuple, les grands maltraitaient les petits, et tout cela se faisait au nom du roi. Au bout de deux ans, l'Éveillé lui écrivit que son père était mort, et que la reine avait voulu faire couronner son frère ; mais que les quatre seigneurs qui étaient honnêtes gens s'y étaient opposés, parce qu'il les avait avertis que Tity était vivant ; alors la reine s'était sauvée avec son fils dans une province qu'elle avait fait révolter. Tity, qui avait repris sa figure ordinaire, alla dans sa capitale, et fut reconnu roi. Après quoi il écrivit une lettre fort respectueuse à la reine pour la prier de ne point causer de trouble : il lui offrit aussi une bonne pension pour elle et pour son frère Mirtil. La reine, qui avait une grosse armée, lui écrivit qu'elle voulait la couronne, et qu'elle viendrait la lui arracher de dessus la tête. Cette lettre ne fut pas capable de porter Tity à manquer au respect qu'il devait à sa mère ; mais cette méchante femme, ayant appris que le roi Violent venait au secours de son ami Tity avec un grand nombre de soldats, fut forcée d'accepter les propositions de son fils. Ce prince se vit donc paisible possesseur de son royaume, et il épousa la belle Biby, au contentement de tous ses sujets, qui furent charmés d'avoir une si aimable reine.

LADY CHARLOTTE.

Et ce prince ne répara-t-il pas le mal qu'on avait fait en son nom ?

MADEMOISELLE BONNE.

C'est ce que je vous dirai la première fois, mes enfants ; il nous reste à parler de la vie de Tity quand il fut roi ; mais cela serait trop long pour aujourd'hui.

LADY MARY.

Et saurons-nous aussi ce que devint l'Éveillé? Je l'aime bien : c'était un brave garçon.

MADEMOISELLE BONNE.

Oui, ma chère: A présent, dites-nous votre histoire.

LADY MARY.

Après avoir eu plusieurs autres juges, les enfants d'Israël retournèrent à l'idolâtrie, et Dieu permit aux Philistins de les tourmenter ; quand ils eurent beaucoup souffert, ils demandèrent pardon à Dieu, qui, touché de leurs larmes, résolut de leur envoyer un libérateur. Pour cela, l'ange du Seigneur apparut à une femme qui n'avait jamais eu d'enfants, et lui dit: « Je te déclare que tu auras un fils qui délivrera Israël, et sera consacré au Seigneur pour perdre les Philistins ; c'est pourquoi tu ne boiras point de vin, ni aucune chose qui puisse enivrer, jusqu'à ce qu'il soit venu au monde. Cet enfant sera Nazaréen, c'est-à-dire qu'il sera au Seigneur ; il ne boira point de liqueur qui puisse enivrer, et il ne coupera jamais ses cheveux. » Cette femme dit donc à son mari qu'elle avait vu un grand homme qui lui avait promis un fils de la part de Dieu, car elle ne savait pas que c'était un ange. Son mari eût bien voulu voir cet homme ; et comme l'ange apparut à la femme une seconde fois, elle le

pria de rester un moment, et alla chercher son mari.

Le mari demanda à l'ange comment il s'appelait, et le pria de leur faire l'honneur de manger un chevreau avec eux ; mais l'ange lui répondit : « Mon nom est *Merveilleux*; mais quand tu m'apprêterais un chevreau, je ne mangerais pas avec toi ; il faut plutôt l'offrir en holocauste au Seigneur. » L'homme obéit à l'ange, et lorsque la flamme de l'holocauste commença à monter vers le ciel, l'ange s'enveloppa dans cette flamme, et monta avec elle. Alors cet homme dit à sa femme : « Certainement nous mourrons, car nous avons vu la face du Seigneur ; » mais elle lui répondit : « Si l'Éternel eût voulu nous faire mourir ; il n'aurait pas reçu votre holocauste. » Quelque temps après, cette femme eut un fils qu'elle nomma *Samson*.

MADEMOISELLE BONNE.

Continuez, miss Molly.

MISS MOLLY.

Samson, étant devenu grand, fut amoureux d'une fille des Philistins, et demanda à son père la permission de l'épouser. Son père lui dit : « N'y a-t-il pas assez de filles dans Israël ? Pourquoi veux-tu épouser une étrangère ? » Samson lui répondit : « J'aime cette fille. » Et comme c'était la volonté de Dieu qu'il l'épousât, son père y consentit. Un jour, Samson, allant voir sa fiancée, rencontra un jeune lion ; il le prit avec ses mains et le déchira en deux, car il était extrêmement fort. Deux jours après, il regarda le corps de ce lion mort, et il vit que les mouches avaient fait du miel dans sa gueule. Il prit ce miel, le porta à son père et à sa mère, mais il ne leur dit pas où il l'avait pris. Quelques jours après il se maria, et donna un festin aux jeunes Philistins qui dura sept jours. Le premier jour il leur dit : « Je vais vous donner une énigme à deviner, et je vous donne sept jours pour cela : si vous la devinez, je vous donnerai trente robes; mais si vous ne la devinez pas, c'est vous qui me donnerez trente robes. Voici mon énigme : *De celui qui dévorait est sortie la viande; du fort est sortie la douceur.* » Les jeunes gens qui étaient à ses noces n'avaient garde de deviner cette énigme, car ils ne savaient pas que Samson avait trouvé du miel dans la gueule du lion. Ils allèrent donc trouver la femme de Samson, et lui dirent : « Si vous ne faites en sorte que votre mari vous explique cette énigme, nous vous brûlerons toute vive dans votre maison avec votre père. » Cette femme alla donc trouver son mari le septième jour, et lui dit : « Assurément vous ne m'aimez pas, car vous m'auriez dit ce que c'est que cette énigme que vous avez donnée à deviner. » Samson lui répondit : « Je n'en ai pas parlé à mon père et à ma mère, mais toutefois je vous la découvrirai. » Aussitôt cette femme alla trouver les jeunes gens, et leur dit ce que signifiait l'énigme : le soir ils dirent à Samson : « Qu'y a-t-il de plus doux que le miel, et de plus fort que le lion? » Samson vit bien qu'on avait séduit sa femme; et comme il voulait se venger, il tua trente Philistins, et donna

leurs robes à ceux qui avaient deviné l'énigme. Il s'é-
tait retiré dans sa maison; mais, quelques jours après,
il voulut aller voir sa femme qu'il aimait malgré son
infidélité; mais le père de cette fille lui dit : « Je
croyais que vous aviez abandonné votre femme, c'est
pourquoi je l'ai donnée à un autre homme. — Voici
deux grandes injures que j'ai reçues des Philistins,

dit Samson; après avoir séduit ma femme, ils me
l'ont encore ôtée; c'est pourquoi je leur déclare une
guerre éternelle. » Samson, voulant donc se venger,
prit trois cents renards, et les attacha ensemble par
la queue; il mit un flambeau allumé entre les queues
de ses renards, et les ayant chassés devant lui, ils mirent le feu aux vignes, aux oliviers et aux blés des

Philistins. Ceux-ci ayant appris que Samson avait commis cette action parce qu'on lui avait ôté sa femme, la brûlèrent dans sa maison avec toute sa famille. Samson prit alors ses armes et battit les Philistins, qui descendirent vers les Israélites de la tribu de Juda, et leur dirent : « Nous sommes venus pour prendre Samson; livrez-le entre nos mains, sinon nous allons vous exterminer. » Trois mille hommes de cette tribu s'avancèrent vers Samson, et lui dirent : « Ne sais-tu pas que les Philistins sont nos maîtres; pourquoi les as-tu traités ainsi? » Samson leur répondit : « Ce n'est pas moi qui ai commencé la querelle; ils m'ont attaqué, et il m'est permis de me venger d'eux : toutefois je vois que vous voulez me livrer: j'y consens; vous pouvez même me lier aussi fort qu'il vous plaira. » Lorsque les Philistins virent leur ennemi lié avec de bonnes cordes neuves, ils jetèrent de grands cris de joie; mais l'esprit du Seigneur s'emparant de Samson, il brisa les cordes comme si elles eussent été du fil fin; puis, n'ayant pas d'armes, il se saisit d'une mâchoire d'âne qu'il trouva à terre, et tua mille Philistins. Après cette victoire, il eut grand'soif; et comme il n'y avait point d'eau dans cet endroit, il cria au Seigneur : « C'est inutilement que vous m'avez tiré des mains des Philistins, puisque je vais mourir de soif. »

Dieu écouta la voix de Samson : une des dents de cette mâchoire d'âne qu'il tenait à la main s'ouvrit, et il en sortit assez d'eau pour désaltérer ce vaillant homme.

MADEMOISELLE BONNE.

Finissez cette histoire, lady Charlotte.

LADY CHARLOTTE.

Un jour Samson alla dans la ville de Gaza, et les

Philistins mirent des gardes aux murailles, et fermè-
rent toutes les portes de la ville. Samson s'étant levé
à minuit pour s'en retourner, trouva les portes de la
ville fermées; mais cela ne l'embarrassa pas beaucoup,
car ayant toute sa force, il arracha les gonds de fer
qui tenaient une des portes, et l'ayant mise sur ses
épaules il l'emporta sur une des montagnes voisines,
au grand étonnement des Philistins, qui disaient :
« Jamais nous ne pourrons nous débarrasser de cet
homme. » Ils apprirent que Samson était amoureux
d'une fille de leur pays, nommée Dalila. Les chefs des
Philistins allèrent la trouver et lui dirent : « Nous te
donnerons une grande somme d'argent, si tu peux
nous livrer Samson. » Cette fille, qui était méchante
et avare, consentit à trahir son amant pour gagner cet
argent; elle dit donc à Samson : « Dites-moi, je vous
prie, comment vous êtes si fort, et ce qu'il faudrait
faire pour vous ôter votre force? » Samson connut fort
bien qu'elle voulait le trahir, et il résolut de se moquer d'elle; il lui dit donc : « Si l'on me lie avec sept
cordes mouillées, je perdrai toute ma force. » Dalila
prit sept cordes mouillées, et lia Samson pendant qu'il
dormait. Elle avait fait cacher des Philistins dans sa
chambre; et quand Samson fut lié, elle l'éveilla, en
disant : « Voici les Philistins qui viennent pour vous
prendre. » Samson s'étant réveillé, cassa les sept cordes, et les Philistins s'enfuirent. Il trompa encore Dalila deux autres fois : alors cette femme lui dit en

pleurant : « Je vois bien que vous ne m'aimez pas, car vous vous moquez toujours de moi. » Elle tourmentait Samson du matin au soir, ce qui le rendait mélancolique. Enfin, fatigué des importunités de Dalila, il lui avoua la vérité, et lui dit : « J'ai été consacré au Seigneur avant de venir au monde, en qualité de Nazaréen ; c'est pourquoi on ne m'a jamais coupé les cheveux, et dès le moment qu'ils seront coupés, je perdrai toute ma force. » Dalila profita de cette confidence,

et ayant endormi Samson sur ses genoux, elle fit venir un homme qui le rasa ; alors elle lui dit : « Samson, voici les Philistins. » Il crut qu'il pourrait encore les tuer comme les autres fois ; mais le Seigneur l'avait abandonné, et il était aussi faible que le reste des hommes. Les Philistins le prirent donc; et lui ayant crevé les deux yeux, ils le condamnèrent à tourner une meule de moulin, comme s'il eût été un cheval. Quelque temps après les Philistins firent une grande fête en l'honneur de leur dieu Dagon, et comme tous les chefs du peuple et les personnes de qualité étaient dans une grande salle à faire un festin, ils commandèrent qu'on fît venir Samson pour les amuser. Quand il fut venu, ils lui dirent : « Fais le bouffon devant nous pour nous divertir. » Le peuple ayant su que Samson faisait le bouffon vint à la salle pour le voir, et ceux qui ne purent pas entrer montèrent sur le toit et aux fenêtres. Or, les cheveux de Samson commençaient à repousser; il dit donc à l'homme qui le conduisait, parce qu'il était aveugle : « Mène-moi à l'endroit où sont les deux plus grands piliers qui soutiennent la salle. » Cet homme lui obéit; et quand Samson fut là, il éleva son cœur à Dieu, et lui dit : « Seigneur, rends-moi ton secours; je serai content de mourir en cet endroit, pourvu que je fasse périr les Philistins qui sont ici. » En même temps il embrassa avec force les deux piliers qui soutenaient la salle, et les secouant il les fit tomber aussi bien que le toit sur les Philistins; il y en eut en cette occasion trois mille d'écrasés. Ainsi Samson, en mourant, en tua plus qu'il n'avait fait pendant sa vie.

LADY SPIRITUELLE.

Ma Bonne, je ne comprends pas que Samson n'ait

pas abandonné cette méchante Dalila, dès la première
fois qu'il vit qu'elle cherchait à le trahir. Comment

pouvait-il l'aimer encore, sachant qu'elle voulait le
faire périr? il fallait qu'il eût perdu l'esprit.

LADY SENSÉE.

Il aurait eu bon besoin qu'Astolphe refit le voyage
du royaume de la lune pour y chercher sa bouteille.

MADEMOISELLE BONNE.

Assurément, mesdames; car, comme je vous l'ai fait remarquer, les passions troublent la cervelle. Nous en avons un grand exemple dans la personne de Samson; et si nous avions la connaissance de tout ce qui se passe dans le monde, nous verrions qu'il y a encore un grand nombre de femmes aussi perfides que Dalila, et beaucoup d'hommes tout aussi extravagants que Samson, qui, connaissant leur méchanceté, ne laissent pas de les aimer.

LADY MARY.

Ma Bonne, est-ce que les mouches font le miel? Je ne savais pas cela.

MADEMOISELLE BONNE.

Oui, ma chère, ce sont des mouches qui font le miel et la cire.

LADY CHARLOTTE.

Est-ce qu'elles ont dans leurs corps de la cire et du miel?

MADEMOISELLE BONNE.

Non, ma chère, mais elles vont sucer les fleurs, et avec ce suc elles font du miel et de la cire.

MISS MOLLY.

Comment cela se peut-il, ma Bonne? Quelquefois je m'amuse à manger les bouquets qu'on me donne; ils sont amers, et le miel est si doux!

3.

MADEMOISELLE BONNE.

Cela est vrai, ma chère; le suc des fleurs est amer;
mais l'abeille en le travaillant, et en le mêlant avec
sa propre substance, le rend doux comme vous le
voyez.

LADY MARY.

J'ai souvent vu de grosses mouches jaunes sur les
fleurs, mais je ne me serais jamais doutée qu'elles
vinssent y chercher du miel.

MADEMOISELLE BONNE.

Rien de plus admirable que le petit royaume des
mouches à miel, qu'on nomme *abeilles;* je dis qu'elles
composent un royaume, car dans chacune de leurs
maisons ou *ruches,* elles ont une reine, qui ne travaille
point comme les autres, et qu'on nourrit à ne rien
faire; il n'y a qu'elle qui ait permission de ne point
travailler : si d'autres voulaient faire les paresseuses,
on les tuerait sans miséricorde. Chacune a son emploi : les unes sont chargées de nettoyer les ruches,
les autres de surveiller les ouvrières; celles-ci cou-
rent dès le matin sur les fleurs, et font souvent de
grands voyages pour en trouver. Quand elles ont leurs
charges, elles reconnaissent fort bien le chemin de
leur maison, et ne vont pas dans une autre : elles
prennent ensuite du suc des fleurs la partie qui est
propre à faire la cire, et elles en façonnent un petit
panier dans lequel elles serrent le miel, car sans cela
il ne serait pas proprement.

LADY MARY.

Ma Bonne, qui est-ce qui apprend aux mouches à miel à faire tout cela?

MADEMOISELLE BONNE.

Celui qui apprend aux oiseaux à faire leurs nids : celui qui apprend à la poule qu'il faut rester longtemps sur ses œufs, si elle veut avoir des poulets; celui qui apprend aux chats à faire semblant de dormir pour

attraper les souris. Dieu a instruit toutes les créatures auxquelles il a refusé la raison, précisément de
ce qu'elles doivent faire, et elles n'y manquent jamais.

MISS MOLLY.

En vérité, ma Bonne, j'ai bien de la peine à croire
que mon chien n'ait pas de raison : il m'entend comme
s'il était une personne.

LADY SENSÉE.

Pour moi, ma Bonne, j'ai toujours pensé que les
bêtes n'avaient pas une raison faite comme celle des
hommes; mais pourtant je ne pourrais pas dire en
quoi consiste la différence qu'il y a d'elles à nous : je
vous serais bien obligée si vous vouliez me la faire
voir.[1]

MADEMOISELLE BONNE.

Il faudrait peut-être plus de science que je n'en ai
pour vous expliquer cela; mais je vous dirai pourtant
ce que j'en pense. Examinons, premièrement, ce que
c'est que la raison. Voyons, qu'en dites-vous, lady
Spirituelle?

.LADY SPIRITUELLE.

.Cela est fort singulier, j'ai une raison, et je ne sais
pas ce que c'est; il faut avouer que je suis bien sotte...
Attendez, pourtant, on dit qu'une personne est raisonnable, quand elle se conduit comme il faut, et quand

elle remplit tous les devoirs de son état. La raison consiste donc à se bien conduire.

MADEMOISELLE BONNE.

A merveille, ma chère; mais pour mieux nous entendre, voyons toutes les choses que notre âme est capable de faire. Je regarde au bout de cette chambre, et je vois une fenêtre et une porte; je m'approche, et je remarque qu'à côté de cette porte il y a un escalier, par lequel je puis descendre petit à petit dans la cour: au lieu que si je sortais de la chambre par la fenêtre, j'y descendrais tout d'un coup. Comment est-ce que je remarque cette différence? En pensant. Or cette faculté de penser, qui est en mon âme, je l'appellerai Entendement, et je dirai, toutes les fois que mes yeux ou mes oreilles me montreront un objet, c'est mon entendement qui le connaît. Comprenez-vous cela, mes enfants?

MISS MOLLY.

A merveille, ma Bonne. Je vois par mes yeux que vous êtes une femme, et qu'une femme n'est pas faite comme un lit: c'est mon entendement qui conçoit cela. Je vous entends parler, et j'entends siffler mon oiseau. Ces deux voix qui entrent par mes oreilles vont trouver mon entendement, et il décide que votre voix est la voix d'une femme, et que l'autre est celle d'un oiseau.

MADEMOISELLE BONNE.

Miss Molly explique cela comme un docteur. Reprenons notre première comparaison, mes enfants. Je veux sortir de cette chambre; mon entendement m'a fait voir la différence qu'il y a entre sortir par la fenêtre ou par l'escalier, et il dit : Si je sors par la fenêtre, je serai plus vite dans la cour; mais peut-être qu'en descendant, mon corps tournera de façon que je tomberai la tête la première, et je me la casserai; ou bien je tomberai sur un bras ou sur une jambe, et je me les romprai. Si, au contraire, je descends par l'escalier, je serai un peu plus longtemps; mais je resterai toujours sur mes pieds, et ne serai point en danger de me fendre la tête. L'entendement fait tout ce raisonnement, l'âme l'écoute, et alors une autre chose qui est en elle, et que j'appellerai la Volonté, dit : J'aime mieux aller plus doucement, et ne pas m'exposer à quelque malheur; ainsi je prendrai le chemin de l'escalier, et non de la fenêtre. L'entendement examine, pèse les choses, et la volonté choisit. Je me retrouve ce soir dans cette chambre, et je n'ai pas de lumière, par conséquent je ne vois plus la différence qu'il y a entre la fenêtre et la porte; mais je me ressouviens de cette différence que je ne vois plus; comment est-ce que mon âme se rappelle et se rend présente cette différence? C'est qu'elle a une troisième puissance ou faculté, que je nommerai Mémoire. Répétons cela. Combien notre âme a-t-elle de facultés, lady Charlotte?

LADY CHARLOTTE.

Trois : l'*Entendement*, qui nous sert à connaître les choses; la *Volonté*, qui nous fait choisir une chose plutôt qu'une autre, à cause des différences que l'entendement y a remarquées; et la *Mémoire*, qui nous fait souvenir de ces différences, quand même nous ne verrions plus les objets que nos yeux montreraient à notre entendement, s'il faisait jour.

MADEMOISELLE BONNE.

Vous comprenez cela on ne peut mieux, ma chère; mais remarquez que la Volonté est une aveugle qui ne connaît rien : si elle était sage, elle demanderait toujours conseil à l'Entendement, et lui donnerait le temps d'examiner ce qui serait le mieux; mais elle se presse de choisir avant l'examen, comme une étourdie; d'où il arrive qu'elle choisit tout de travers, et qu'elle est ainsi la cause de toutes les sottises que nous faisons. Voyons à présent ce que c'est qu'une personne raisonnable : c'est une personne qui fait un bon usage de son entendement, qui s'accoutume à ne rien faire qu'après avoir pris du temps pour laisser examiner à l'entendement ce qui est le plus convenable; par conséquent, la raison n'est autre chose que la justesse de l'entendement pour examiner, et la soumission de la volonté aux lumières de l'entendement qui choisit. Pour avoir de la raison, une raison telle qu'est la nôtre et celle de tous les hommes, il faut

donc deux choses : un entendement pour examiner, et
une volonté pour se déterminer. Une de ces choses
serait inutile sans l'autre : m'en diriez-vous bien la
raison, lady Sensée?

LADY SENSÉE.

Je pense que oui, ma Bonne. A quoi me servirait-
il que mon entendement m'apprit qu'il vaut mieux
sortir de la chambre par la porte que par la fenêtre, si
je n'avais pas la liberté de choisir entre ces deux che-
mins, et si une force à laquelle je ne pourrais résister
me poussait à me jeter par la fenêtre? Mon entendement, loin de m'être utile, ne me servirait qu'à me
rendre malheureuse, puisqu'il me découvrirait à tout
moment mille dangers que je ne serais pas la maîtresse
d'éviter.

MADEMOISELLE BONNE.

Ce que vous avez répondu est parfaitement vrai, ma
chère. L'entendement, qui ne fait qu'examiner et qui
ne peut vouloir, serait inutile sans la volonté ; et Dieu,
qui ne fait rien d'inutile, ne peut pas donner un entendement sans volonté. Si je puis vous prouver que
les bêtes n'ont point de volonté, il sera vrai de dire
qu'elles n'ont point d'entendement, puisque l'une ne
va pas sans l'autre. Si les animaux n'ont ni entendement ni volonté, il faut donc dire qu'ils n'ont pas de
raison, puisque nous avons décidé que la raison est
une volonté qui se conduit par les lumières de l'entendement.

LADY SPIRITUELLE.

Je vous avoue, ma Bonne, qu'il ne m'est pas possible de croire que les bêtes n'ont ni volonté, ni raison. J'ai eu un joli petit singe à qui on donna un jour du vin de Madère; il en but beaucoup, et la pauvre petite bête fut bien malade : depuis elle n'a jamais voulu

boire de vin. Mon singe pensait donc : « Ce vin est bon, mais il m'a fait mal, et je me garderai d'en boire une autre fois, de peur d'être encore malade. » Vous voyez qu'il raisonnait, et que sa volonté obéissait à sa raison.

MADEMOISELLE BONNE.

Lady Spirituelle est toute glorieuse de sa preuve

Mais, ma chère, j'en conclus tout le contraire, et l'exemple des hommes prouve ce que je dis. N'avez-vous jamais rien mangé, mes enfants, qui vous ait rendues malades?

LADY CHARLOTTE.

Plus de quatre fois, ma Bonne : j'aime beaucoup le fruit, et toutes les fois que j'en peux attraper, j'en mange jusqu'à ce que j'en sois malade.

LADY MARY.

Et moi j'aime le thé fort : on dit que cela fait mal aux petites filles, et maman ne veut pas que j'en boive; mais je prie tant la femme de chambre, qu'elle m'en donne toujours une demi-tasse.

MADEMOISELLE BONNE.

Et n'avez-vous pas aussi vu des gentilshommes qui meurent très-jeunes à force de trop manger ou de trop boire; des dames qui se fatiguent tant à danser qu'elles s'échauffent le sang, et tombent malades; d'autres qui se ruinent au jeu; et qui pourtant jouent et dansent encore tous les jours?

LADY SENSÉE.

Oui, ma Bonne, mais toutes ces personnes n'ont point de raison.

MADEMOISELLE BONNE.

Et pourquoi n'ont-elles pas de raison? c'est qu'elles ont une volonté qui ne veut pas obéir à leur entendement. Les sottises que font les hommes prouvent qu'ils sont libres ; et quand nous voyons les bêtes agir raisonnablement, comme elles le font toujours, nous devons penser qu'elles ne sont pas maîtresses de faire autrement ; car si elles avaient une volonté comme les hommes, elles feraient des sottises comme les hommes. Le singe de lady Spirituelle aurait bu du vin une autre fois, s'il avait été le maître de le faire, comme le lord qui a été malade aujourd'hui pour avoir trop bu hier, et qui ne laissera pas de boire encore demain.

LADY SENSÉE.

Mais, ma Bonne, qu'est-ce donc qui fait agir les animaux, s'ils n'ont ni entendement, ni volonté ?

MADEMOISELLE BONNE.

Dieu, qui les a créés, leur a donné, au lieu de la raison, un instinct qui les force à faire toutes les choses qu'il a voulu qu'ils fissent. On vous a fait cadeau d'un petit chien pour vous amuser et vous garder : ce petit chien n'a pas la liberté de ne vous point aimer si vous lui donnez tous les jours à manger ; il n'a pas la liberté de se taire, s'il entre dans votre chambre une personne qu'il ne connaît pas ; il aboie malgré lui, afin de vous avertir de prendre garde à cette personne, qui est peut-être entrée pour vous tuer ou vous voler.

LADY SPIRITUELLE.

Ma Bonne, que je serais heureuse, et tous les

hommes aussi, si au lieu de la raison, Dieu nous eût
donné, comme aux animaux, un instinct qui nous eût
forcés à faire ce que nous devons! Je ne ferais pas tant
de sottises, ni les autres non plus.

MADEMOISELLE BONNE.

Il est vrai, ma fille, que nous ne sommes méchants
que parce que nous avons une volonté qui ne veut pas
obéir à l'entendement; mais remarquez aussi que sans
la volonté nous ne pourrions être vertueux. Dieu voulait être servi par des créatures qui l'aimassent volontairement, sans y être forcées. Quand vous me faites
du bien, je vous en ai obligation, parce que vous n'a-
vez pas été forcée de le faire, et que vous avez voulu
me faire du bien. En détruisant la volonté de l'homme,
vous lui ôteriez tous ses vices, mais vous lui ôteriez
aussi toutes ses vertus. Les bêtes n'ont pas besoin d'ê-
tre vertueuses, parce qu'elles n'ont ni châtiment à
craindre, ni récompense à espérer dans l'autre vie.
Quand leur corps meurt, tout meurt avec elles. Mais
Dieu ayant créé l'homme pour vivre heureux toute l'é-
ternité, et ce Dieu étant infiniment juste, il fallait qu'il
laissât à l'homme les moyens de gagner ce bonheur en
pratiquant la vertu, et pour cela il fallait qu'il le laissât libre de choisir entre le bien et le mal, et de faire
de préférence les choses en quoi consiste la vertu
Mais, mes enfants, nous nous sommes amusées à phi-
losopher, sans penser qu'il est bien tard : nous n'aurons pas le temps de dire un seul mot de géogra-

phie; la première fois, il faudra commencer par là.

LADY MARY.

Et le prince Tity, ma Bonne?

MADEMOISELLE BONNE.

Vous avez raison, ma chère, nous le finirons, et ensuite nous parlerons de la France; c'est la première partie qu'on trouve au milieu de l'Europe, en commençant à l'ouest.

VINGT-DEUXIÈME DIALOGUE

MADEMOISELLE BONNE.

J'ai promis de vous achever aujourd'hui le conte du prince Tity : je vais tenir ma promesse.

Tity étant monté sur le trône commença par rétablir le bon ordre dans ses États ; et, pour y parvenir, il publia que tous ceux qui voudraient se plaindre à lui des injustices qu'on leur aurait faites seraient les bienvenus ; il défendit aux gardes de renvoyer une seule personne qui aurait à lui parler, quand même ce serait un homme qui demanderait l'aumône : « Car, disait ce bon prince, je suis le père de tous mes sujets, des pauvres comme des riches. » D'abord les courtisans ne s'effrayèrent point de ce discours ; ils dirent :

« Le roi est jeune, cela ne durera pas longtemps ; il prendra goût aux plaisirs, et sera forcé d'abandonner à ses favoris le soin des affaires. » Ils se trompèrent ; Tity ménagea si bien son temps, qu'il en eut pour tout : d'ailleurs, le soin qu'il eut de punir les premiers qui commirent des injustices fit que personne n'osa plus s'écarter de son devoir. Il avait envoyé des ambassadeurs au roi Violent, pour le remercier du secours qu'il lui avait préparé. Ce prince lui fit dire qu'il serait charmé de le voir encore une fois, et que, s'il voulait se rendre sur les frontières de son royaume, il y viendrait volontiers pour lui faire visite. Comme tout était fort tranquille dans le royaume de Tity, il accepta cette partie, qui convenait au dessein qu'il avait formé d'embellir la petite maison où il avait vu sa chère Biby pour la première fois. Il commanda donc à deux de ses officiers d'acheter toutes les terres qui étaient alentour ; mais il leur défendit de forcer personne. « Je ne suis pas roi, disait-il, pour faire violence à mes sujets ; et après tout, chacun doit être maître de son petit héritage. » Cependant Violent étant arrivé sur la frontière, les deux cours se réunirent ; elles étaient fort brillantes. Violent avait amené avec lui sa fille unique, qu'on nommait Élise, qui était la plus belle fille du monde depuis que Biby était mariée ; elle était aussi d'un heureux caractère ; Tity avait avec lui sa femme et une de ses cousines, qu'on nommait Blanche, et qui, outre qu'elle était belle et vertueuse,

avait encore beaucoup d'esprit. Comme on était pour
ainsi dire à la campagne, les deux rois décidèrent
qu'on vivrait en liberté, et qu'on permettrait à plusieurs dames et seigneurs de souper avec les deux
rois et les princesses. Afin de s'affranchir du cérémo-
nial, on dit qu'on n'appellerait point les rois *Votre Majesté*, et que ceux qui le feraient payeraient une guinée d'amende. Il y avait un quart d'heure qu'on était
à table, lorsqu'on vit entrer une petite vieille assez
mal habillée. Tity et l'Éveillé, qui la reconnurent, allèrent au-devant d'elle ; mais, sur un coup d'œil qu'elle
leur jeta, ils pensèrent qu'elle ne voulait pas être connue. Ils dirent donc au roi Violent et aux princesses
qu'ils leur demandaient la permission de leur présenter une de leurs bonnes amies, qui venait leur demander à souper. La vieille se plaça sans façon dans un
fauteuil qui était auprès de Violent, et que personne
n'avait osé prendre par respect. Elle dit à ce prince :
« Comme les amis de nos amis sont nos amis, vous
trouverez bon que j'en use librement avec vous. » Violent, qui était un peu hautain de son naturel, fut
déconcerté de la familiarité de cette vieille ; mais il
n'en fit pas semblant. On avait averti la bonne femme
qu'on payerait une amende toutes les fois qu'on dirait
Votre Majesté ; cependant à peine fut-elle à table,
qu'elle dit à Violent : « *Votre Majesté* me paraît surprise de la liberté que je prends ; mais c'est une vieille
habitude, et je suis trop âgée pour me réformer ; ainsi

Votre Majesté voudra bien me pardonner. — A l'amende! s'écria Violent, vous devez deux guinées. — Que *Votre Majesté* ne se fâche point, dit la vieille. J'avais oublié qu'il ne fallait pas dire *Votre Majesté*; mais *Votre Majesté* ne pense pas qu'en défendant de dire *Votre Majesté*, vous faites souvenir tout le monde de se tenir dans ce respect gênant que vous voulez bannir. C'est comme ceux qui, pour se familiariser, disent aux gens d'un rang inférieur qu'ils reçoivent à leur table : « Ne vous gênez pas... Vous pouvez boire à ma santé. » Il n'y a rien de si impertinent que cette bonté-là : c'est comme s'ils leur disaient : Souvenez-vous bien que vous n'êtes pas faits pour boire à ma santé, si je ne vous en donnais la permission. Ce que j'en dis, au reste, n'est pas pour m'exempter de payer l'amende; je dois sept guinées, les voilà. » En même temps elle tira de sa poche une bourse aussi usée que si elle eût été faite depuis cent ans, et jeta les sept guinées sur la table. Violent ne savait s'il devait rire ou se fâcher du discours de la vieille; il était sujet à se mettre en colère pour un rien, et son sang commençait à s'échauffer. Toutefois il résolut de se faire violence par considération pour Tity; et, prenant la chose en badinant : « Eh bien ! ma bonne mère, dit-il à la vieille, parlez à votre fantaisie; soit que vous disiez *Votre Majesté* ou non, je ne veux pas moins être de vos amis. — J'y compte bien, reprit la vieille; c'est pour cela que j'ai pris la liberté de dire mon sentiment, et je le ferai toutes les fois que j'en trouverai l'occasion ; car on ne peut rendre un plus grand service à ses amis que de les avertir dès qu'on croit qu'ils font mal. — Il ne faudrait pas vous y fier, répondit Violent, il y a des moments où je ne recevrais pas volontiers de tels avis. — Avouez, mon prince, lui dit la vieille, que vous n'êtes pas loin d'un de ces moments, et que vous donneriez quelque chose de bon pour avoir la liberté de m'envoyer promener tout à votre aise. Voilà nos héros ! ils seraient au désespoir qu'on leur reprochât d'avoir fui devant un ennemi et de lui avoir cédé la victoire sans combat, et ils avouent de sang-froid qu'ils n'ont pas le courage de résister à leur colère, comme s'il n'était pas plus honteux de céder lâchement à une passion qu'à un ennemi qu'il n'est pas toujours en notre pouvoir de vaincre. Mais changeons de discours, car celui-ci ne vous est pas agréable. Permettez que je fasse entrer mes pages, qui ont quelques présents à faire à la compagnie. » Dans le moment la vieille frappa sur la table, et l'on vit entrer par les quatre fenêtres de la salle quatre enfants ailés qui étaient les plus beaux du monde ; ils portaient chacun une corbeille pleine de divers bijoux d'une richesse étonnante. Le roi Violent ayant en même temps jeté les yeux sur la vieille, fut surpris de la voir changée en une dame si belle et si richement parée, qu'elle éblouissait les yeux. « Ah ! madame, dit-il à la fée, je vous reconnais pour la marchande de nèfles et de noi-

selles qui me mit si fort en colère. Pardonnez au peu
d'égards que j'ai eu pour vous, je n'avais pas l'honneur
de vous connaître. — Cela doit vous faire voir qu'il ne

faut jamais manquer d'égards à personne, reprit la fée.
Mais, mon prince, afin de vous montrer que je n'ai
point de rancune, je veux vous faire deux présents :

le premier est ce gobelet ; il est fait d'un seul diamant ; mais ce n'est pas là ce qui le rend précieux.
Toutes les fois que vous serez tenté de vous mettre en
colère, emplissez ce verre d'eau ; buvez-le en trois fois,
et vous sentirez la passion se calmer pour faire place
à la raison. Si vous profitez de ce premier présent,
vous vous rendrez digne du second. Je sais que vous
aimez la princesse Blanche. Elle vous trouve fort aimable ; mais elle craint vos emportements, et ne vous
épousera qu'à la condition que vous ferez usage du
gobelet. » Violent, fort surpris que la fée connût si
bien ses défauts et ses inclinations, avoua qu'en effet
il se croirait fort heureux d'épouser Blanche. « Mais,
ajouta-t-il, il me reste un obstacle à vaincre : quand
même je serais assez heureux pour obtenir le consentement de Blanche, je me ferais toujours une peine de
me remarier, par la crainte de priver ma fille d'une
couronne. — Ce sentiment est beau, dit la fée ; et il se
trouve peu de pères capables de sacrifier leurs inclinations au bonheur de leurs enfants ; mais que cela ne
vous arrête point. Le roi de Mogolan, qui était de mes
amis, vient de mourir sans enfants, et par mon conseil, il a disposé de sa couronne en faveur de l'Éveillé.
Il n'est pas né prince, mais il mérite de le devenir ;
il aime la princesse Élise ; elle est digne d'être la récompense de la fidélité de l'Éveillé, et si son père y
consent, je suis sûre qu'elle lui obéira sans répugnance. » Élise rougit à ce discours ; il est vrai qu'elle

avait trouvé l'Éveillé fort aimable, et qu'elle avait écouté avec plaisir ce qu'on lui avait raconté de sa fidélité pour son maître. « Madame, dit Violent, nous avons pris l'habitude de nous parler à cœur ouvert. J'estime l'Éveillé, et si l'usage ne me liait pas les mains, je n'aurais pas besoin de lui voir une couronne pour lui donner ma fille; mais les hommes, et surtout les rois, doivent respecter les usages reçus, et ce serait blesser ces usages que de donner ma fille à un simple gentilhomme, elle qui sort d'une des plus anciennes familles du monde; car vous savez bien que depuis trois cents ans nous occupons le trône. — Mon prince, lui dit la fée, vous ignorez que la famille de l'Éveillé est tout aussi ancienne que la vôtre, puisque vous êtes parents, et que vous êtes fils de deux frères : encore l'Éveillé doit-il avoir le pas, car il est fils de l'aîné; et votre père n'était que le cadet. — Si vous pouvez me prouver cela, lui dit Violent, je jure de donner ma fille à l'Éveillé, quand même les sujets du feu roi de Mogolan refuseraient de le reconnaître pour souverain. — Rien de plus facile que de vous prouver l'ancienneté de la maison de l'Éveillé, dit la fée; il sort de Gomer, l'aîné des fils de Japhet, fils de Noé, qui s'établit dans le Péloponnèse; et vous sortez du second fils de ce même Japhet. » Il n'y eut personne qui n'eût beaucoup de peine à s'empêcher d'éclater de rire, en voyant que la fée se moquait si sérieusement de Violent. Pour lui, la colère commençait à s'emparer de ses sens, lorsque

la princesse Blanche, qui était à côté de lui, lui présenta le gobelet de diamant plein d'eau ; il le but en
trois fois, comme la fée le lui avait commandé, et
pendant cet intervalle, il pensa en lui-même qu'effectivement tous les hommes étaient égaux par leur
naissance, puisqu'ils descendaient tous de Noé, et qu'il
n'y avait de vraie différence entre eux que celle qu'ils
y mettent par leurs vertus. Ayant achevé de vider son
verre, il dit à la fée : « En vérité, madame, je vous ai
beaucoup d'obligation ; vous venez de me corriger de
deux grands défauts, de mon entêtement sur ma noblesse, et de l'habitude de me mettre en colère. J'admire la vertu du gobelet dont vous m'avez fait présent ; à mesure que je buvais, je sentais ma colère se
calmer, et les réflexions que j'ai faites dans l'intervalle
des trois coups que j'ai bus ont achevé de me rendre
raisonnable. — Je ne veux pas vous tromper, lui dit la
fée, il n'y a aucune vertu dans le gobelet dont je vous
ai fait présent, et je veux apprendre à toute la compagnie en quoi consiste le sortilège de cette eau, bue en
trois fois. Un homme raisonnable ne se mettrait jamais en colère, si cette passion ne le surprenait pas et
lui laissait le temps de réfléchir : or, en se donnant la
peine de faire remplir ce gobelet d'eau, en le buvant en
trois fois, on prend du temps, les sens se calment,
les réflexions viennent ; et lorsque cette cérémonie est
achevée, la raison a pris le dessus de la passion. —
En vérité, lui dit Violent, j'en ai plus appris aujour-

d'hui que pendant le reste de ma vie. Heureux Tity !
vous deviendrez le plus grand prince du monde avec
une telle protectrice ; mais je vous conjure d'employer
le pouvoir que vous avez sur l'esprit de madame à la
faire souvenir qu'elle m'a promis d'être de mes amies.
— Je m'en souviens trop bien pour l'oublier, dit la fée,
et je vous en ai déjà donné des preuves ; je continuerai
à le faire tant que vous serez docile, et j'espère que
ce sera jusqu'à la fin de votre vie. Aujourd'hui, ne
pensons plus qu'à nous divertir pour célébrer votre
mariage et celui de la princesse Élise. » En même
temps on avertit Tity que les officiers qu'il avait chargés d'acheter toutes les terres et les maisons qui en-
vironnaient celle de Biby demandaient à lui parler ; il
commanda qu'on les fît entrer, et ils lui montrèrent
le plan de l'ouvrage qu'ils voulaient faire en cette petite maison ; ils y avaient ajouté un grand jardin, et
un grand parc qui aurait été parfait s'ils eussent pu
abattre une petite chaumière, qui se trouvait au beau
milieu d'une des allées de ce parc, et qui en gâtait la
symétrie. « Pourquoi n'avez-vous pas ôté cette bico-
que ? dit le roi Violent en parlant aux officiers et aux
architectes. — Seigneur, lui répondirent-ils, notre roi
nous avait défendu de faire violence à personne, et
il s'est trouvé un homme qui n'a jamais voulu vendre
sa maison, quoique nous ayons offert de la lui payer
quatre fois plus qu'elle ne vaut. — Si ce coquin-là
était mon sujet, je le ferais pendre, dit Violent. —

Vous videriez votre gobelet auparavant, reprit la fée.
— Je crois que le gobelet ne pourrait lui sauver la
vie, répondit Violent, car, enfin, n'est-il pas horrible
qu'un roi ne soit pas maître dans ses États, et qu'il
soit contraint d'abandonner un ouvrage qu'il souhaite

d'achever, par l'obstination d'un faquin qui devrait
s'estimer trop heureux de faire sa fortune en obligeant son maître, sans le forcer à l'y contraindre, ou
à abandonner son dessein? — Je ne ferai ni l'un ni
l'autre, dit Tity en riant, et je prétends que cette maison devienne le plus bel ornement de mon parc. —
Oh! je vous en défie, dit Violent; elle est placée de
telle façon, qu'elle ne peut servir qu'à le gâter. —

Voici ce que je ferai, dit Tity : je la ferai entourer d'une muraille assez haute pour empêcher cet homme d'entrer dans mon parc, mais pas assez pour lui en ôter la vue, car il ne serait pas juste de l'enfermer comme dans une prison. Sur cette muraille on lira ces paroles écrites en lettres d'or :

« Le roi qui fit dessiner ce parc aima mieux lui laisser ce défaut « que de devenir injuste à l'égard d'un de ses sujets, en lui ravissant « l'héritage de ses pères, sur lequel le roi n'avait d'autre droit que celui « de la force. »

— Tout ce que je vois me confond, dit Violent ; j'avoue que je n'avais pas même l'idée des vertus héroïques qui font les grands hommes. Oui, Tity, cette muraille fera l'ornement de votre parc, et la belle action que vous ferez en l'élevant sera l'honneur de votre vie. Mais, madame, d'où vient que Tity se porte si naturellement aux grandes vertus, dont je n'ai pas même l'idée ? — Grand roi, lui répondit la fée, Tity, élevé par des parents qui ne pouvaient le souffrir, a toujours été contredit depuis qu'il est au monde ; il s'est accoutumé à soumettre sa volonté à celle d'autrui, pour toutes les choses indifférentes. Comme il n'avait aucun pouvoir dans le royaume pendant la vie de son père, qu'il ne pouvait accorder aucune grâce, et qu'on savait que le roi avait envie de le déshériter, les flatteurs n'ont pas daigné le gâter, parce qu'ils croyaient n'avoir rien à craindre ni à espérer de lui :

ils l'ont abandonné aux honnêtes gens que le seul devoir attachait à sa personne, et, en leur compagnie, il
a appris qu'un roi, qui est maître absolu pour faire le
bien, doit avoir les mains liées lorsqu'il est question
de faire le mal ; qu'il commande à des hommes libres et non à des esclaves ; que les peuples ne se sont
soumis à leurs égaux, en leur décernant la couronne,
que pour se donner des pères, pour donner des pro-
tecteurs aux lois, un refuge aux pauvres et aux opprimés. Vous n'avez jamais entendu ces grandes vérités. Devenu roi dès l'âge de douze ans, les gouverneurs
à qui l'on a confié votre éducation n'ont songé qu'à
faire leur fortune en gagnant vos bonnes grâces ; ils
ont appelé votre orgueil une *noble fierté ;* vos emportements des *vivacités excusables ;* en un mot, ils ont fait
jusqu'à ce jour votre malheur et le malheur de vos
pauvres sujets, que vous avez regardés et traités en
esclaves, parce que vous pensiez qu'ils n'étaient au
monde que pour servir à vos caprices, au lieu que,
dans la vérité, vous n'êtes roi que pour les protéger et
les défendre. » Violent convint des dures vérités que
lui disait la fée ; mieux instruit de ses devoirs, il s'appliqua à se vaincre pour les remplir ; et il fut encou-
ragé dans ses bonnes résolutions par l'exemple de Tity
et de l'Éveillé, qui conservèrent sur le trône les vertus
qu'ils y avaient apportées.

LADY SPIRITUELLE.

Ma Bonne, voilà le plus joli conte que j'aie entendu

de ma vie; il me fait souvenir d'une petite histoire que
l'on m'a dite, et que je raconterai à ces dames, si vous
voulez me le permettre.

MADEMOISELLE BONNE.

Volontiers, ma chère.

LADY SPIRITUELLE.

Il y avait une fois une pauvre femme d'humble condition, qui était la plus malheureuse personne du
monde; elle avait un mari qui la battait tous les jours
jusqu'à la rendre malade. Elle alla trouver une de ses
vieilles voisines qui passait pour avoir beaucoup de
science; quelques-uns même disaient qu'elle était sorcière, parce qu'elle venait à bout de tout ce qu'elle
entreprenait. La vérité est que cette femme ayant
beaucoup de prudence, s'attachait à connaître les caractères des personnes avec lesquelles elle vivait, leur
faisait faire tout ce qu'elle voulait, et prévoyait ce
qu'elles avaient envie de faire. La bonne femme écouta
les plaintes de sa voisine; et comme elle la connaissait
aussi bien que son mari, elle lui dit qu'elle voulait employer sa science à lui rendre service. Elle alla chercher une grande cruche pleine d'eau, la posa sur la
table, fit trois tours en disant quelques paroles latines, puis elle mit deux grains de sel dans cette eau;
et en ayant rempli une bouteille, elle dit à sa voisine: « Gardez cette eau bien soigneusement, et toutes
les fois que vous verrez votre mari prêt à se fâcher,

emplissez-en votre bouche; tant que vous ne l'aurez
pas avalée, je vous promets que votre mari ne vous
battra pas. » La femme remercia beaucoup sa voisine,
et ne manqua pas de faire ce qu'elle lui avait commandé. Elle ne douta plus que la vieille ne fût vérita-

blement sorcière, car pendant huit jours que son eau
dura, son mari ne la battit pas une seule fois. Elle fut
fort affligée quand elle vit sa bouteille vide, et retourna chez la vieille pour la prier de la remplir.
« Vous n'en avez pas besoin, lui dit cette femme; cette
eau est de l'eau de la rivière, sur laquelle j'ai dit des

paroles qui ne signifiaient rien. — Mais pourtant, dit la jeune femme, cette eau a eu la vertu d'empêcher mon mari de me battre. — Parce qu'elle vous a empêchée de répondre à votre mari, dit la vieille, car vous ne pouviez parler tout le temps que vous l'aviez dans la bouche. Retournez chez vous, et quand vous verrez que votre mari aura trop bu, ou sera de mauvaise humeur, au lieu de l'obstiner et de lui dire des injures, gardez le silence, comme si votre bouche était pleine d'eau ; vous verrez que sa colère se passera. » La jeune femme suivit le conseil de la vieille, et elle s'en trouva bien, car son mari n'étant plus contredit mal à propos, perdit l'habitude de s'emporter et vécut toujours bien avec sa femme, qu'il aima beaucoup aussitôt qu'elle fut devenue douce et patiente.

MADEMOISELLE BONNE.

Votre histoire est fort jolie, lady Spirituelle ; j'ai envie de donner une bouteille d'eau à lady Charlotte. Vous en auriez grand besoin, n'est-ce pas, ma chère ?

LADY CHARLOTTE.

Oui, ma Bonne ; je vous assure pourtant que je ne suis plus si méchante, et que je me corrige un peu tous les jours.

MADEMOISELLE BONNE.

Si vous continuez, vous deviendrez bonne tout à fait. Parlons maintenant de la géographie ; mais avant d'examiner la situation de la France, je veux vous dire un mot de ce qu'elle était avant de porter ce nom.

Autrefois on nommait ce pays les Gaules; il était habité par des peuples extrêmement forts et robustes et d'un courage féroce, qui les fit regarder longtemps comme invincibles. Ces peuples s'étant multipliés, cherchèrent à s'étendre dans d'autres pays, parce que les Gaules, quelque grandes qu'elles fussent, étaient devenues trop petites pour les contenir. Une grande armée de Gaulois passa en Italie, et demanda honnêtement un pays qui n'était point cultivé pour s'y établir : on le leur refusa, et on commit même une injustice à leur égard. Alors leur chef, nommé Brennus, après avoir demandé justice aux Romains qui ne voulurent point la lui rendre, mena son armée vers Rome, qu'on avait abandonnée. Ils prirent cette ville et la brûlèrent ; mais ayant été attaqués par un Romain nommé Camille, au moment qu'ils pensaient avoir fait la paix, ils furent défaits et mis en pièces. Les Gaulois qui brûlèrent la ville de Rome, sortaient de la ville de Sens, que je vais vous montrer sur la carte. Dans d'autres temps, les Gaulois envoyèrent encore des armées en Grèce et en Italie; mais elles furent presque toujours défaites après avoir remporté de grandes victoires et pillé les lieux où elles avaient passé. Enfin les Gaules furent soumises par Jules César, qui fit dix ans entiers la guerre aux Gaulois. Elles appartinrent longtemps aux Romains, qui y ont laissé de profonds souvenirs dans la langue : beaucoup de mots français dérivent du latin. On retrouve aussi dans plusieurs parties de la France les ruines de monuments construits par les Romains. Cependant à mesure qu'ils étendaient leurs conquêtes, leurs forces diminuaient, ainsi que je vous l'ai fait remarquer en parlant de l'Angleterre. Les nations voisines, profitant de leur faiblesse, s'emparèrent des pays qu'ils avaient conquis. Un peuple, qu'on appelait les Visigoths, leur prit le Languedoc et une partie de la Provence, que vous voyez au sud de la France. Un autre peuple, qu'on nommait les Bourguignons, leur enleva ce pays que vous voyez, et qu'on appelle aujourd'hui Bourgogne et Dauphiné. Enfin les Francs, qui demeuraient de l'autre côté du Rhin, dans la Germanie, vinrent faire des courses dans les Gaules pour les piller, et à la fin ils s'y établirent sous un prince nommé Clovis, qui vint à bout de chasser le reste des Romains qui y étaient encore. Clovis fit par la suite un accommodement avec un autre peuple qui, du consentement des Romains, s'était établi dans les Gaules : c'étaient les Bretons fuyant devant l'invasion des Anglo-Saxons, comme nous l'avons vu en parlant de l'Angleterre. Ils nommèrent Bretagne la partie que Clovis leur laissa, à condition que leurs princes ne prendraient plus la qualité de rois : depuis ce temps on les nomma comtes. Lady Sensée va me répéter en abrégé ce que j'ai dit de la France.

LADY SENSÉE.

Ce pays autrefois s'appelait Gaule ; il fut soumis par Jules César ; les Visigoths et les Bourguignons s'y éta-

blirent en enlevant plusieurs provinces aux Romains,
et fondèrent dans les Gaules deux royaumes, qu'on
nommait le royaume des Bourguignons et celui des
Visigoths. Il s'y trouvait encore un troisième royaume

nommé Bretagne, et il était fondé par les Bretons venant de l'île appelée Grande-Bretagne. Enfin Clovis,
roi des Francs, ayant chassé des Gaules ce qui y restait de Romains, y fonda le grand empire qu'on a depuis nommé France.

MADEMOISELLE BONNE.

On ne peut pas mieux dire, ma chère. Allons, lady Mary, répétez votre histoire.

LADY MARY.

Un homme, nommé Éli-Mélec, alla demeurer dans le pays des Moabites avec sa femme Noémi et deux de ses fils; qui épousèrent des filles de Moab; ils avaient quitté leur contrée, parce qu'il y régnait une grande famine. Ils demeurèrent dix ans dans Moab, et, pen-

dant ce temps, le père et les fils moururent. Noémi resta donc seule avec ses deux belles-filles, et eut en-

vie de revoir son pays ; elle dit aux veuves de ses fils :
« Retournez dans la maison de vos pères ; je prie Dieu
qu'il vous bénisse, parce que vous avez bien vécu avec
mes fils et ensuite avec moi ; Dieu vous en récompen-
sera en vous donnant d'autres maris. » Une de ses belles-filles lui dit adieu en pleurant, et retourna chez son
père ; mais l'autre, qui se nommait Ruth lui dit : « Je
ne vous quitterai point ; votre Dieu sera mon Dieu, et
votre peuple sera mon peuple ; la mort seule me sé-
parera de vous. » Ruth partit donc avec sa belle-mère,
et vint à Bethléem, qui était le pays de Noémi. Tout
le monde admirait la vertu de cette jeune femme qui
avait renoncé à tout pour suivre sa belle-mère qui était
fort pauvre. Comme on était au temps de la moisson,
Ruth dit à Noémi : « Permettez que j'aille glaner, cela
nous donnera le moyen de vivre. » Sa belle-mère y
ayant consenti, elle alla dans le champ d'un homme
vieux et riche, qui se nommait Booz, et qui était parent du père de son mari. Booz étant venu voir ses
moissonneurs, et ayant appris que cette jeune femme
était la Moabite dont on admirait le bon cœur, lui dit :
« Dieu vous bénisse, ma chère fille ; il vous récompen-
sera, j'en suis sûr ; ne sortez point de mon champ,
vous glanerez avec mes filles, et vous mangerez avec
nous. » Ensuite Booz commanda à ses serviteurs de respecter Ruth, et de laisser tomber, comme par hasard,
beaucoup de blé dans le lieu où elle glanerait ; en sorte
qu'elle en ramassa une grande quantité, qu'elle porta

à sa belle-mère. Noémi, charmée de la sagesse, de l'o-
béissance et de l'affection de Ruth, lui dit : « Mon enfant, je veux récompenser ton mérite, et te donner
moyen de faire ta fortune ; Booz est notre parent, et
il doit t'épouser : va donc ce soir dans sa grange ;
couche-toi à ses pieds, et il te dira ce qu'il faudra
faire. » Ruth obéit à sa belle-mère, et Booz s'étant
éveillé à minuit, fut surpris de voir une femme cou-

chée à ses pieds. Ruth lui dit : « Monseigneur, vous
savez que je suis votre parente et que, selon la loi,
vous devez m'épouser. » Booz lui dit : « En vérité, ma
fille, tu montres que tu es sage ; car tu n'as pas cher-

ché un mari parmi les jeunes gens, mais tu as choisi un vieillard : il est vrai que je suis ton parent, mais il y a un autre homme qui est plus proche parent que moi ; s'il refuse de t'épouser, comme la loi l'ordonne, je te prendrai pour ma femme, car tout le monde sait que tu as de la vertu. » Le lendemain, Booz s'assit devant la porte de la ville, et ayant pris dix témoins parmi les anciens du peuple, il dit à cet homme, qui était plus proche parent que lui : « Noémi veut vendre la part de l'héritage de son mari : vois si tu veux l'acheter et épouser Ruth, pour donner des enfants à ton parent qui est mort. » Cet homme lui répondit : « Je renonce à l'héritage et à la femme, prends-la pour toi. » En même temps il ôta son soulier, selon la coutume, car c'était une marque qu'il renonçait à l'héritage du défunt. Booz prit le soulier et épousa Ruth ; et tout le monde disait : « Soyez heureux avec cette femme, et que Dieu la bénisse comme il a béni Rachel et Lia. » Dieu écouta les prières du peuple, car Ruth eut un fils qui fut nommé Obed, et qui a été grand-père de David. Noémi reçut dans son sein cet enfant qui la consola de tous ses malheurs, et qui lui tint lieu du mari et des deux fils qu'elle avait perdus.

MISS MOLLY.

Mon Dieu, ma Bonne, que cette histoire est touchante ? j'ai eu envie de pleurer en l'écoutant.

MADEMOISELLE BONNE.

Et moi, ma chère, j'ai pleuré tout à fait. J'admire

le bon cœur de Ruth pour sa belle-mère; sa sagesse, son obéissance : j'admire le bon cœur de Booz, qui veut lui faire du bien comme par hasard, et sans qu'elle soit obligée de le remercier. Remarquez cela, mes enfants. Ce n'est pas assez d'aimer à faire le bien, il faut encore apprendre à le bien faire. Il y a des gens qui assistent les pauvres, mais qui le font d'une manière si dure, qu'ils les font mourir de honte au lieu de les soulager. Un honnête homme est devenu pauvre; si vous alliez lui dire : Apparemment que vous avez perdu votre bien par votre mauvaise conduite, je veux pourtant vous empêcher de mourir de faim, et je vous ferai l'aumône. Voyez-vous, mes enfants, cet homme-là souffrirait davantage en recevant votre bienfait qu'il n'eût souffert par la faim. Vous rendez service à un ami, mais vous lui faites valoir ce service : vous lui en parlez sans cesse : vous dites à tout le monde que cet homme vous a beaucoup d'obligations. Eh bien, moi, je pense qu'il ne vous en a guère. Quand on rend service, il faut tâcher que celui à qui on le rend ne le sache pas; il faut ne lui en jamais parler, et tâcher de le lui rendre comme par hasard; et s'il découvre que vous avez voulu l'obliger, faites-lui voir que vous avez eu plus de plaisir en lui rendant ce service, qu'il n'en a eu à le recevoir. J'allais oublier de vous recommander de lire le poëme de *Ruth et Noémi*, par Florian. Il y a de charmants vers, que vous retiendrez facilement, et qui vous graveront dans la mémoire ce beau passage de l'Histoire sainte. A votre tour, Lady Charlotte.

LADY CHARLOTTE.

Il y avait un homme nommé Elkana, qui avait deux femmes : une d'elles, nommée Anne, n'avait point d'enfants, et l'autre femme la méprisait à cause de cela. Un jour Anne alla au temple pour demander au Seigneur de finir sa peine; et elle lui dit : « Si tu me donnes un fils, ô mon Seigneur ! je le consacrerai à ton service. » Comme Anne priait avec ferveur, son visage était tout en feu : le grand prêtre Héli crut qu'elle avait trop bu, et lui dit de sortir. Anne, au lieu de se mettre en colère, dit au grand prêtre : « Seigneur, je ne suis pas ivre; je suis une pauvre femme affligée qui vient demander du secours au Seigneur; s'il m'accorde un fils, le rasoir ne passera point sur sa tête et je le consacrerai à mon Dieu. — Que le Seigneur t'accorde ta demande, » reprit le grand prêtre. Anne se releva pleine d'espérance, et le Seigneur lui accorda la grâce qu'elle lui avait demandée : elle eut un fils qu'on nomma Samuel; et lorsqu'il fut sevré, Anne le mena au grand prêtre, et lui dit : « Seigneur, vous voyez cette femme qui était si affligée. Dieu m'a consolée, c'est pourquoi je vous amène mon fils, afin qu'il serve l'Éternel dans son temple. » Le grand prêtre bénit Anne et son mari, en disant : « Que le Seigneur vous envoie d'autres enfants pour celui que vous lui donnez. » Anne eut donc trois fils et deux filles. Une nuit

que le jeune Samuel dormait auprès de l'arche du
Seigneur, une voix l'appela ; il crut que c'était le
grand prêtre Héli, et s'étant levé, il lui demanda ce
qu'il voulait. « Je ne vous ai point appelé, mon fils,
lui dit Héli : allez vous recoucher. » La même chose
étant arrivée trois fois de suite, Héli comprit que c'é-
tait Dieu qui appelait Samuel, et lui dit : « Si on t'appelle encore une fois, tu répondras : Parlez, Seigneur,

votre serviteur vous écoute. » Samuel fit ce qu'Héli
avait commandé, et Dieu lui dit : « Héli a négligé de
corriger ses enfants, c'est pourquoi je lui ai annoncé

qu'aucun d'eux ne parviendrait jusqu'à la vieillesse ; car ses enfants sont des méchants, et il s'est contenté de les reprendre sans les punir sévèrement comme il le devait. » Samuel aurait bien voulu taire cette vision au grand prêtre ; mais Héli lui ayant commandé de lui dire la vérité, Samuel lui raconta ce que le Seigneur lui avait dit, et Héli répondit : « Que la volonté de Dieu s'accomplisse ! » Depuis ce temps le Seigneur fut avec Samuel, qui demeurait en Silo, et tout le peuple connut qu'il était un prophète.

LADY SENSÉE.

Plus nous avançons dans l'histoire de la sainte Écriture, plus je la trouve belle. Il me paraît qu'Héli était un honnête homme ; c'est bien dommage qu'il eût des enfants méchants.

MADEMOISELLE BONNE.

C'était sa faute, ma chère ; autrement Dieu ne la lui aurait pas reprochée. Il s'était contenté de les reprendre, et cela dans le temps où ils commettaient de grands crimes, qui méritaient des châtiments plus sévères. Combien de pères et de mères seront malheureux, pour n'avoir pas puni leurs enfants ! Vous voyez, mesdames, qu'il ne faut pas se fâcher contre vos parents et vos maîtres quand ils vous corrigent ; ils y sont obligés, et Dieu les punirait bien sévèrement s'ils ne le faisaient pas, comme vous verrez qu'il punit Héli.

MISS MOLLY.

Dieu menaça les enfants d'Héli de les faire périr

avant qu'ils devinssent vieux. C'est donc une punition de Dieu, quand on meurt jeune?

MADEMOISELLE BONNE.

Quelquefois ma chère; mais il arrive souvent, au contraire, que la mort, dans la jeunesse, est un effet de la bonté de Dieu. Il enlève les enfants de ce monde avant qu'ils aient commis de grands péchés, s'il prévoit qu'ils en doivent commettre et devenir méchants. Il y a aussi des jeunes gens si vertueux, qu'ils sont mûrs pour le ciel dès leurs premières années. Je lisais l'autre jour qu'un prince qui devait être roi de Navarre, mourut à seize ans; on crut qu'il avait été empoisonné en jouant de la flûte. C'était le plus beau jeune homme qu'on pût voir; à cause de sa beauté on l'avait surnommé Phébus; mais il avait beaucoup de vertu, car au lieu de murmurer de ce qu'il mourait si jeune, il dit à ceux qui pleuraient auprès de son lit ces belles paroles: «Mon royaume n'est pas de ce monde; ne pleurez pas, je vais à mon père.» Vous voyez bien, mes enfants, que la mort de cet aimable prince était la récompense de sa piété. Dieu se hâtait de le couronner dans sa gloire. Dites-nous votre histoire, miss Molly.

MISS MOLLY.

Les Philistins ayant déclaré la guerre aux Israélites, les battirent, et ces derniers firent venir l'Arche du Seigneur dans leur camp; mais comme ils étaient

méchants, Dieu ne les assista point : ils furent défaits :
l'Arche du Seigneur fut prise par les Philistins, et les
deux fils d'Héli furent tués. Cependant Héli se tenait
sur le chemin pour apprendre les nouvelles, et il
était plus inquiet pour l'Arche du Seigneur que pour
ses fils. Un homme qui s'était sauvé de la bataille lui
ayant dit que l'Arche était entre les mains des Philistins, il en eut une si vive douleur qu'il se laissa tomber, et s'étant cassé la nuque, il mourut âgé de qua-
tre-vingt-dix ans. Les Philistins firent porter l'Arche
dans le temple de leur faux dieu Dagon; mais le matin ils trouvèrent l'idole de Dagon tombée, la face
contre terre, devant l'Arche : ils relevèrent l'idole, et
le lendemain ils la trouvèrent encore à terre; ses pieds
et ses mains, qui étaient brisés, étaient sur le pas de
la porte. Depuis ils furent affligés de toutes sortes de
maladies, à cause de l'Arche : ils la promenaient de
ville en ville, et partout où elle entrait les hommes
tombaient malades. Après avoir gardé l'Arche pendant
sept mois, ils la mirent sur un chariot, auquel ils at-
telèrent deux vaches qui avaient de jeunes veaux, et
qui n'avaient jamais été attelées. Ces vaches, au lieu
de retourner à leurs étables, prirent le chemin du
pays des Israélites. Les Philistins avaient aussi mis
sur le chariot des présents pour apaiser la colère du
Seigneur. Les vaches s'arrêtèrent dans un lieu où les
Bethsamites faisaient la moisson : ils jetèrent des cris
de joie quand ils virent l'Arche; mais l'ayant exami-

née curieusement et sans respect, il en mourut un grand nombre.

On porta l'Arche dans une maison, où elle demeura vingt ans ; et après ce temps, les Israélites se repentirent de leurs péchés ; ils jetèrent hors de leurs maisons les idoles qu'ils avaient adorées et Samuel ayant prié pour eux, ils obtinrent miséricorde. Depuis ils furent toujours victorieux des Philistins et reprirent leurs villes : Samuel les jugeait au nom du Seigneur.

LADY MARY.

Ma Bonne, était-ce donc un si grand péché de regarder l'Arche, que Dieu fit mourir ceux qui l'avaient regardée avec trop de curiosité?

MADEMOISELLE BONNE.

Apparemment, ma chère ; car Dieu ne punit que ceux qui le méritent. Dieu avait dit aux Israélites qu'il résidait dans l'Arche d'une manière plus particulière que dans les autres lieux ; il fallait donc ne la regarder qu'avec crainte et tremblement. Adieu, mes enfants, continuez à être bien sages et à bien apprendre. Souvenez-vous aussi que Dieu demeure d'une manière particulière dans les lieux où l'on s'assemble pour le prier et pour écouter sa parole ; et craignez qu'il ne vous punisse, comme il a fait des Bethsamites, si vous n'avez pas soin de vous tenir en sa présence avec respect, et d'une manière pieuse et décente.

VINGT-TROISIÈME DIALOGUE

— VINGT ET UNIÈME JOURNÉE[1] —

—◦◇◦—

LADY SENSÉE.

Comme ma Bonne veut bien, mesdames, que je vous répète une petite histoire que nous avons lue hier soir, je vais vous la raconter.

Il y avait une fois une femme qui était bien méchante; elle ne pouvait garder aucun domestique : elle battait ses enfants, et elle les rendait si malheureux, qu'elle les fit mourir de chagrin, aussi bien que son mari. Quoique cette femme fût encore jeune, et qu'elle eût une grande fortune, personne ne se présentait pour l'épouser, tant elle était haïe. A la fin, un gentilhomme du voisinage

---

[1] Il y a une nouvelle écolière à cette leçon, qu'on nomme lady Tempête, âgée de douze ans.

eut le malheur d'en devenir amoureux, et il la demanda en mariage. Comme c'était un honnête homme, tout le monde le plaignit, et un de ses amis lui représenta qu'il allait faire la plus grande sottise du monde en épousant cette furie, qui le ferait mourir à la peine. « Ne vous embarrassez de rien, lui répondit le gentilhomme, avant qu'il soit un mois, je veux rendre ma femme douce comme un mouton. » Le mariage se fit dans le château de la dame, à quatre heures du matin; et au sortir de la chapelle, elle voulut monter à sa chambre pour faire sa toilette, car elle attendait une grande compagnie qu'elle avait priée à dîner. Elle fut fort surprise, lorsque son mari lui dit qu'il n'était pas nécessaire qu'elle s'habillât, parce qu'il avait résolu de la mener dîner à sa terre, qui était à quatre lieues de là. « En vérité, monsieur, lui dit la femme, je crois que vous êtes devenu fou; avez-vous oublié que nous attendons compagnie? — Je n'ai point de compte à vous rendre de mes actions, lui répondit le nouveau marié : accoutumez-vous à m'obéir sans raisonner, madame, car je suis si brutal que vous auriez sujet de vous repentir de votre résistance : montez donc à cheval tout à l'heure. » Cette femme furieuse dit à son mari qu'il pouvait partir tout seul, mais qu'assurément elle ne le suivrait pas. Le gentilhomme, sans s'émouvoir, appela quatre grands laquais qu'il avait amenés avec lui, et leur dit : « Si madame ne monte pas à cheval de bonne grâce, prenez-la de force, et la liez sur le cheval. »

Cette femme outrée, voyant qu'elle n'était pas la plus
forte, monta sur le cheval en vomissant mille injures
contre son mari, qui ne faisait pas semblant de l'entendre. Pendant ce temps, une chienne qu'il aimait
beaucoup vint le caresser. « Retire-toi, lui dit-il, je
ne suis pas d'humeur de recevoir tes caresses » Cette
pauvre chienne, qui ne l'entendait pas, revint une seconde fois pour le caresser. « Oh! dit-il, je n'aime pas
qu'on m'obstine, » et ayant pris un pistolet qui était

à l'arçon de la selle, il fit mine de brûler la cervelle
à cette pauvre bête. A ce spectacle, la dame, effrayée,
cessa de lui dire des injures. « Ce brutal-là, dit-elle
en elle-même, pourrait bien me traiter comme sa

chienne. » Ils firent trois lieues de chemin sans dire
un seul mot; mais le cheval de la femme ayant refusé
de passer auprès d'un arbre qui lui faisait peur, son
mari lui commanda de descendre, puis il dit au cheval : « Je t'apprendrai à obéir. » Et, prenant son pistolet, il lui cassa la tête avec le plus grand sang-froid
du monde. « Mon Dieu, ayez pitié de moi, disait tout
bas la femme; que vais-je devenir seul avec cet en-
ragé? il me tuera au premier moment. — J'ai changé
de pensée, lui dit le gentilhomme, retournons au château; je ferai marcher mon cheval au petit pas, afin
que vous puissiez me suivre; mais comme je ne veux
pas perdre la selle du cheval que j'ai tué, vous aurez
la bonté de la porter sur vos épaules. » Cette femme,
plus morte que vive, prit la selle, sans oser dire un
seul mot, et arriva à son château, suant à grosses
gouttes. Pendant son absence, on avait donné congé
à tous ses domestiques; et elle en trouva d'autres
qu'elle ne connaissait pas, et qui avaient une mine
si terrible, qu'ils la faisaient trembler : elle eût bien
voulu s'enfuir, mais il n'y avait pas moyen d'y penser.
Son mari la fit dîner et souper sans qu'elle eût appétit; elle crut être morte, quand il lui dit qu'elle pouvait monter dans sa chambre, parce qu'il voulait se
coucher, car en même temps il prit ses pistolets. En
entrant dans cette chambre, qu'elle regardait comme
devant être son tombeau, il s'assit dans un fauteuil,
et lui commanda de le déchausser. Elle obéit en si-

lence; ensuite son mari lui ayant dit de s'asseoir dans le même fauteuil, la déchaussa à son tour. « Il est bien juste, lui dit-il, que je vous rende le même service que j'ai reçu de vous, car telle est mon humeur; je

traite les gens comme ils me traitent; c'est à vous à prendre vos mesures là-dessus. Pour une brutalité que vous me ferez, je vous en rendrai quatre; mais aussi vous n'aurez pas pour moi la moindre complaisance, que je ne vous la rende avec usure, c'est-à-dire, beaucoup plus grande. Votre conduite réglera donc la mienne, et il ne tiendra qu'à vous d'être la plus heureuse de toutes les femmes ; mais souvenez-vous bien que si vous vouliez faire le diable avec moi comme vous l'avez fait avec votre défunt mari, vous trouveriez en moi un diable cent fois plus méchant que vous. — Cela suffit, monsieur, lui dit la femme ; tenez votre parole, je suis contente : si mes manières doivent régler les vôtres, comme je reconnais que cela est juste, je ne vous reverrai jamais tel que je vous ai vu aujourd'hui. » Effectivement, cette femme fit de sérieuses réflexions sur sa conduite passée, et fermement persuadée qu'elle avait enfin trouvé plus méchant qu'elle, elle se détermina à se corriger, et elle y réussit au grand étonnement de tout le monde, en sorte qu'il n'y eut jamais de mariage plus heureux.

MADEMOISELLE BONNE.

Avouez, mesdames, que ce gentilhomme, quoique un peu brutal, avait pris un bon parti. Vous voyez, par exemple, combien je suis douce envers vous : je ne vous ai jamais grondées : je puis pourtant vous assurer que si j'avais trouvé parmi vous une écolière qui ressemblât à cette dame, j'aurais pris le même parti que ce gentilhomme ; car il n'y a pas d'autre moyen pour dompter celles qui ne veulent pas se corriger par la douceur. S'il plaît à Dieu, je n'aurai jamais besoin d'en venir à ces extrémités ; vous êtes toutes bonnes et dociles : j'espère que lady Tempête, qui vient passer quelques mois avec sa cousine, lady Sensée, suivra vos bons exemples, et que nous serons toujours bonnes amies.

LADY TEMPÊTE

Je l'espère, mademoiselle.

MADEMOISELLE BONNE.

Appelez-moi ma Bonne, comme font les autres, ma chère : venez m'embrasser, et ne soyez point timide avec moi; car, comme je vous l'ai dit, je veux être de vos amies; je suis celle de toutes ces dames : elles font tout ce que je veux; je ne cherche qu'à leur faire plaisir : demandez à lady Charlotte, qui était autrefois méchante comme un petit démon, et qui est devenue si bonne fille, qu'elle est aujourd'hui ma favorite.

LADY MARY.

Ma bonne, si vous aimez mieux lady Charlotte que moi, je serai jalouse.

MADEMOISELLE BONNE.

Je vous aime toutes de tout mon cœur, mesdames : il est vrai que j'ai un grand faible pour celles qui sont un peu dragons, quand je suis venue à bout de les vaincre.

LADY TEMPÊTE.

Je pourrais donc devenir votre favorite?

MADEMOISELLE BONNE.

Comment, ma chère, seriez-vous un peu dragon?

LADY TEMPÊTE.

Je suis sûre que maman vous l'a dit, et que c'est à cause de moi que vous avez fait raconter à lady Sensée l'histoire de cette méchante femme.

MADEMOISELLE BONNE.

Tenez, ma chère, je ne veux pas vous tromper; vous avez deviné. Mais pourvu que vous ayez de la bonne volonté, je ne m'effraye point de vos défauts : nous les corrigerons. Soyez bien attentive à la leçon, ma chère; peut-être trouverons-nous quelque chose dans ce qui va être répété qui vous encouragera à devenir bonne fille. Lady Spirituelle, vous avez lu l'histoire de France, dites-nous combien il y a eu de différentes maisons sur le trône depuis l'établissement de la monarchie.

LADY SPIRITUELLE.

Il est vrai, ma Bonne, que j'ai lu l'histoire de France; mais je l'ai lue si vite, que je ne me souviens pas d'un seul mot. Quand j'ai des livres, je suis comme un gourmand qui est devant une bonne table; je voudrais les lire tous à la fois; je me dépêche : je les avale pour en lire d'autres.

MADEMOISELLE BONNE.

Et comme le gourmand n'engraisse pas toujours, et qu'au contraire il a souvent des indigestions, vous vous donnez des indigestions de lecture qui ne vous rendent pas plus savante. Il faut vous corriger de ce défaut, ma chère. Lady Sensée lit moins que vous, mais elle tire plus de profit de ses lectures; elle va répondre à la question que je vous ai faite.

LADY SENSÉE.

Il y a eu en France trois maisons ou trois races : on nomme la première la race des Mérovingiens, à cause d'un des aïeux de Clovis, qui se nommait Mérovée, et qui avait fait quelques courses dans les Gaules, sans s'y être établi. La seconde race est celle des Carlovingiens : on la nomme ainsi à cause de Charlemagne, quoique ce soit son père Pépin qui ait fait entrer la couronne dans sa maison ; la troisième race est celle des Capétiens, qui a commencé sous Hugues Capet, et qui se divise en quatre branches : celles des Capétiens, des Valois, des Bourbons et des Orléans. Enfin, il y a la dynastie des Bonapartes, qui commence à Napoléon Ier.

MADEMOISELLE BONNE.

Retenez bien ceci, mesdames : voyons maintenant comment se partageait autrefois la France; mais nous ne nommerons pas ses trente-deux provinces, nous ne parlerons que des principales.

On trouve au nord la Flandre, l'Artois, la Picardie; au nord-est, la Lorraine; et au nord-ouest la Normandie et la Bretagne. Retenez bien les noms de ces provinces, mes enfants. Lady Mary, dites-nous présentement votre histoire.

LADY MARY.

Samuel étant devenu vieux, ses enfants jugèrent le peuple à sa place; mais ils ne ressemblaient point à leur père, car ils étaient méchants, et prenaient de l'argent pour condamner les innocents et pardonner aux coupables. Les Israélites dirent donc à Samuel : « Donnez-nous un roi pour nous gouverner comme les autres nations. » Cette demande affligea Samuel; mais le Seigneur lui dit : « Ce n'est point toi que le peuple rejette, c'est moi. Explique-leur à quoi ils s'engagent en demandant un roi, et ensuite donne-leur-en un. Il prendra leurs fils pour les faire courir devant son chariot; il obligera leurs filles à être ses cuisinières et ses servantes; il prendra la dixième partie de leurs biens, leurs champs et leurs vignes pour les donner à ses serviteurs. Alors ils crieront vers moi, qui suis le Seigneur, contre le roi qu'ils auront choisi; mais je ne les écouterai pas. » Samuel représenta toutes ces choses aux Israélites; mais comme ils s'obstinèrent à demander un roi, Dieu dit à Samuel de préparer un sacrifice, et qu'il lui enverrait celui qu'il avait choisi. Il y avait un homme de la tribu de Benjamin, nommé Saül, qui était beau de visage, et plus grand que tous les jeunes gens de son âge. Le père de Saül ayant perdu ses ânesses, commanda à son fils de les aller chercher; et il courut fort loin avec son serviteur pour les trouver. Après avoir cherché longtemps, son serviteur lui dit : « Allons consulter Samuel, qui est

*.   4

l'homme de Dieu. » Samuel ayant invité Saül à dîner, lui fit donner la meilleure part, et le mena ensuite au haut de la maison ; là, il répandit sur lui une fiole

d'huile, et lui dit que Dieu l'avait choisi pour gouverner son peuple. Comme Saül lui répondit qu'il était de la dernière des tribus d'Israël, Samuel lui donna plusieurs signes pour lui prouver son élection, et lui dit entre autres choses : « Vous rencontrerez au sortir d'ici une troupe de prophètes ; vous vous mêlerez à eux, et vous prophétiserez ; ensuite vous m'attendrez pendant sept jours pour offrir un sacrifice au Seigneur. » Saül, étant sorti, rencontra les prophètes ; et l'esprit de Dieu l'ayant rempli, il devint un autre homme. Ceux qui le connaissaient furent tout étonnés de l'entendre prophétiser, et disaient : *Saül entre les prophètes !* ce qui a passé en proverbe. Cependant Samuel ayant assemblé le peuple, on tira au sort, et il tomba sur Saül, qu'on eut bien de la peine à trouver, car il s'était caché.

LADY CHARLOTTE.

Ma Bonne, pourquoi Saül se cachait-il pour ne pas être roi ? Tous les hommes souhaitent de l'être.

MADEMOISELLE BONNE.

Ce sont des aveugles qui ne connaissent ni les périls ni les devoirs de la royauté. Il s'est trouvé des hommes parmi les païens qui ont fait comme Saül, et on a eu beaucoup de peine à les déterminer à recevoir la couronne. Un roi est l'homme chargé du bonheur du peuple, auquel il doit sacrifier toutes ses inclinations et tous ses plaisirs. Un bon roi ne doit point avoir d'autre pensée ; mais il est d'autant plus malheureux, qu'il ne fait pas tout le bien qu'il souhaiterait de faire, et qu'on se sert de son nom pour faire souvent beaucoup de mal. Un homme sensé doit donc trembler en devenant roi, comme fit Saül. Continuez, lady Charlotte.

LADY CHARLOTTE.

Les Ammonites marchèrent contre les habitants de

Jabes, qui leur dirent : « Faites alliance avec nous, et nous vous servirons ; » mais le chef des Ammonites répondit : « L'alliance que je ferai avec vous sera de vous faire crever à chacun l'œil droit. » Les habitants de Jabes, bien effrayés, demandèrent sept jours pour faire réponse, et ayant fait savoir leur situation à leurs frères les Israélites, ils jetèrent de grands cris. Saül, qui labourait la terre, dès qu'il sut la cause de cette désolation, fut saisi de l'esprit du Seigneur, et ayant coupé en pièces les bœufs avec lesquels il labourait, il en envoya des morceaux par toutes les villes, et dit qu'il ferait le même traitement à ceux qui refuseraient de suivre Samuel et lui. Il assembla donc une grande armée, et battit tellement les Ammonites, qu'il n'en resta pas deux ensemble. Il y avait plusieurs personnes parmi le peuple qui n'avaient pas été contentes que Saül fût devenu roi ; elles l'avaient méprisé, et ne lui avaient point fait de présents, ce qu'il avait sagement dissimulé ; mais après cette grande victoire, le peuple dit : « Qui sont ceux qui ont murmuré contre l'élection de Saül ? Livrez-nous-les, et nous les ferons mourir. » Alors Saül remporta une plus grande victoire sur lui-même que celle qu'il avait remportée sur les ennemis. « On ne fera mourir personne aujourd'hui, dit-il, d'autant que c'est un jour de réjouissance, dans lequel le Seigneur nous a délivrés. » Saül régna paisiblement deux ans ; mais son fils Jonathas ayant attaqué les Philistins, ils assemblèrent une armée innombrable contre les Israélites. Le plus grand nombre, effrayé, se cacha, et les autres se réunirent auprès de Saül. Or, Samuel avait dit à Saül : « Vous m'attendrez pour sacrifier au Seigneur. » Saül attendit sept jours, mais voyant que Samuel ne venait point, et que ses soldats désertaient, il offrit le sacrifice. A peine fut-il achevé, que Samuel arriva, qui dit à Saül : « Si vous eussiez obéi à ce que le Seigneur vous a commandé par ma bouche, la couronne serait restée dans votre famille ; mais parce que vous avez désobéi, le Seigneur vous rejette, et a choisi un autre roi qui sera selon son cœur. » Cette parole affligea Saül, qui se prépara pourtant à combattre les Philistins.

LADY SPIRITUELLE.

Mais, ma Bonne, Saül avait attendu Samuel pendant sept jours ; il avait, ce me semble, une bonne raison d'offrir le sacrifice, puisque tous ses soldats s'en allaient : qu'aurait-il fait tout seul contre les Philistins ?

MADEMOISELLE BONNE.

Le Seigneur, auquel il aurait obéi, aurait été avec lui, ma chère, et son secours vaut mieux que des millions de soldats. Quand Dieu commande, ce n'est pas à nous de raisonner ; il faut seulement nous soumettre. Saül désobéit, parce qu'il perdit la confiance en Dieu ; il douta de sa puissance et de la vérité de ses promesses, lui qui avait reçu tant de preuves de sa divine protection. N'était-ce pas une grande ingratitude de sa part ? Continuez cette histoire, miss Molly.

4.

MISS MOLLY.

Les Philistins avaient leur camp proche de celui des Israélites, et Jonathas, fils de Saül, plein de confiance en Dieu, auquel il demanda secours, alla dans leur camp, suivi d'un seul homme : il tua vingt Philistins ; et Dieu frappa les autres d'une telle crainte qu'ils s'entretuaient, ou jetaient leurs armes pour fuir plus vite. Saül les poursuivit, et dit : « Maudit soit celui qui mangera avant que j'aie fini de vaincre mes ennemis. » Le peuple était très-fatigué et avait une grande faim ; mais quoiqu'il passât dans un bois où il y avait beaucoup de miel, personne n'osa y toucher. Jonathas, qui ne savait pas les paroles que son père avait dites, se trouva mal du besoin de manger, et il prit un rayon de miel au bout de sa baguette ; ce peu de nourriture le fortifia, et quelqu'un lui ayant dit le serment que son père avait fait, il l'en blâma. Cependant après la victoire, Saül consulta Dieu pour savoir s'il devait encore combattre les Philistins ; mais le Seigneur ne lui répondant point, il connut par là que quelqu'un avait manqué au serment qu'il avait fait. Il tira au sort pour connaître le coupable, et le sort tomba sur Jonathas. Saül voulait le faire mourir, mais le peuple s'y opposa, et força le roi de lui accorder sa grâce.

LADY CHARLOTTE.

Je mourais de peur que Saül ne fît mourir Jonathas : il n'était pas coupable, puisqu'il ne savait pas le serment que son père avait fait.

MADEMOISELLE BONNE.

Cela est vrai, ma chère; mais il avait pris la liberté de murmurer contre son père et de le blâmer d'avoir fait ce serment : cette faute devait être punie, et le fut par la frayeur qu'il eut de mourir. Jusque-là, sa conduite avait été louable; il commence par s'adresser au Seigneur, et plein de confiance en son secours, il ne craint point d'attaquer une grande armée, n'ayant qu'un seul homme avec lui. Que ne ferions-nous pas par le secours de la prière et avec la confiance en Dieu! Allons, lady Tempête, c'est là où il faut chercher de l'aide; vous avez un grand nombre d'ennemis à combattre, l'orgueil, l'entêtement, la colère. Vous n'en viendrez pas à bout si vous êtes toute seule; mais si Dieu combat avec vous, comme avec Jonathas et avec les Israélites, vous remporterez certainement la victoire, et cela sans avoir autant de peine que vous vous l'imaginez.

LADY TEMPÊTE.

On vous a fait un joli portrait de mon caractère; mais on ne vous a pas dit que souvent on me force à me mettre en colère, en me contrariant mal à propos. Après tout, mademoiselle, chacun a ses défauts, et je vous assure que les personnes qui parlent des miens en ont encore de pires.

MADEMOISELLE BONNE.

Ce que vous dites là n'est pas bien, ma chère; vous

savez que vous devez du respect à celles qui m'ont averties.

LADY TEMPÊTE.

Je sais que je dois du respect à ma mère; mais elle ne vous eût rien dit, si ma servante ne l'avait pas fait parler, et je ne crois pas devoir du respect à ma servante.

MADEMOISELLE BONNE.

Vous êtes dans l'erreur, mademoiselle. La personne qui a été mise auprès de vous, et qu'il vous plaît d'appeler votre servante, a reçu l'ordre de votre mère de veiller sur votre conduite, et par conséquent elle tient sa place, et vous lui devez du respect. J'ajoute même que vous en devez à tout le monde, et que si vous ne changez pas de caractère, personne ne vous en devra.

LADY TEMPÊTE.

Je suis d'un rang qui me donnera les moyens de me faire respecter, quand même on ne le voudrait pas.

MADEMOISELLE BONNE.

Puisque vous me forcez à vous dire des vérités dures, je vous avertis, mon enfant, que, loin d'avoir aucun respect pour votre rang ni votre personne, je vous méprise plus que les femmes qui vendent du poisson dans les rues: vous n'avez au-dessus d'elles que votre orgueil; or, c'est un titre qui n'inspire de respect à personne. Je vous prie, mademoiselle, de ne point travailler quand je vous parle, et de m'écouter avec attention.

LADY TEMPÊTE.

Je ne fais pas de mal en travaillant, cela m'amuse; c'est par mauvaise humeur que vous voulez me priver de ce plaisir; mais je ne laisserai pas pour cela de continuer.

MADEMOISELLE BONNE.

Il y a du mal à travailler quand une personne à qui vous devez du respect vous parle; et vous m'en devez, mademoiselle, aussi bien que de l'obéissance.

LADY TEMPÊTE, ricanant.

Moi, je vous dois du respect et de l'obéissance?

MADEMOISELLE BONNE.

Oui, ma très-chère; et certainement, si vous me manquez, ce sera intérieurement, car je ne le souffrirai pas. Je commence par vous montrer que je suis la maîtresse ici, en jetant votre ouvrage au feu. Je suis charmée que vous me donniez, dès le premier jour, un échantillon de votre méchanceté; je vous montrerai ce que je sais faire. Vous êtes comme cette méchante femme dont on vous a raconté l'histoire : vous avez trouvé plus méchant que vous. Je ne me flatte plus de vous rendre bonne, mais du moins je suis sûre de vous rendre la plus malheureuse de toutes les créatures. Pour débuter, je vous avertis que vous resterez tout le jour avec des personnes de votre sorte, c'est-à-dire sans éducation, et que vous mangerez avec la laveuse de vaisselle.

LADY CHARLOTTE, à lady Tempête

Ma chère, si vous voyiez combien vous êtes devenue laide depuis que vous parlez insolemment à ma Bonne, vous lui demanderiez pardon tout de suite.

MADEMOISELLE BONNE.

Laissez-la, ma chère, elle ne mérite pas qu'on s'intéresse à elle. Je suis bien aise, mes enfants, que cela se soit passé devant vous. Cette leçon vous fera plus de bien que tout ce que je pourrais vous dire contre l'orgueil.

LADY CHARLOTTE.

Ma Bonne, quand je pense que j'étais comme cela, il y a sept mois, cela me fait trembler. Que je vous ai d'obligation de m'avoir aidée à me corriger!

MADEMOISELLE BONNE.

Vous aviez de la bonne volonté, mon enfant; d'ailleurs, vous n'aviez que sept ans : le dragon d'orgueil qui était dans votre cœur était encore tout petit, nous l'avons étranglé facilement; mais le dragon de cette malheureuse créature est fort; il a treize ans, et il l'étranglera elle-même au premier jour. Qu'avez-vous à pleurer, lady Sensée?

LADY SENSÉE.

Ma Bonne, vous savez que j'aime ma cousine de tout mon cœur; jugez combien je suis peinée de la voir si méchante : est-ce donc qu'elle est déjà trop vieille pour se corriger?

MADEMOISELLE BONNE.

On n'est jamais trop vieux pour cela, ma chère; mais il est vrai qu'elle aura plus de peine à se corriger aujourd'hui qu'elle n'en aurait eu hier; et que cela sera plus difficile demain qu'aujourd'hui, et deviendra plus difficile de jour en jour. Je vous recommande à toutes de prier beaucoup Dieu pour elle, afin qu'il la convertisse.

LADY SPIRITUELLE.

De tout mon cœur, ma Bonne; mais peut-être qu'elle à du regret à présent de toutes les sottises qu'elle a faites.

MADEMOISELLE BONNE.

Non, ma chère; je m'y connais, elle crève d'orgueil actuellement : elle fait ce qu'elle peut pour paraître gaie, parce qu'elle veut me braver par là : et elle étouffe d'envie de pleurer. La pauvre enfant croit me donner du chagrin, et elle m'en donne effectivement; car elle se fait un grand tort à elle-même. Pour moi, qui ne m'intéresse à elle que par charité, si son orgueil ne blessait pas son âme que j'aime, je lui pardonnerais de tout mon cœur les sottises qu'elle m'a dites. Elles ne m'ont donné ni la fièvre, ni mal à la tête; et elle m'en dirait cent fois davantage, que cela ne pourrait me nuire. Adieu, mesdames; je suis fâchée que cette scène nous ait dérangées; j'avais un joli conte à vous dire, mais je le garde pour la prochaine fois.

LADY SENSÉE, embrassant mademoiselle Bonne.

Ma chère amie, pour l'amour de Dieu, ne laissez pas ma cousine dans son orgueil, pardonnez-lui : mon Dieu ! si elle mourait cette nuit, que deviendrait-elle ?

MADEMOISELLE BONNE.

Mais, ma chère, quand je lui pardonnerais, le bon Dieu ne lui pardonnera pas si elle ne se repent pas de ses torts.

LADY TEMPÊTE se jette entre les bras de la gouvernante, en pleurant.

MADEMOISELLE BONNE.

Voilà l'orgueil qui crève. Courage, mon enfant; avez-vous regret de votre faute?

LADY TEMPÊTE.

A quoi cela servirait-il? Vous dites que je suis trop vieille pour me corriger.

MADEMOISELLE BONNE.

Je ne dis pas cela, mon enfant; mais je dis que vous y aurez plus de peine qu'une autre. Si vous vouliez me promettre de faire tout ce que je vous dirai, je pourrais vous promettre aussi qu'avec le temps vous deviendrez bonne.

LADY TEMPÊTE.

Je ne sais ce que je veux; je vois bien que je suis un monstre d'orgueil, que ces dames doivent me mépriser, que vous devez me haïr, et que je me haïs moi-même.

MADEMOISELLE BONNE.

C'est déjà quelque chose que de savoir tout cela, mon enfant. Prenez courage, vous avez une occasion de vous corriger que vous ne retrouverez jamais; profitez-en. D'ailleurs, considérez combien vous serez malheureuse si vous ne le faites pas. Votre mère vous à abandonnée à ma discrétion; je trahirais sa confiance, si je ne combattais vos défauts; me voilà donc dans la nécessité de vous tourmenter misérablement; car il est bien sûr que j'offenserais Dieu, si je vous laissais telle que vous êtes. Ne vaudrait-il pas mieux que nous fussions bonnes amies, et que nous travaillassions toutes deux à vous corriger petit à petit? Je ne demanderai pas l'impossible. D'ailleurs, tout ce que je vous dirai sera par amitié, et non pour vous donner du chagrin. Je n'aime point à gronder, et je vous assure que je serai malade de ce que j'ai fait aujourd'hui.

LADY TEMPÊTE.

Mais si je vous promets de me corriger, me ferez-vous manger à la cuisine, avec la laveuse de vaisselle?

MADEMOISELLE BONNE.

Oui, ma chère, vous y mangerez ce soir, pour punir la sottise que vous avez faite aujourd'hui. Quand on a véritablement envie de se corriger, on fait de bon cœur les choses qu'on vous ordonne dans ce but.

LADY SENSÉE.

Permettez-moi de manger aussi à la cuisine, ma Bonne, afin que ma cousine ne soit pas si honteuse.

MADEMOISELLE BONNE.

Je loue votre charité, mon enfant; mais il ne faut pas diminuer sa peine; elle mérite de la souffrir. Elle s'est abaissée au-dessous des inférieurs par son orgueil, et je vous assure qu'elle est actuellement la dernière des créatures aux yeux de Dieu. Il faut donc qu'elle rachète son rang par cette réparation : cela lui attirera la grâce du bon Dieu, qui l'aidera à devenir meilleure; mais, pour cela, il faut qu'elle le fasse de bon cœur. Lady Tempête, je vous laisse libre là-dessus; mais pensez-y bien, j'ai dans l'esprit que cette leçon vous corrigera.

LADY TEMPÊTE.

Puisque vous croyez que cela peut servir à me corriger, je le ferai; mais c'est pourtant bien terrible de souper avec cette créature.

MADEMOISELLE BONNE.

Cette créature est une créature de Dieu tout comme vous, ma chère enfant; et comme c'est une brave fille et qu'elle fait bien son devoir, elle est, par le fait, au-dessus de vous. Si elle savait combien vous êtes méchante, elle ne voudrait pas vous faire cet honneur, et se croirait elle-même déshonorée : car enfin il n'est point honteux d'être née d'un paysan, d'un savetier; de servir pour gagner sa vie, et même de mendier, si l'on est infirme : tout cela ne déshonore point, tout cela n'est point un péché et ne mène pas dans l'enfer; mais il est honteux d'avoir de l'orgueil, car c'est la perdition de l'âme. Vous avez lu l'Évangile, lady Tempête; n'avez-vous pas vu que Notre-Seigneur Jésus-Christ, qui est le roi du ciel et de la terre, était si pauvre, qu'il est né dans une étable? Il a pris des pauvres pour être ses compagnons, et celui qui passait pour son père était un ouvrier charpentier, quoiqu'il fût de la famille royale.

LADY TEMPÊTE.

Allons, je prends une bonne résolution. Oui, ma Bonne, je souperai avec la laveuse de vaisselle.

MADEMOISELLE BONNE.

De bon cœur?

LADY TEMPÊTE.

Oui, de bon cœur.

MADEMOISELLE BONNE.

Venez m'embrasser, mon enfant; faisons la paix : e commence à espérer quelque chose. Puisque vous vous êtes soumise généreusement à la pénitence que je vous ai imposée, je vous en dispense pour cette fois, et je me contente de votre obéissance.

LADY TEMPÊTE.

Vous êtes bien bonne de me pardonner comme cela; je vous assure que j'ai honte et regret d'avoir pu vous donner du chagrin.

LADY MARY, sautant de joie.

Et moi, je suis si contente de voir que lady Tempête est devenue douce, que je lui pardonne de tout mon cœur le tort qu'elle nous a fait en empêchant ma Bonne de nous dire un conte.

MADEMOISELLE BONNE.

Lady Mary en revient toujours à ses contes; elle les aime passionnément.

LADY MARY.

C'est vrai, ma ,Bonne. Mais vous nous avez dit que celui qui passait pour le père de Jésus-Christ était de la famille royale; comment donc se pouvait-il faire qu'il fût charpentier?

LADY SPIRITUELLE.

Cela arrive quelquefois, ma chère, et je me souviens

d'avoir lu dans l'histoire ancienne qu'il y avait un homme de la famille royale de Sidon qui était jardinier.

LADY MARY.

Ma Bonne, voulez-vous permettre à lady Spirituelle de nous raconter cette histoire?

MADEMOISELLE BONNE.

Nous avons encore un demi-quart d'heure; ainsi elle peut vous la raconter.

LADY SPIRITUELLE.

Il y avait un roi nommé Alexandre, dont le favori se nommait Éphestion.

Ce roi vint dans la ville de Sidon, et les Sidoniens le prièrent de leur donner un roi de sa main. Alexandre dit à Éphestion : « Je vous donne cette couronne; vous pouvez en faire présent à quelqu'un de vos amis. » Éphestion logeait chez deux gentilshommes, qui étaient frères et fort honnêtes gens. Il leur dit qu'Alexandre lui ayant permis de disposer de la couronne, il ne pouvait mieux faire que de la donner à l'un d'eux. Les deux frères le remercièrent de sa bonne volonté; mais ils lui dirent que, selon leurs lois, ils ne pouvaient monter sur le trône, parce qu'ils n'étaient pas de la famille royale. Éphestion fut charmé du respect que ces dignes frères avaient pour les lois de leur pays, et il avait une telle confiance dans leur vertu, qu'il leur remit la couronne qu'ils refusaient pour la donner à quelqu'un qui fût du sang royal et honnête

homme. Il y avait, dans la ville un descendant de la
famille royale, qui était devenu si pauvre, qu'il n'avait pour tout bien qu'un petit jardin qu'il cultivait
lui-même, afin de gagner sa vie. Les deux frères allèrent à la maison de cet homme, qui se nommait Abdolonyme; ils le trouvèrent avec un mauvais habit,
et lui dirent : « Quittez ce vêtement, qui n'est pas digne de vous, et venez occuper le trône de vos pères. »
Abdolonyme crut que ces hommes se moquaient de
lui, et leur dit : « Il n'est pas honnête de venir dans
ma maison pour vous moquer de moi, parce que je suis
pauvre. » Les deux frères, voyant qu'il ne voulait pas
croire ce qu'ils lui disaient, lui ôtèrent ses mauvais
habits et lui mirent une robe royale. Alexandre ayant
appris cette aventure, eut envie de voir cet homme.
Abdolonyme parut devant lui avec une modeste fierté;
et Alexandre lui ayant demandé comment il supportait
sa nouvelle dignité, le vieillard lui répondit ces belles
paroles : « Plaise aux Dieux que je supporte ma grandeur avec autant de courage que ma pauvreté! Jusqu'à
présent mes bras ont fourni à ma nourriture, et tant
que je n'ai rien eu, je n'ai manqué de rien. » Alexandre
admira cette réponse, et fit de grands présents au roi
de Sidon, auquel il accorda son estime.

VINGT-QUATRIÈME DIALOGUE

— VINGT-DEUXIÈME JOURNÉE —

MADEMOISELLE BONNE.

 e vous ai promis un conte, mes
enfants, je vais vous tenir parole;
mais, auparavant, je veux vous
dire que lady Tempête a été douce
comme un agneau; elle n'a fait
qu'une seule faute, qu'elle a répa-
rée sur-le-champ; aussi je l'aime
de tout mon cœur, et elle me disait ce matin qu'elle
n'avait jamais été aussi contente de toute sa vie que
pendant ces trois jours. Au reste, si elle peut se corriger de l'orgueil et de la colère, comme je l'espère,
elle deviendra fort aimable, car elle ne manque pas
d'esprit, elle aime l'étude, et a le cœur fort bon.

LADY TEMPÊTE.

Vous êtes bien bonne de m'encourager!

MADEMOISELLE BONNE.

Je vous assure, ma chère, que je ne serai jamais plus aise que quand je pourrai vous louer avec justice : cela est bien plus agréable que de gronder. Je ne vivrais pas longtemps si j'avais souvent des scènes pareilles à celle que nous eûmes la dernière fois ; mais je veux l'oublier. Écoutez donc mon conte, mesdames.

Il y avait une fois une fée qui voulait épouser un roi ; mais comme elle avait fort mauvaise réputation, le roi aima mieux s'exposer à toute sa colère que de devenir le mari d'une femme que personne n'estimerait ; car il n'y a rien de si fâcheux pour un honnête homme, que de voir sa femme méprisée. Une bonne fée, qu'on nommait Diamantine, fit épouser à ce prince une jeune princesse qu'elle avait élevée, et promit de le défendre contre la fée Furie ; mais, peu de temps après, Furie ayant été nommée reine des fées, son pouvoir, qui surpassait de beaucoup celui de Diamantine, lui donna le moyen de se venger. Elle se trouva aux couches de la reine, et doua un petit prince qu'elle mit au monde d'une laideur que rien ne put surpasser. Diamantine, qui s'était cachée dans la ruelle du lit de la reine, essaya de la consoler lorsque Furie fut partie. « Ayez bon courage, lui dit-elle, malgré la malice de votre ennemie, votre fils sera fort heureux un jour. Vous le nommerez Spirituel ; non-seulement il aura tout l'esprit possible, mais il pourra encore en donner à la personne qu'il aimera le mieux. » Cependant le petit prince était si laid, qu'on ne pouvait le regarder sans frayeur : soit qu'il pleurât, soit qu'il voulût rire, il faisait de si affreuses grimaces, que les petits enfants qu'on lui amenait pour jouer avec lui en avaient peur, et disaient que c'était « la bête. » Quand il fut devenu raisonnable, tout le monde souhaitait de l'entendre parler, mais on fermait les yeux ; et le peuple, qui ne sait pas la plupart du temps ce qu'il veut, prit pour Spirituel une haine si forte, que la reine ayant eu un second fils, on obligea le roi de le nommer son héritier ; car dans ce pays-là le peuple avait le droit de se choisir un maître. Spirituel céda sans murmurer la couronne à son frère, et rebuté de la sottise des hommes, qui n'estiment que la beauté du corps, sans se soucier de celle de l'âme, il se retira dans une solitude, où, en s'appliquant à l'étude de la sagesse, il devint extrêmement heureux. Ce n'était pas là le compte de la fée Furie ; elle voulait qu'il fût misérable, et voici ce qu'elle fit pour lui faire perdre son bonheur.

Furie avait un fils nommé Charmant ; elle l'adorait, quoiqu'il fût la plus grande bête du monde. Comme elle voulait le rendre heureux, à quelque prix que ce fût, elle enleva une princesse qui était parfaitement belle ; mais, afin qu'elle ne fût point rebutée de la bêtise de Charmant, elle lui souhaita d'être aussi sotte que lui. Cette princesse, qu'on appelait Astre, était élevée avec Charmant ; et, quoiqu'ils eussent seize ans

7.

passés, on n'avait jamais pu leur apprendre à lire.
Furie fit peindre la princesse, et porta elle-même son
portrait dans une petite maison où Spirituel vivait avec

un seul domestique. La malice de Furie lui réussit ;
quoique Spirituel sût que la princesse Astre était dans
le palais de son ennemie, il en devint si amoureux,
qu'il résolut d'y aller ; mais en même temps, se sou-
venant de sa laideur, il pensa qu'il serait le plus malheureux de tous les hommes, puisqu'il était sûr de
paraître horrible aux yeux de cette belle fille. Il ré-

sista longtemps au désir qu'il avait de la voir; mais enfin sa passion l'emporta sur sa raison : il partit avec son valet, et Furie fut enchantée de lui voir prendre cette résolution, pour avoir le plaisir de le tourmenter tout à son aise.

Astre se promenait dans un jardin avec Diamantine, sa gouvernante : lorsqu'elle vit approcher le prince, elle fit un grand cri, et voulut s'enfuir; mais Diamantine l'en ayant empêchée, elle se cacha la tête dans ses deux mains, et dit à la fée : « Ma Bonne, faites sortir ce vilain homme, il me fait mourir de peur. » Le prince voulut profiter du moment où elle avait les yeux fermés pour lui faire un compliment bien tourné; mais c'était comme s'il lui eût parlé latin : elle était trop sotte pour le comprendre. En même temps Spirituel entendit Furie qui riait de toute sa force en se moquant de lui. « Vous en avez assez fait pour la première fois, dit-elle au prince; vous pouvez vous retirer dans un petit appartement que je vous ai fait préparer, et d'où vous aurez le plaisir de voir la princesse tout à votre aise. » Vous croyez peut-être que Spirituel s'amusa à dire des injures à cette méchante fée; il avait trop d'esprit pour cela : il savait qu'elle ne cherchait qu'à le fâcher, et il ne lui donna point le plaisir de se mettre en colère. Il était pourtant fort affligé. Mais ce fut bien pis, lorsqu'il entendit une conversation d'Astre avec Charmant, car elle dit tant de bêtises, qu'elle ne lui parut plus si belle de moitié, et

qu'il prit la résolution de l'oublier et de retourner
dans sa solitude. Il voulut auparavant prendre congé
de Diamantine : quelle fut sa surprise, lorsque cette
fée lui dit, qu'il ne devait point quitter le palais, et
qu'elle savait un moyen de le faire aimer de la princesse. « Je vous suis bien obligé, madame, lui répondit Spirituel, mais je ne suis pas pressé de me marier.
J'avoue qu'Astre est charmante, mais c'est quand elle
ne parle pas : la fée Furie m'a guéri en me faisant
entendre une de ses conversations. J'emporterai son
portrait, qui est admirable, parce qu'il garde toujours le silence. — Vous avez beau faire le dédaigneux, lui dit Diamantine, votre bonheur dépend de
votre mariage avec la princesse. — Je vous assure,
madame, que je ne l'épouserai jamais, à moins que
je ne devienne sourd ; encore faudrait-il que je per-
disse la mémoire, autrement je ne pourrais m'ôter de
l'esprit cette conversation. J'aimerais mieux cent fois
épouser une femme plus laide que moi, si cela était
possible, qu'une sotte stupide avec laquelle je ne
pourrais avoir un entretien raisonnable, et qui me
ferait trembler, quand je serais en compagnie avec
elle, par la crainte de lui entendre dire une impertinence toutes les fois qu'elle ouvrirait la bouche. —
Votre frayeur me divertit, lui dit Diamantine ; mais,
prince, apprenez un secret qui n'est connu que de votre mère et de moi. Je vous ai doué du pouvoir de
donner de l'esprit à la personne que vous aimeriez le

mieux, ainsi vous n'avez qu'à souhaiter. Astre peut devenir la personne la plus spirituelle; elle sera parfaite alors, car elle est la meilleure enfant du monde, et a le cœur fort bon. — Ah! madame, dit Spirituel, vous allez me rendre bien malheureux : Astre va devenir trop aimable pour mon repos, et je le serai trop peu pour lui plaire; mais n'importe, je sacrifie mon bonheur au sien, et je lui souhaite tout l'esprit qu'il dépend de moi de lui donner. — C'est bien généreux de votre part, dit Diamantine; mais j'espère que cette belle action ne demeurera pas sans récompense. Trouvez-vous dans le jardin du palais à minuit; c'est l'heure où Furie est obligée de dormir, et pendant trois heures elle perd toute sa puissance. » Le prince s'étant retiré, Diamantine alla retrouver Astre; elle la trouva assise, la tête appuyée sur ses mains, comme une personne qui rêve profondément. Diamantine l'ayant appelée, Astre lui dit : « Ah! madame, si vous pouviez voir ce qui vient de se passer en moi, vous seriez bien surprise. Depuis un moment je suis comme dans un nouveau monde; je réfléchis, je pense; mes pensées s'arrangent dans une forme qui me donne un plaisir infini, et je suis bien honteuse en me rappelant ma répugnance pour les livres et pour les sciences. — Eh bien! lui dit Diamantine, vous pourrez vous corriger; vous épouserez sous deux jours le prince Charmant, et vous étudierez ensuite tout à votre aise. — Ah! ma Bonne, répondit Astre en soupirant, serait-il bien pos-

sible que je fusse condamnée à épouser Charmant? Il
est si bête, si bête, que cela me fait trembler! Mais
dites-moi, je vous prie, pourquoi n'ai-je pas connu
plutôt la sottise de ce prince? — C'est que vous étiez
vous-même une sotte, dit la fée; mais voici justement
le prince Charmant. » En effet, il entra apportant un
nid de moineaux dans son chapeau. « Tenez, dit-il,
je viens de laisser mon maître fort en colère, parce
qu'au lieu de lire ma leçon, je suis allé dénicher ce
nid. — Mais votre maître a eu raison d'être en colère,
lui dit Astre; n'est-ce pas honteux qu'un garçon de
votre âge ne sache pas lire? — Oh! vous m'ennuyez
aussi bien que lui, répondit Charmant; qu'ai-je à faire
de toute cette science, moi? j'aime mieux un cerf-
volant ou une boule, que tous les livres du monde.
Adieu, je vais jouer au volant. — Et je serais la femme
de ce stupide! dit Astre, lorsqu'il fut sorti. Je vous
assure, ma Bonne, que j'aimerais mieux mourir que
de l'épouser. Quelle différence de lui à ce prince que
j'ai vu tantôt! Il est vrai qu'il est bien laid; mais
quand je me rappelle son discours, il me semble qu'il
n'est plus si horrible. Pourquoi n'a-t-il pas le visage
de Charmant? Après tout, que sert la beauté? Une
maladie peut l'ôter; la vieillesse la fait perdre à coup
sûr; et que reste-t-il alors à ceux qui n'ont pas d'esprit? En vérité, ma Bonne, s'il fallait choisir, j'aimerais mieux ce prince, malgré sa laideur, que ce stupide qu'on veut me faire épouser. — Je suis bien aise

de vous voir penser d'une manière si raisonnable, dit Diamantine; mais j'ai un conseil à vous donner. Cachez soigneusement à Furie votre esprit : tout est perdu si vous lui laissez connaître le changement qui s'est fait en vous. » Astre obéit à sa gouvernante, et aussitôt que minuit fut sonné, la bonne fée proposa à la princesse de descendre au jardin; elles s'assirent sur un banc, où Spirituel ne tarda pas à les joindre. Quelle fut sa joie, lorsqu'il entendit parler Astre, et qu'il fut convaincu qu'il lui avait donné autant d'esprit qu'il en avait lui-même! Astre, de son côté, était enchantée de la conversation du prince; mais lorsque Diamantine lui eut appris l'obligation qu'elle avait à Spirituel, la reconnaissance lui fit oublier sa laideur, quoiqu'elle le vît parfaitement, car il faisait clair de lune. « Que je vous suis obligée, lui dit-elle! Comment pourrai-je m'acquitter envers vous? —Vous le pouvez facilement, répondit la fée, en devenant l'épouse de Spirituel : il ne tient qu'à vous de lui donner autant de beauté qu'il vous a donné d'esprit. — J'en serais bien fâchée, répondit Astre : Spirituel me plaît tel qu'il est : je ne m'embarrasse guère qu'il soit beau; il est aimable, cela me suffit. — Vous venez de finir tous ses malheurs, dit Diamantine : si vous eussiez succombé à la tentation de le rendre beau, vous restiez sous le pouvoir de Furie; mais à présent vous n'avez rien à craindre de sa rage. Je vais vous transporter dans le royaume de Spirituel : son frère est mort, et la haine que Furie avait inspirée contre lui au peuple n'existe plus. » Effectivement, on vit revenir Spirituel avec joie, et il n'eut pas demeuré trois mois dans son royaume, qu'on s'accoutuma à son visage, sans jamais cesser d'admirer son esprit.

LADY CHARLOTTE.

Pourquoi la princesse ne donna-t-elle pas la beauté à Spirituel? Elle ne savait pas que cela la remettrait sous la puissance de Furie.

MADEMOISELLE BONNE.

C'est qu'Astre était devenue une personne d'esprit, ma chère, et qu'une fille qui a du bon sens ne se soucie pas d'épouser un bel homme.

LADY SPIRITUELLE.

Pourquoi cela, ma Bonne?

MADEMOISELLE BONNE.

C'est que trop souvent un bel homme est un sot, tout amoureux de sa propre figure, tout rempli de son mérite, tout occupé du soin de son ajustement, comme une femme : or, vous sentez bien qu'il n'y a rien de plus méprisable qu'un homme de cette sorte.

LADY TEMPÊTE.

Cela est vrai, ma Bonne; je connais un monsieur qu'on appelle...

MADEMOISELLE BONNE.

Il ne faut pas nommer les gens quand on en veut

dire quelque chose de mal. Achevez donc, mais ne nommez pas ce gentilhomme.

LADY TEMPÊTE.

Eh bien! il met trois heures tous les jours à s'ajuster, comme ferait une femme. Outre son nom, que je ne dirai pas, on l'appelle Narcisse.

MISS MOLLY.

Qu'est-ce que veut dire ce nom, s'il vous plaît?

MADEMOISELLE BONNE.

Narcisse était un jeune homme extrêmement beau, qui devint amoureux de sa propre figure, en se mirant dans une fontaine bien claire. Il appelait cette belle figure, qui ne pouvait pas venir, comme vous pensez bien; il eut tant de douleur de ne pouvoir la faire sortir de l'eau, qu'il en mourut, et les dieux le changèrent en fleur. Depuis ce temps, quand un homme aime trop sa figure, on l'appelle Narcisse. Disons présentement un mot de la géographie. Quelle est la province qu'on trouve au nord-est de la France? Répétez-moi cela, lady Sensée.

LADY SENSÉE.

La Flandre qui faisait partie des Pays-Bas français. On les appelait français pour les distinguer des Pays-Bas hollandais, et de ceux qui appartenaient à la maison d'Autriche.

LADY MARY.

Qu'est-ce que cela veut dire, la maison d'Autriche?

MADEMOISELLE BONNE.

C'est comme qui dirait la famille d'Autriche. Pour bien entendre la géographie historique, il faut connaître *les principales familles de l'Europe.* Quand je dis *les principales familles de l'Europe,* je ne veux parler que de celles des principaux rois. La plus ancienne famille ou maison de l'Europe était celle de Habsbourg, qui a donné à l'Autriche plusieurs empereurs. Marie-Thérèse épousa François, duc de Lorraine, qui devint le chef de la nouvelle maison d'Autriche Lorraine, aujourd'hui régnante. L'Autriche a longtemps possédé la province de Lorraine érigée en duché.

LADY MARY.

Je comprends; alors le duc de Lorraine était duc, comme le papa de lady Tempête.

MADEMOISELLE BONNE.

Non, ma chère. Il y a deux sortes de ducs, de princes, de comtes et de marquis. Les uns qui sont nés dans un pays où il y a un roi, une reine, ou un empereur, sont des nobles, de grands seigneurs, comme le papa de lady Tempête; mais ils ne sont pas souverains. Les autres gouvernent des pays où il n'y a point de rois; et on dit d'eux qu'ils sont princes souverains.

MISS MOLLY.

Et quel privilége leur donne leur souveraineté?

MADEMOISELLE BONNE.

Je viens de vous le dire. Ils règnent: ils peuvent

faire frapper des pièces d'or, d'argent, ou d'autre métal à leur image, et dans le pays ces pièces servent à acheter les choses dont on a besoin : c'est ce qu'on appelle avoir le droit de battre monnaie. Ils peuvent aussi accorder la vie à un homme condamné à mort, et ce droit de faire grâce est un de leurs plus beaux priviléges. Vous n'oublierez plus maintenant ce que c'est que d'être prince souverain. La seconde maison de l'Europe est celle de Bourbon, qui descend de Hugues Capet. On partage cette famille en deux branches, l'aînée et la cadette. La première a donné à la France une longue suite de souverains ; la seconde, la cadette, règne encore en Espagne. La maison de Brandebourg règne en Prusse ; celle de Hanovre en Angleterre : celle de Savoie qui possédait le Piémont et la Sardaigne, règne aujourd'hui sur l'Italie, sauf Rome et les États du pape. Les descendants de Bernadotte gouvernent la Suède. Parmi les familles considérables il y a encore la maison des czars en Russie ; mais je ne la connais que depuis Pierre le Grand, qui était de la dynastie des Romanow. Du reste, je vous renvoie au tableau des souverains modernes que donne l'*Histoire générale*.

LADY TEMPÊTE.

Permettez-moi une observation, ma Bonne : vous me disiez l'autre jour que vous ne faisiez pas grand cas des titres ; cependant vous nous faites remarquer aujourd'hui qu'il y a des maisons plus anciennes et plus grandes les unes que les autres : c'est donc quelque chose que d'être sorti d'une grande maison ?

MADEMOISELLE BONNE.

Certainement, ma chère, c'est quelque chose. Vous savez que tous les hommes sont sortis de Noé ; ils sont donc tous égaux par leur nature, et sont parents, comme tous les Israélites étaient parents entre eux ; mais les hommes, qui sont égaux par leur nature, ne le sont pas par les qualités de l'âme, du corps et d l'esprit ; et voilà ce qui a produit la noblesse. Il était juste d'honorer particulièrement ceux qui étaient meilleurs que les autres, ou qui avaient quelques talents qu'ils faisaient servir à rendre leurs frères plus heureux. Ces hommes-là furent donc honorés avec justice ; et pour encourager leurs enfants à leur ressembler, aussi bien que par respect pour la mémoire de leurs pères, on les honora aussi. C'est donc quelque chose d'être sorti d'une famille noble et ancienne ; car cela suppose qu'on a eu quelque grand-père doué de talents ou de vertus supérieures aux autres ; mais remarquez que cela oblige les enfants à suivre l'exemple de leurs pères, sans quoi il ne serait pas juste de les honorer pour les vertus d'autrui. Concevez cela par un exemple. Il y avait autrefois en France une coutume fort sotte : s'il se trouvait dans une famille un coquin qui eût été pendu, toute la famille était déshonorée, quand même elle eût été composée des plus honnêtes gens du monde, et personne n'eût voulu épouser la fille ou la sœur d'un pendu.

LADY CHARLOTTE.

Mais c'était fort injuste. Ce n'est pas ma faute si mon père, mon frère, ou mon cousin est un malhonnête homme; on ne doit me mépriser que pour mes propres actions.

MADEMOISELLE BONNE.

Il ne serait pas plus juste de vous honorer pour les actions d'autrui, et seulement parce que vos ancêtres étaient honnêtes gens et avaient un mérite supérieur. C'est une chose estimable d'être née d'une ancienne maison; mais il est mille fois plus glorieux de faire entrer la noblesse dans sa famille par une action héroïque, que de la trouver tout établie, et de ne rien faire pour la soutenir.

LADY SPIRITUELLE.

On ne doit donc pas de respect aux rois et aux grands seigneurs quand ils ne sont pas vertueux?

MADEMOISELLE BONNE.

Il y a deux sortes de respects, mes enfants : celui qui est dans le cœur, et qu'on a pour les personnes vertueuses : or, celui-là n'est dû qu'aux honnêtes gens, et nous ne devons pas l'avoir pour les rois et les grands qui déshonorent leur rang par leurs vices. Mais il y a un respect extérieur qui consiste à obéir aux rois et aux magistrats, parce qu'ils tiennent la

place de Dieu sur la terre, à leur rendre certaines
marques de respect extérieur. Le bon ordre demande
qu'on conserve ce second respect, c'est-à-dire qu'on
doit honorer le titre, l'autorité et le rang, même quand
on jugerait la personne peu estimable. On ne doit pas
mépriser les honneurs qu'accordent le souverain ou
le pays, car ce serait supposer qu'ils sont toujours
donnés à l'intrigue et jamais au vrai mérite : ce qui
n'est pas. Vous êtes toutes, mes enfants, des filles bien
nées, c'est-à-dire que vous êtes toutes dans l'obligation
d'être plus vertueuses que les autres; si vous y manquez, je ne vois plus en vous qu'une fille de Noé, cousine d'un chiffonnier, quoique d'un peu loin. Je respecterai votre titre, c'est-à-dire que je vous ferai la
révérence quand vous passerez à côté de moi, mais
d'ailleurs je vous estimerai moins que votre arrière-
petit-cousin, le chiffonnier; car peut-être que s'il eût
eu quelque grand-père aussi honnête homme que les
vôtres, ou qu'il eût reçu votre éducation, il serait
beaucoup plus vertueux que vous.

LADY SENSÉE.

Mais, ma Bonne, la noblesse a-t-elle toujours été la
récompense de la vertu? Nemrod, qui a été le premier
roi des Assyriens, était un ambitieux. Ne voyons-nous
pas tous les jours qu'on devient noble quand on a beaucoup d'argent? Dans deux cents ans, les enfants de ces
nobles diront qu'ils sortent d'une maison ancienne; et
si leurs pères ne s'étaient pas enrichis par des moyens

injustes, ils ne seraient aujourd'hui que des personnes du peuple et sans titres.

MADEMOISELLE BONNE.

Votre réflexion est excellente, ma chère : on abuse de tout. La noblesse, qui ne devrait être que la récompense des vertus et des talents, devient alors le prix de l'ambition, de l'avarice et de plusieurs autres crimes. Cela nous prouve encore mieux que tout ce que j'ai dit, que la noblesse de nos aïeux est un titre bien mince et bien équivoque, et qu'il ne faut compter que sur celle qu'on acquiert par ses propres actions. Cet abus des moyens d'acquérir la noblesse montre toujours quelle a été l'intention des hommes en l'accordant à quelques-uns d'entre eux.

On ne pensait pas à l'ambition de Nemrod, lorsqu'on lui décerna le titre de roi, mais seulement aux grands services qu'il avait rendus à la société, en tuant les bêtes sauvages, et en accoutumant les jeunes gens à l'obéissance militaire. Un homme s'est enrichi dans le commerce, on lui donne des titres de noblesse; c'est qu'apparemment on suppose qu'il s'est comporté en honnête homme, et que ses richesses sont le prix de son application et de son travail. Mais il est temps de répéter nos histoires. Commencez, miss Molly.

MISS MOLLY.

Samuel alla trouver Saül, et lui dit : «Dieu t'ordonne, par ma bouche, d'aller faire la guerre aux

Amalécites, car la mesure de leurs péchés est comble, leurs crimes les ont rendus, ainsi que tout ce qui leur appartient, abominables aux yeux du Seigneur. » Saül et les Israélites marchèrent donc contre les Amalécites, et remportèrent la victoire. Ils tuèrent toutes les bêtes qui étaient maigres, mais ils conservèrent toutes celles qui étaient grasses, sous prétexte d'en faire un sacrifice au Seigneur, et Saül n'osa les en empêcher. Saül, lui-même, désobéit à Dieu en sauvant la vie à Agag, roi des Amalécites. Alors Dieu parla à Samuel, et lui dit : « Saül a négligé mes ordres, c'est pourquoi je l'ai abandonné, et j'ai choisi un autre roi pour mon peuple. » Samuel fut fort affligé, car il aimait Saül. Il alla le trouver, et lui annonça les paroles du Seigneur. Comme ce prince voulait s'excuser en disant qu'il avait gardé ces bêtes pour les sacrifier à Dieu, Samuel lui répondit : « Dieu aime mieux l'obéissance que le sacrifice. » Ensuite, Samuel commanda qu'on fît venir Agag, qui était gras, et qui tremblait de toutes ses forces. Samuel lui dit : « Parce que tu as fait pleurer un grand nombre de mères en faisant mourir leurs enfants avec ton épée, de même je ferai pleurer ta mère aujourd'hui. » Et Samuel le tua. Il voulut ensuite se retirer, mais Saül lui dit : « J'ai péché; demandez miséricorde au Seigneur pour moi. » Et comme il retenait le prophète par son manteau, il en déchira un morceau. Samuel lui dit : « Comme tu as déchiré ce manteau et ôté ce morceau de dessus mon corps, de même Dieu l'ôtera le royaume d'Israël, pour le donner à un homme plus fidèle. » Saül dit encore au prophète : « Si le peuple s'aperçoit que le Seigneur m'a rejeté, il ne voudra plus m'obéir ; c'est pourquoi, je te prie, viens avec moi, afin que le peuple, nous voyant ensemble, ne sache pas que Dieu ne veut plus de moi. » Samuel eut encore cette complaisance pour Saül, mais ce fut la dernière, car il ne le vit plus le reste de sa vie.

LADY CHARLOTTE.

Puisque Saül confessait son péché et qu'il en demandait pardon, pourquoi Dieu, qui est si bon, ne lui pardonnait-il pas ?

MADEMOISELLE BONNE.

Dieu connaît le fond des cœurs, ma chère ; il voyait que Saül n'était fâché de l'avoir offensé que parce que cela lui faisait perdre son royaume. Vous voyez bien qu'il désirait que Samuel parût devant le peuple avec lui. S'il eût été vraiment repentant de sa faute, il eût dit au prophète : Que le Seigneur m'ôte mon royaume, je suis content, pourvu qu'il me pardonne mon péché. Je suis sûre que Dieu lui aurait pardonné. Voyez-vous, mes enfants, il faut être fâché d'avoir péché, parce que cela déplaît à Dieu, et non pas parce que le péché nous a attiré quelque malheur. Un gourmand qui meurt parce qu'il a trop mangé, est bien fâché d'avoir été gourmand, non pas parce que cela offense Dieu, mais parce que sa gourmandise le fait mourir. Vous sen-

tez bien que cette douleur du péché n'est pas bonne;
et c'était là la douleur de Saül. Continuez, lady
Mary.

Dieu dit à Samuel : « Va à Béthléem, dans la maison
d'Isaïe, car j'ai choisi un de ses fils pour être roi. »
Quand Samuel vit l'aîné des fils d'Isaïe, qui était grand
et bien fait, il crut que c'était lui que le Seigneur avait
choisi; mais Dieu lui dit : « Ce n'est point celui-là, car
je ne regarde point à la taille d'un homme, mais à son
cœur. « Et les sept fils d'Isaïe passèrent devant Samuel; mais le Seigneur n'en choisit aucun, et le prophète dit à Isaïe : « N'avez-vous point d'autres enfants? » Isaïe répondit : « J'ai encore un jeune fils,
nommé *David*, qui garde mes troupeaux. » On fit venir David, qui était petit et beau de visage; et le Seigneur ayant fait connaître à Samuel que c'était celui
qu'il avait choisi, il répandit sur lui une fiole d'huile
pour le sacrer. Depuis ce temps l'esprit du Seigneur
fut avec David; et Saül, au contraire, fut livré au
mauvais esprit, qui le tourmentait si fort, qu'il entrait en fureur. On dit à Saül que s'il faisait jouer de
la harpe devant lui, il serait soulagé; comme David
jouait fort bien de cet instrument, le roi le demanda
à son père. Aussitôt que Saül eut vu David, il l'aima;
il lui faisait porter ses armes; toutes les fois que le
malin esprit le tourmentait, David jouait de la harpe,
et il était soulagé.

MADEMOISELLE BONNE.

Continuez, lady Charlotte.

LADY CHARLOTTE.

Il y avait parmi les Philistins un géant nommé *Goliath*, qui était armé d'une manière terrible : il vint défier les Israélites au combat ; mais personne n'osait l'attaquer. Cependant David était retourné garder ses moutons, et son père lui dit d'aller porter des vivres à ses frères, qui étaient au camp. Quand il y fut arrivé, il vit le géant qui se moquait des Israélites et de leur Dieu, ce qui fâcha David ; il demanda quelle serait la récompense de celui qui tuerait cet homme? On lui répondit que le roi lui donnerait sa fille en mariage. L'un des frères de David, qui avait entendu sa demande, dit qu'il était un orgueilleux, et qu'il ferait mieux de retourner garder son troupeau. Mais Saül ayant appris les questions que faisait David, lui dit : «Mon ami, est-ce que tu voudrais combattre le géant? Tu n'es qu'un enfant. » David lui répondit : «Pendant que je gardais les troupeaux de mon père, un lion et un ours sont venus les attaquer; je les ai déchirés, et je pense que Dieu, qui m'a délivré de la gueule du lion et de l'ours, peut aussi me délivrer de la main du géant. » Alors Saül donna ses propres armes à David ; mais les ayant trouvées trop pesantes, il prit seulement sa fronde, c'est-à-dire une machine à lancer des pierres, et il ramassa aussi cinq cailloux. Le géant voyant David, qui avait l'air d'un jeune garçon fort dé-

licat, se moqua d'un tel ennemi, et lui dit : « Est-ce
que tu me prends pour un chien pour que tu viennes
avec des pierres et un bâton? mais je vais te tuer, et je
donnerai ton corps à manger aux oiseaux.» David lui répondit : « Tu crois être en sûreté avec tes armes ; mais
je viens au-devant de toi, armé de la puissance du Sei-

gneur, qui me fera remporter la victoire. » En même
temps il courut contre le géant, et lui lança une pierre

qui lui entra dans le front, et le tua. Alors David lui coupa la tête avec sa propre épée. Les Philistins, voyant le géant mort, s'enfuirent, et les Israélites en tuèrent un grand nombre. On fit de grandes réjouissances pour cette victoire ; les femmes chantaient en jouant des instruments : *Saül en a tué mille, et David dix mille*. Ces paroles donnèrent une grande jalousie au roi, et il commença à ne plus aimer David, car tout réussissait à ce jeune homme, parce que Dieu était avec lui ; Jonathas, fils de Saül, fut plus juste que son père : il admira la belle action de David, et lui fit présent de l'habit qu'il portait ; en ce temps-là, c'était la plus grande marque d'estime qu'on pût donner à une personne ; il aima toujours David.

LADY MARY.

J'avais pitié de Saül ; mais je commence à ne plus m'en soucier, car il était bien méchant d'être jaloux de David, qui lui avait rendu un si grand service, et qui avait fait une si courageuse action.

MADEMOISELLE BONNE.

Il y a eu des princes qui ont ressemblé à Saül : ils étaient jaloux de ceux de leurs sujets qui avaient fait de belles actions ; assurément cela est bien bas et bien injuste. Faites encore une réflexion, mesdames. David ne dit pas à Saül : C'est par ma force que j'ai tué un lion et un ours ; c'est par ma force que je vaincrai Goliath. C'est par le secours du Seigneur qu'il avoue avoir vaincu ces terribles animaux, et c'est encore par le secours du Seigneur qu'il espère vaincre Goliath. On est bien fort, mes enfants, quand on met toute sa confiance en Dieu. Lady Tempête, vous avez des ennemis à combattre plus forts que ceux que David a vaincus : vous n'en viendrez pas à bout toute seule, car cela est impossible ; mais si le Seigneur combat avec vous, vous remporterez la victoire ; il faut donc, ma chère amie, lui demander continuellement son secours.

LADY SPIRITUELLE.

Ma Bonne, vous avez dit, en parlant des provinces de France, que la Lorraine était au nord-est ; comment cette province est-elle devenue française, puisqu'elle appartenait à l'Autriche ?

MADEMOISELLE BONNE.

Pour vous expliquer cela, il faudrait vous raconter une longue histoire, et il est trop tard aujourd'hui ; je commencerai par là la première fois. Lady Mary, ce sera plus joli qu'un conte de fée, car toutce que je vous dirai sera vrai.

VINGT-CINQUIÈME DIALOGUE

— VINGT-TROISIÈME JOURNÉE —

LADY MARY.

Vous nous avez promis pour aujourd'hui une histoire sur la Lorraine.

MADEMOISELLE BONNE.

Je tiendrai, ma parole, mes enfants; mais auparavant il faut que je vous apprenne la différence qu'il y a entre un royaume électif et un royaume héréditaire.

LADY MARY.

Qu'est-ce que veulent dire ces deux mots?

MADEMOISELLE BONNE.

On dit qu'un royaume est électif, quand les fils du roi ne sont pas rois après lui, et que le peuple peut donner la couronne à un homme qui n'est pas de la

famille royale; et on dit que le royaume est héréditaire, quand la loi oblige les peuples à reconnaître
pour maitre le fils de leur roi, ou son plus proche parent. La couronne de France est héréditaire.

Le royaume de Pologne était autrefois électif, mes
enfants; le peuple s'y choisissait un roi. Or, le roi de
Suède ayant vaincu les Polonais, les obligea de chasser leur prince et d'en nommer un autre. Ce nouveau
roi s'appelait *Stanislas :* c'était le meilleur prince du
monde; mais le roi détrôné lui ayant fait la guerre,
Stanislas ne fut pas le plus fort, et fut obligé de s'enfuir, déguisé, avec un seigneur de sa cour. Ce seigneur
portait la bourse où était tout ce que possédait Stanislas. Un jour qu'il donnait de l'argent à un homme, on
vint lui dire qu'on le demandait pour une affaire pressée; il sortit, et par bonheur il oublia de remettre la
bourse dans sa poche, car on avertit Stanislas que ses
ennemis venaient pour le prendre, et il fut obligé de
se sauver. Or, jugez combien il eût été embarrassé, si
ce seigneur n'avait pas oublié sur la table la bourse
où était tout l'argent du prince. Stanislas pria des
hommes qu'il rencontra de l'aider à se cacher; mais
c'étaient de méchantes gens, qui lui firent souffrir
toutes sortes de maux pendant plusieurs jours qu'il
resta avec eux. Ils le menaçaient à tout moment de le
livrer aux ennemis; car, quoiqu'ils ne sussent pas que
c'était le roi, ils pensaient que c'était un grand seigneur de sa cour; et si on eût pris Stanislas, on l'eût

fait mourir. Il se sauva pourtant heureusement, et
passa plusieurs années dans les États d'un prince, qui
lui donna une retraite. Vous sentez, mes enfants, qu'il
avait perdu tout son bien; mais comme il était bon
chrétien, il s'était soumis à la voloné de Dieu, et vivait content. Il avait une fille d'un rare mérite, et aussi
pieuse que lui. Une autre à sa place serait morte de
chagrin de voir que son père n'était plus roi; mais
pour elle, elle disait : Apparemment qu'il vaut mieux
pour mon père avoir perdu sa couronne que de l'avoir
gardée, puisque Dieu l'a permis. Dieu voulut récompenser la piété et la sagesse de cette princesse, en lui
faisant épouser un roi de France. Quoiqu'elle fût plus
âgée que lui, et qu'elle ne fût pas très-belle, le roi
l'aima beaucoup, parce qu'elle était très-vertueuse.
Quelque temps après il y eut une grande guerre, et
quand on fit la paix, ce fut à condition que le duc de
Lorraine céderait son pays à Sanislas, et prendrait en
échange un pays plus riche qui est en Italie, et qu'on
nomme la *Toscane*. Ce fut vers l'année 1737 que Stanislas, devenu duc de Lorraine, ne s'occupa plus que du
soin de rendre son peuple heureux et de faire du bien
aux pauvres. Depuis sa mort, arrivée en 1766, la Lorraine appartient à la France.

LADY SPIRITUELLE.

N'est-ce pas cette princesse polonaise, fille du roi
Stanislas, qui se nommait Marie Leckzinska, et qui
épousa le roi Louis XV?

MADEMOISELLE BONNE.

Oui, ma chère : jamais reine ne fut plus digne d'estime et ne sut mieux se concilier l'affection de ses sujets. Elle ne laissait pas échapper une seule occasion d'être utile, et de servir les plus humbles. Se trouvant un jour à Marly, dans la belle saison, elle voit passer sous sa fenêtre une sœur de Saint-Vincent; on appelait ainsi les Sœurs de charité du nom de leur vénérable fondateur, saint Vincent de Paul. Elle l'appelle : « D'où venez-vous si matin, ma sœur? — De Triel, madame, lui répondit la religieuse, sans la connaître. — Vous avez déjà fait bien du chemin; vous en reste-t-il encore beaucoup à faire? — Je comptais aller jusqu'à Versailles; mais peut-être ne passerai-je pas Marly, puisque la cour y est. — Vous avez donc aussi des affaires à la cour? — Mes affaires sont celles de notre hôpital, qui est fort pauvre. J'ai ouï dire qu'on avait confisqué des indiennes, et que M. le contrôleur général en faisait distribuer aux hôpitaux : je désirerais bien qu'on nous en donnât pour faire quelques lits à nos malades. — Ce serait une fort bonne œuvre. Seriez-vous bien aise que j'en parlasse au ministre? — Je n'aurais pas osé, madame, prendre la liberté de vous en prier; mais votre recommandation sera sûrement plus que la mienne, et vous rendrez un grand service à nos pauvres. — Eh bien, comptez, ma sœur, que je n'oublierai pas l'hôpital de Triel. » La religieuse se retire, pénétrée de reconnaissance pour l'aimable inconnue qui

vient de lui montrer tant de bonté ; mais à peine a-t-
elle fait quelques pas, qu'elle se reproche de n'avoir
pas cherché à connaître son nom. Elle retourne vers
la fenêtre ; la reine y était encore. « Pardonnez, ma-

dame, lui dit-elle, à la curiosité qui me ramène ; je
voudrais bien savoir quelle est la dame qui m'honore
si généreusement de sa protection ? » La princesse, en
lui souriant d'un air plein de bonté, lui répond :
« N'en dites rien : c'est la reine. »

LADY SPIRITUELLE.

Je crois que j'aurais bien aimé cette reine-là.

MADEMOISELLE BONNE.

Je n'en doute pas, ma chère, car elle avait autant d'esprit que de cœur. On a recueilli quelques-unes de ses pensées, qui montrent toute la droiture de son jugement. « Tirer vanité de son rang, disait-elle, c'est avertir qu'on est au-dessous. » — « La miséricorde des rois est de rendre la justice; et la justice des reines, c'est d'exercer la miséricorde. » — « Une personne sensée juge d'une tête par ce qu'il y a dedans; les femmes frivoles, par ce qu'il y a autour. » Mais nous oublions la leçon de géographie. Parlons maintenant des autres provinces que l'on trouvait au nord de la France. L'Alsace, par exemple, dont la capitale était Strasbourg, sur le Rhin, et qui n'appartient à la France que depuis le seizième siècle.

MISS MOLLY.

Qu'est-ce qu'un siècle, ma Bonne?

MADEMOISELLE BONNE.

C'est cent ans, ma chère. Tous les peuples du monde ont choisi un grand événement pour marquer les années. Ainsi les enfants de Noé avaient pris le déluge pour ère, c'est-à-dire pour l'époque de laquelle ils dataient; cela s'appelle *ère*. Les Grecs comptaient les années par les jeux olympiques, qui se célébraient tous les quatre ans dans la ville d'Olympie : l'espace de

quatre ans faisait une olympiade, et l'on disait : Un tel
homme a vécu dix ou vingt olympiades. L'ère des Grecs
était donc le temps où l'on avait commencé à s'assembler à Olympie. Les Romains avaient pris pour leur ère
l'année dans laquelle Rome avait été bâtie; ainsi ils
disaient : Nous avons fait telle guerre l'an 200 de Rome,
c'est-à-dire deux cents ans après que Rome a été bâtie.
L'ère des chrétiens est la naissance de Jésus-Christ; si
je vous demande dans quelle année nous sommes, ma
chère, que me répondrez-vous?

MISS MOLLY.

Nous sommes dans l'année 1865.

MADEMOISELLE BONNE.

Qu'est-ce que cela veut dire, lady Spirituelle?

LADY SPIRITUELLE.

Cela veut dire qu'il y a, cette année, dix-huit cent
soixante-cinq ans que Notre-Seigneur Jésus-Christ est
venu au monde.

LADY MARY.

Je dis tous les jours dans ma prière que je crois
en Jésus-Christ; savez-vous bien, ma Bonne, que je ne
comprends pas fort bien ce que je dis?

MADEMOISELLE BONNE.

C'est que vous répétez votre prière comme un perro-
quet, sans y faire attention. Finissons notre géographie, et après cela, ma chère, vous répéterez lentement le symbole, et je vous ferai remarquer ce que

vous y dites touchant Jésus-Christ, en attendant que
nous ayons fini d'apprendre l'Histoire sainte, qu'on
appelle l'Ancien Testament : c'est le récit de tout ce
que Dieu a fait pour les hommes avant la naissance
de Jésus-Christ; ensuite, quand vous saurez bien cette
histoire, nous apprendrons le Nouveau Testament,
c'est-à-dire l'histoire de Notre-Seigneur Jésus-Christ,
pendant le temps qu'il a passé sur la terre.

Nous avons parlé de l'Alsace et de sa capitale. La capitale de la Lorraine était Nancy. Après la Lorraine,
en tirant au nord-ouest, on trouvait les Pays-Bas français ou la Flandre, dont la capitale était Lille. Ensuite
l'Artois. En allant toujours vers l'ouest, on entrait en
Picardie, dont la capitale était Amiens, sur la rivière
Somme; ensuite venait la Normandie, ayant pour capitale Rouen, sur la rivière Seine; l'Ile-de-France,
dont la capitale est Paris. Enfin, entre l'Ile-de-France
et la Lorraine, était la Champagne, dont la capitale
était Troyes. Mais je dois vous prévenir, mes enfants,
que ces divisions n'existent plus depuis longtemps,
quoique nécessaires à connaître pour comprendre
l'histoire de France. En 1790, les trente-deux provinces françaises furent partagées en départements. On
en compte aujourd'hui quatre-vingt-neuf. Ainsi, 1° la
Lorraine en a formé quatre : le département de la Mo-
selle, chef-lieu, Metz; celui de la Meurthe, chef-lieu,
Nancy; des Vosges, chef-lieu, Épinal; de la Meuse, chef-
lieu, Bar-le-Duc. 2° La Flandre, qui est devenue le dé-

partement du Nord, chef-lieu, Lille. 3° L'Artois a fait le département du Pas-de-Calais, chef-lieu, Arras. 4° La Picardie est aujourd'hui le département de la Somme chef-lieu, Amiens. 5° La Normandie compte jusqu'à cinq départements, tous fort importants : celui de la Seine-Inférieure, chef-lieu, Rouen ; du Calvados, chef-lieu, Caen ; de l'Eure, chef-lieu, Évreux ; de la Manche, chef-lieu, Saint-Lô ; de l'Orne, chef-lieu, Alençon. 6° L'Ile-de-France, qui a formé cinq départements : celui de la Seine, chef-lieu, Paris ; de Seine-et-Oise, chef-lieu, Versailles ; de Seine-et-Marne, chef-lieu, Melun ; de l'Oise, chef-lieu, Beauvais ; de l'Aisne, chef-lieu, Laon. 7° La Champagne, divisée en quatre départements : celui de la Marne, chef-lieu, Châlons-sur-Marne ; de la Haute-Marne, chef-lieu, Chaumont ; de l'Aube, chef-lieu, Troyes ; des Ardennes, chef-lieu, Mézières. 8° L'Alsace, qui fait maintenant le département du Haut-Rhin, chef-lieu, Colmar ; et celui du Bas-Rhin, chef-lieu, Strasbourg.

Mais pour passer des choses terrestres qui changent, aux choses éternelles qui ne sauraient changer, récitez le Symbole des Apôtres, lady Mary.

LADY MARY.

« Je crois en Dieu, le père tout-puissant, le créateur du ciel et de la terre, et en Jésus-Christ son fils unique notre Seigneur. »

MADEMOISELLE BONNE.

Vous dites tous les jours que Jésus-Christ est le fils

unique de Dieu, du père tout-puissant, de celui qui a créé le ciel et la terre; vous ajoutez qu'il est notre Seigneur, notre maître, notre roi, notre juge, celui qui a le droit de nous donner des lois; car le mot de *seigneur* veut dire toutes ces choses. Voyons présentement ce qu'a fait Jésus-Christ.

LADY MARY.

« Il a été conçu du Saint-Esprit, est né de la vierge Marie, a souffert sous Ponce Pilate, a été crucifié, est mort, a été enseveli, est descendu aux enfers; le troisième jour, il est ressuscité des morts, est monté aux cieux, est assis à la droite de Dieu le Père tout-puissant, d'où il viendra juger les vivants et les morts. »

MADEMOISELLE BONNE.

Jésus-Christ qui est venu au monde par la vertu du Saint-Esprit, qui est né de la vierge Marie, pourquoi s'est-il fait homme, lui qui était Dieu? Pour réconcilier Dieu son Père avec les hommes, qui étaient tous des pécheurs; pour venir faire pénitence de nos péchés, et les expier, en souffrant et en mourant sous Ponce Pilate. Dieu est si juste, qu'il faut nécessairement qu'il punisse le péché; et Jésus-Christ, pour l'amour de nous, s'est offert à ce châtiment. Si vous voulez savoir combien le péché est horrible, remarquez tout ce que Notre-Seigneur Jésus-Christ a souffert pour nous en obtenir le pardon. Les méchants l'ont pris, l'ont lié, lui ont donné des soufflets, lui ont craché au visage; après cela ils l'ont déchiré à coups

de fouet; ensuite ils lui ont enfoncé une couronne d'é-
pines sur la tête, en sorte que les épines entraient
dans sa chair. Représentez-vous Jésus-Christ dans cet
état, mes enfants, son corps tout déchiré, le visage
couvert de crachats et de sang caillé qui avait découlé

des blessures que les épines avaient faites à sa tête :
Eh bien, mes enfants, tout cela n'est rien! Dans ce
misérable état, on lui a mis sur les épaules une lourde
croix, qu'on l'a obligé de porter sur une grande montagne : il était si faible, qu'il est tombé dans le che-

min; mais ne croyez pas qu'on lui ait ôté cette lourde.
croix, on s'est contenté d'obliger un homme à lui aider. Quand il a été sur cette montagne, on l'a couché
sur cette croix, et puis on a pris de gros clous pour lui
percer les pieds et les mains avec ces clous, et ensuite
on l'a laissé mourir sur cette croix. Vous pleurez, mes
pauvres enfants, et vous en avez bien sujet; car enfin
c'était pour l'amour de vous qu'il a souffert tous ces
tourments; c'était pour vous empêcher d'aller en enfer; c'était pour vous obtenir la grâce d'aller au ciel.
Si vous aviez commis un crime, qu'on vous eût con-
damnées à être pendues, et que j'allasse dire au roi :
« Sire, pardonnez à lady Spirituelle et à lady Tempête! » Que le roi me répondît : « Cela ne se peut pas;
elles ont commis un crime, il faut qu'elles soient pu-
nies; » et que je dise ensuite au roi : « Eh bien! sire,
pardonnez-leur, et je serai pendue à leur place. »
N'est-il pas vrai que vous ne m'oublieriez jamais, et
que vous diriez tous les jours de votre vie : « Cette
pauvre Bonne, sans elle je serais pendue il y a bien
longtemps; elle m'aimait beaucoup, puisqu'elle a fait
cela; si elle pouvait revenir à la vie, je lui donnerais
tout mon bien, et je l'aimerais plus que toutes choses
au monde. »

LADY TEMPÊTE.

Oh! ma Bonne, je suis une grande ingrate de n'avoir
jamais pensé à tout ce que Jésus-Christ a souffert pour
moi, pendant que j'aime tant ceux qui me font du

bien! L'autre jour, ma cousine Sensée vous demanda
la permission de manger avec moi à la cuisine, afin que
je fusse moins honteuse; eh bien! quand je vivrais cent
ans, je n'oublierai jamais sa bonté et l'amitié qu'elle
m'a montrée; je l'aime à cause de cela, et pourtant je
ne pense pas à aimer Jésus-Christ, qui a fait bien davantage pour moi.

MADEMOISELLE BONNE.

Vous avez fait pis, ma chère; c'est qu'au lieu d'aimer Jésus-Christ vous l'avez souvent et beaucoup offensé. Il dit à votre cœur : Mon enfant, quand tu te
mets en colère, quand tu manques à ton devoir, tu
m'offenses, moi qui t'ai tant aimée; je te prie, cor-
rige-toi, deviens bonne, car sans cela tu n'iras pas en
Paradis, et ce sera inutilement que j'aurai tant souffert pour toi. Cependant vous fermez vos oreilles, et
vous méprisez ses remontrances. N'est-ce pas être plus
ingrate et plus inintelligente que les brutes?

LADY TEMPÊTE.

Je vous assure, ma Bonne, que cela vient de ce qu'on
ne pense pas à toutes ces choses. Je récite tous les
jours le Symbole, mais avec moins d'attention que je
ne réciterais une chanson.

LADY MARY.

Je ne pourrai plus m'empêcher de pleurer quand je
le dirai; et puisque Jésus-Christ, qui m'aime tant, ne
me demande que d'être bonne, je vous assure que je
n'oublierai rien de ce que vous me conseillez pour me

corriger. Mais dites-moi, ma Bonne, comment y a-t-il eu des hommes assez méchants pour faire tant souffrir Jésus-Christ? Quel mal leur avait-il fait?

MADEMOISELLE BONNE.

Jésus-Christ était né parmi les Juifs; il descendait d'Abraham et de David, et voici ce qu'il avait fait aux Juifs : il avait guéri leurs malades, ressuscité leurs morts, fait du bien à tout le monde; mais il reprochait aux prêtres, et à des hypocrites qu'on nommait les *Pharisiens*, leur hypocrisie et leurs autres vices. D'ailleurs le peuple écoutait et suivait Jésus-Christ, qui lui faisait tant de bien : ces mauvais hommes en conçurent une telle jalousie, qu'ils étaient comme des furieux; ils trompèrent le peuple, en lui disant que Jésus-Christ était un imposteur et un méchant, et ainsi on le fit mourir de la façon cruelle et barbare que je vous ai dite. Mais trois jours après il sortit vivant de son tombeau; et après être resté encore quarante jours sur la terre, il monta au ciel en présence de plusieurs personnes. Il y est assis à la droite de Dieu son père, d'où il viendra juger tous les hommes à la fin du monde. Vous verrez toutes ces choses dans l'Évangile, où Notre-Seigneur se montre Dieu et homme par sa compassion pour nos misères, par sa justice, sa bonté, ses miracles, sa miséricorde divine. Il vient réformer l'ancienne loi, qui était souvent cruelle, comme nous le voyons dans l'Ancien Testament. Continuez, lady Mary.

LADY MARY.

La colère et la jalousie de Saül contre David aug-
mentant tous les jours, il résolut de le faire périr. Il
lui dit donc qu'il lui donnerait sa fille Michol en mariage, pourvu qu'il tuât cent Philistins, car il pensait
que David en trouverait un à la fin qui le tuerait lui-
même; mais le Seigneur protégea David, qui tua deux
cents Philistins au lieu de cent, et Saül fut forcé de lui
donner sa fille. Un jour que David jouait de la harpe
devant lui, Saül voulut le percer de sa hallebarde;
David se sauva chez lui où le roi envoya des soldats
pour le prendre. Michol, sa femme, le descendit par la
fenêtre, et ayant mis une poupée dans le lit avec le
bonnet de son mari, elle dit aux soldats qu'il était malade : ce qui donna à David le temps de se sauver. Jonathas fit tout ce qu'il put pour engager son père à
rendre son amitié à David; mais comme il vit qu'il n'y
pouvait réussir, il conseilla à son ami de s'enfuir, et
ils se jurèrent, devant le Seigneur, une amitié éternelle. David, dans sa fuite, alla chez le grand prêtre
Abimélec, et le pria de lui donner quelques pains et
des armes. Le grand prêtre, qui ne savait point que
David était brouillé avec Saül, lui donna cinq pains et
l'épée de Goliath; mais un Iduméen, serviteur de Saül,
ayant vu cela, le dit à son maître, qui ordonna à ses
soldats de tuer le grand prêtre avec toute sa famille,
quoique Abimélec lui fît voir qu'il était innocent. Les
soldats n'osant mettre la main sur le prêtre du Sei-

gneur, Saül commanda à l'Iduméen de le tuer, ce qu'il fit sur-le-champ ; il tua aussi quatre-vingt-cinq sacrificateurs ; il fit détruire une ville qui leur appartenait, et égorger les femmes et les enfants, jusqu'à ceux qui étaient à la mamelle.

LADY CHARLOTTE.

Oh ! le méchant homme que Saül ! comment Dieu ne le punit-il pas ?

MADEMOISELLE BONNE.

Prenez patience ; Dieu souffre longtemps le pécheur ; il amasse ses crimes ; mais enfin sa bonté se lasse, et il vient un moment où il fait tomber le tonnerre qu'il avait retenu si longtemps suspendu sur sa tête. Continuez, lady Mary.

LADY MARY.

Saül poursuivait David dans tous les lieux où il croyait pouvoir le rencontrer. Or, un jour que David était caché dans le fond d'une caverne avec soixante de ses gens, Saül eut un besoin qui l'obligea d'y entrer. Or, vous savez bien, mesdames, que quand on sort du grand jour, et qu'on entre dans un lieu obscur, on ne voit rien ; Saül ne vit donc pas David, mais David le vit fort bien, et ceux qui étaient avec lui lui conseillaient de le tuer ; mais David leur répondit : « Dieu me préserve de mettre la main sur mon roi, sur celui qu'il a sacré de son huile sainte. » Il se contenta donc de lui couper un pan de son manteau, encore en eut-il regret après, craignant d'avoir manqué de respect

au roi. Quand Saül fut sorti, David monta sur le rocher, et appela Saül en lui disant : « Seigneur, pourquoi écoutez-vous les discours de ceux qui vous parlent mal de moi ? Puisque j'ai pu couper un pan de
votre manteau, je pouvais aussi bien vous tuer ; mais
je vous ai respecté, parce que vous êtes mon roi ; l'É-
ternel sera juge entre vous et moi, car il sait que vous
me persécutez injustement. » Saül ayant entendu ces
paroles, dit : « N'est-ce pas votre voix, mon fils David ? »
Et il pleura et dit encore : « Vous êtes plus juste que
moi, et je connais à votre bonté que Dieu vous a certainement choisi pour porter la couronne ; jurez-moi devant Dieu que quand vous serez monté sur le trône,
vous ne ferez point mourir ma famille. » David le lui
ayant juré, le roi se retira. Jonathas avait fait la même
prière à David, et lui avait dit : « Ayez bon courage,
mon père ne peut vous faire périr, et il sait très-bien
que vous serez roi d'Israël ; pour moi, je ne serai point
jaloux de vous voir sur le trône, et je serai très-con-
tent d'être le premier après vous. » Car le prince Jonathas aimait David plus que sa vie.

LADY CHARLOTTE.

Je suis bien contente de voir David réconcilié avec
Saül ; je pense que le roi ne chercha plus à lui faire
du mal, après la bonté que David avait eue de l'épargner, quand il pouvait le tuer ?

MADEMOISELLE BONNE.

Un méchant cœur ne se corrige pas si vite, mes en-

fants; il y a des moments où il est honteux de sa noir-
ceur; mais il oublie bientôt cette honte pour retourner à sa méchanceté, comme vous verrez que fit
Saül.

LADY SPIRITUELLE.

Ce méchant roi avait un bon fils; j'aime Jonathas de
tout mon cœur. J'espère que David lui aura fait beaucoup de bien quand il sera devenu roi.

MADEMOISELLE BONNE.

David n'eut pas ce plaisir, ma chère : Jonathas fut
tué avant que David fût roi; mais nous verrons cela
une autre fois. Continuez, miss Molly.

MISS MOLLY

Samuel mourut en ce temps-là, et David se retira
dans le désert, proche de la montagne de Carmel. Il
y avait dans ce pays un homme nommé *Nabal*, qui
était extrêmement riche, mais fort brutal; il avait une
femme très-belle et très-prudente, nommée *Abigaïl*.
David ayant su que Nabal faisait tondre ses bêtes au
mont Carmel, lui envoya quelques-uns des siens pour
lui faire son compliment, et lui représenter que, pendant tout le temps qu'ils avaient été dans le désert
avec ses bergers, il avait eu soin qu'on ne lui fit pas
tort de la moindre chose, et qu'ainsi il le priait, selon
la coutume, de lui faire un petit présent. Nabal, au
lieu de répondre à cette politesse, dit à ceux qui lui
avaient été envoyés : « Je ne connais point ce David; le

monde est plein de ces serviteurs qui fuient leurs maîtres. » David ayant appris cette brutalité, partit avec quatre cents hommes, et jura de faire périr Nabal et tous ceux qui lui appartenaient. Un des bergers instruit de cette résolution, alla trouver Abigaïl, et lui dit : « Ces gens nous ont gardés bien fidèlement dans la montagne; cependant notre maître a excité leur colère par son refus, et ils viennent pour le mettre à mal. » Abigaïl se leva promptement; et ayant préparé un grand présent de choses prêtes à manger, elle alla au-devant de David, et lui parla avec tant de sagesse, qu'elle désarma sa colère. Il sentit alors qu'il avait été sur le point de commettre une grande faute en se vengeant de Nabal, et il remercia cette femme de l'avoir empêché de commettre un crime. Abigaïl étant retournée à sa maison, trouva son mari attablé à un grand festin; comme il était ivre, elle ne lui dit rien de ce qui était arrivé, jusqu'au lendemain matin. Nabal fut si effrayé du péril qu'il avait couru, qu'il en tomba malade, et mourut huit jours après. Alors David dit : «Parce que j'ai sacrifié ma colère, et le désir que j'avais de me venger, le Seigneur m'a vengé lui-même. » En même temps il se souvint d'Abigaïl, et pensant qu'une telle femme, qui avait eu l'esprit d'apaiser sa colère, était un trésor, et qu'elle l'empêcherait de faire des fautes, il l'envoya demander en mariage et l'épousa. Il avait déjà deux autres femmes, Michol et Abinoham.

Cependant Saül oubliant que David avait respecté sa vie, assembla encore une armée pour le poursuivre. Étant arrivé dans une plaine, on dressa des tentes pour y passer la nuit; Abner gardait la tente du roi avec des soldats; mais au lieu de faire bonne garde, ils s'endormirent, et David, escorté d'un de ses gens, pénétra jusqu'à la tente du roi. Celui qui suivait David lui demanda la permission de tuer Saül; mais David

l'en empêcha en lui disant : « L'homme qui mettra la main sur l'oint du Seigneur, ne sera point innocent. » Il se contenta donc d'emporter la coupe et la hallebarde de Saül, et quand il fut bien loin, il cria et dit à Abner : « Vous êtes un brave homme! certainement vous avez mérité la mort pour n'avoir pas gardé votre roi. » Saül entendant ces paroles, appela encore David, son fils, et convint qu'il était plus honnête homme que lui : il lui promit même de ne plus chercher à lui faire du mal; mais David le connaissait trop bien pour oser se fier à sa parole, et il s'enfuit dans un autre lieu.

LADY SENSÉE.

Il m'impatiente, ce Saül, avec ses promesses qu'il ne tient point. Il fallait, en vérité, que David fût bien bon, de ne pas se débarrasser tout d'un coup d'un homme qui le persécutait si cruellement.

MADEMOISELLE BONNE.

Mais cet homme était son roi, cet homme était son beau-père. Parce que Saül était méchant, fallait-il que David devînt méchant aussi? Que deviendrait le monde, mes enfants, si chacun se croyait autorisé à se venger? Il faut remettre ce soin à la justice des hommes; et si on ne peut y avoir recours, à la justice de Dieu: David venait d'éprouver que Dieu l'avait vengé de Nabal sans qu'il s'en mêlât, et il n'avait garde de s'exposer une seconde fois à commettre un crime.

LADY TEMPÊTE.

Mais pourtant, avec toute sa patience, David était très-malheureux; car il se voyait à tout moment en danger de perdre la vie. Il était obligé de vivre dans les bois, de manquer des choses les plus nécessaires, et cela dans le temps où il était vraiment roi; car Samuel l'avait sacré avec l'huile.

MADEMOISELLE BONNE.

Auriez-vous mieux aimé être à la place de Saül qu'à celle de David?

LADY TEMPÊTE.

Non, ma Bonne, je n'aurais pas voulu être à la place de Saül; je pense qu'il était encore plus malheureux que David.

MADEMOISELLE BONNE.

Vous avez bien raison, ma chère. On n'est point à plaindre quand on est vertueux, et David l'était. Ce ne sont point les accidents de la vie, les privations, la pauvreté, qui rendent les hommes malheureux; toutes ces choses sont les maux du corps: or, votre corps n'est point vous; c'est un étranger, l'habit de votre âme; et les maux de ce corps ne sont considérables qu'à mesure que votre âme y prend intérêt. Si j'aime beaucoup mon habit, je serai bien fâché d'y voir une tache ou un trou; mais si je suis raisonnable, je m'en consolerai bientôt. David, en souffrant toutes les incommodités que Saül lui occasionnait, savait que cela ne gâtait que son habit; mais s'il se fût vengé, il aurait gâté son âme. Or, cette âme devait l'intéresser beaucoup plus que son corps, qui n'était que son habit; car son âme c'était lui-même.

LADY CHARLOTTE.

Mais, ma Bonne, mon corps est *moi* aussi bien que mon âme.

MADEMOISELLE BONNE.

Point du tout, mon enfant. Quand vous serez morte, les vers mangeront votre chair, vos os tomberont en poussière, et cependant vous existerez encore, car votre âme restera telle qu'elle est : vous savez bien qu'elle est immortelle.

LADY CHARLOTTE.

On me l'a dit, mais je ne le comprends pas.

MADEMOISELLE BONNE.

Vous le comprendrez quelque jour, ma chère. Quand nous serons plus avancées nous parlerons de ces choses, qui sont encore trop difficiles pour vous. Voyons présentement si l'histoire d'Abigaïl ne nous offre pas quelque sujet de réflexion.

LADY SENSÉE.

Oui, ma Bonne; je pense que David agit en homme sage : il n'épousa point cette femme, parce qu'elle était belle et riche, mais parce qu'elle était prudente, qu'elle l'avait empêché de commettre un crime en calmant sa colère, et qu'il espérait sans doute qu'elle lui rendrait le même service en d'autres occasions.

MADEMOISELLE BONNE.

Votre réflexion est très-juste, ma chère. La chose la plus précieuse est un ami qui nous aime assez pour nous avertir quand nous sommes prêts à faire quelques sottises, et il faut préférer cet ami aux dons les plus précieux; ainsi David agit en homme de bon sens en épousant Abigaïl.

LADY MARY.

Mais il avait déjà deux autres femmes, ma Bonne; est-ce que cela est permis d'avoir plusieurs femmes?

MADEMOISELLE BONNE.

Cela était permis autrefois, ma chère; mais cela ne l'est plus aujourd'hui parmi les chrétiens, parce que Jésus-Christ le leur a défendu.

LADY SPIRITUELLE.

J'en suis bien aise. Si un mari pouvait avoir plusieurs femmes, je ne me marierais jamais; car je ne pourrais pas alors être maîtresse dans ma maison, et je m'imaginerais toujours que mon mari aimerait mieux ses autres femmes que moi.

MADEMOISELLE BONNE.

C'est-à-dire que vous êtes disposée à devenir jalouse, ma très-chère; vous auriez donc été fort malheureuse, si vous étiez née en Chine.

LADY MARY.

Est-ce que les Chinois ont plusieurs femmes?

MADEMOISELLE BONNE.

Oui, ma chère, ainsi que presque tous les peuples de l'Asie. Comme il nous reste un demi-quart d'heure, je vais vous raconter comment se font les mariages en Chine. Il faut que vous sachiez d'abord que les dames chinoises ne sortent point à pied, et ne voient jamais d'autres hommes que leurs pères et leurs maris.

LADY SENSÉE.

Comment peut-on donc se marier, ma Bonne? Un gentilhomme n'a-t-il pas la liberté de voir une jeune fille quand il veut l'épouser.

MADEMOISELLE BONNE.

Ce ne sont pas ceux qui doivent se marier qui se mêlent de faire le mariage; ce sont les pères. Un homme qui a un fils, va trouver un autre homme qui a une fille; il s'informe des qualités de cette fille, et s'il croit qu'elle convient à son fils, il la demande pour lui. Le père l'ayant accordée, va dire à sa fille qu'il vient de la marier. Alors on lui met ses plus beaux habits, on l'enferme dans une espèce de boîte, et on la porte dans la maison de son mari. Le nouveau marié attend avec bien de l'impatience le moment de voir sa femme. Quelquefois il est content de son marché, d'autres fois la femme n'est pas de son goût; mais ne croyez pas qu'il ait de mauvaises façons pour elle; il a trop de respect pour son père, qui la lui a choisie. Il demeure avec elle pendant huit jours, et au bout de ce temps, il lui demande la permission de prendre une autre femme parmi celles qu'on lui a données pour la servir. La femme ne lui refuse jamais cette permission; mais cette autre femme, que le mari prend, reste toujours sa servante, et celle que le père a choisie, reste toujours maîtresse de la maison ; les enfants de la servante l'appellent leur mère et lui sont soumis.

LADY TEMPÊTE.

Eh bien ! cela doit la consoler, puisqu'elle reste toujours la maîtresse. Si cette servante était insolente, pourrait-elle la punir ?

MADEMOISELLE BONNE.

Sans doute, ma chère ; mais cela n'arrive point : la servante sait qu'elle doit respecter sa maîtresse, et travailler à gagner ses bonnes grâces pour elle et ses enfants. La maîtresse, par complaisance pour son mari, et pour s'en faire aimer, traite bien une femme qu'il aime ; et tous ces gens vivent ordinairement dans la meilleure intelligence du monde.

LADY SENSÉE.

Mais les Chinois sont donc plus raisonnables que les autres peuples ? J'ai lu dans la vie de Denys, tyran de Syracuse, qu'il avait épousé deux femmes dans un même jour, et qu'il avait trouvé le secret de les faire vivre en paix ; et j'ai ouï dire à un monsieur que cela prouvait que Denys était le plus habile homme du monde, parce que rien n'était plus difficile que de conserver la bonne intelligence entre deux femmes qui vivent dans la même maison et qui doivent partager l'autorité.

MADEMOISELLE BONNE.

Ce monsieur avait d'autant plus raison, que les deux

femmes de Denys avaient chacune des enfants, et qu'il
était naturel qu'elles cherchassent à les mettre sur le
trône. Mais en Chine l'union est moins difficile : si la
maîtresse a des enfants, ils sont toujours au-dessus de
ceux de la servante. D'ailleurs, mes enfants, l'éducation fait tout. Les filles sont instruites dès leur jeunesse que c'est la coutume du pays ; elles s'y atten-
dent, et cela ne leur paraît point extraordinaire.

MISS MOLLY.

Ces pauvres femmes doivent bien s'ennuyer, puisqu'elles ne sortent jamais.

MADEMOISELLE BONNE.

Je vous ai dit qu'elles ne sortent jamais à pied ;
mais on les porte dans des machines fermées chez les
autres dames pour faire des visites. C'est quelque chose
de honteux pour une femme chinoise de paraître en
public : il n'y a que les pauvres et les malhonnêtes
femmes à qui cela soit permis. Et puis, quand les
dames aimeraient à courir, elles ne pourraient pas aller bien loin, à cause de leurs pieds.

LADY MARY.

Est-ce que leurs pieds sont autrement faits que les
nôtres ?

MADEMOISELLE BONNE.

Quand elles viennent au monde, elles ont les pieds
comme les nôtres, mais on a soin de leur plier les
doigts en dedans, et de les attacher avec des bande-

lettes. Quand elles sont grandes, les doigts de leurs pieds semblent collés en dessous, comme sont nos doigts quand nous fermons la main. On ne sait pas qui a commencé cette méthode. Apparemment qu'on a voulu apprendre par là aux dames qu'elles ne doivent pas aimer à courir; et que leur vraie place est leur maison, où elles doivent rester pour avoir soin de leurs enfants et de leur ménage. Celles de vous qui seront curieuses de mieux connaître la Chine, pourront lire le voyage d'un missionnaire, l'abbé Huc, écrit peu de temps avant que la guerre ait ouvert à la France et à l'Angleterre l'intérieur de ce curieux pays et les ports de la Cochinchine et du Japon.

VINGT-SIXIÈME DIALOGUE

— VINGT-QUATRIÈME JOURNÉE —

LADY MARY.

l y a longtemps que vous ne nous avez point raconté de conte, ma Bonne; n'en aurons-nous pas un aujourd'hui?

MADEMOISELLE BONNE.

Je le veux bien, mes enfants. Mais auparavant lady Sensée, dites-nous ce que vous savez des provinces qui occupaient le milieu de la France.

LADY SENSÉE.

Il y en avait dix-sept, qui forment aujourd'hui trente-cinq départements. 1° La Bretagne, divisée en cinq, savoir : le département d'Ile-et-Vilaine, chef-lieu Rennes; de la Loire-Inférieure, chef-lieu Nantes; du Morbihan, chef-lieu Vannes; des Côtes-du-Nord, chef-

lieu Saint-Brieux; du Finistère, chef-lieu Quimper.
2° Le Maine, dont est formé le département de la
Mayenne, chef-lieu Laval, et celui de la Sarthe, chef-
lieu le Mans. 3° L'Anjou, département de Maine-et-
Loire, chef-lieu Angers. 4° La Touraine, département
d'Indre-et-Loire, chef-lieu Tours. 5° L'Orléanais, divisé
en trois départements : celui du Loiret, chef-lieu Orléans ; d'Eure-et-Loire, chef-lieu Chartres ; de Loir-et-
Cher, chef-lieu Blois. 6° Le Poitou, qui forme aussi
trois divisions : la Vienne, chef-lieu Poitiers; les Deux-
Sèvres, chef-lieu Niort; la Vendée, chef-lieu Bourbon-
Vendée. 7° Le Berry, qui a fait les départements de
l'Indre, chef-lieu Châteauroux, et celui du Cher, chef-
lieu Bourges. 8e Le Nivernais : département de la Niè-
vre, chef-lieu Nevers. 9° Le Bourbonnais : département
de l'Allier, chef-lieu Moulins. 10° La Bourgogne, qui
a formé quatre départements : celui de la Côte-d'Or,
chef-lieu Dijon ; de Saône-et-Loire, chef-lieu Mâcon; de
l'Ain, chef-lieu Bourg ; de l'Yonne, chef-lieu Auxerre.
11° La Franche-Comté, partagée en trois : la Haute-
Saône, chef-lieu Vesoul; le Doubs, chef-lieu Besançon;
le Jura, chef-lieu Lons-le-Saulnier. 12° La Saintonge
et l'Angoumois, qui font le département de la Cha-
rente, chef-lieu Angoulême. 13° L'Aunis, devenu la
Charente-Inférieure, chef-lieu la Rochelle. 14° La Marche, département de la Creuse, chef-lieu Guéret. 15° Le
Limousin, scindé en deux départements : la Haute-
Vienne, chef-lieu Limoges, et la Corrèze, chef-lieu

Tulle. 16° L'Auvergne, qui a fait le Puy-de-Dôme, chef-lieu Clermont-Ferrand, et le Cantal, chef-lieu Aurillac. 17° Enfin le Lyonnais : département du Rhône, chef-lieu Lyon, et celui de la Loire, chef-lieu Montbrison.

MADEMOISELLE BONNE.

Il faut avouer que voilà une nomenclature un peu sèche, et qui témoigne de la bonne mémoire de lady Sensée et de votre patience, mes chères enfants, à la suivre sur la carte. Il y a cependant un grand profit à en tirer; le devinez-vous, lady Spirituelle?

LADY SPIRITUELLE.

Je crois que oui. Presque tous les départements portent les noms des principales rivières qui les traversent, ou de quelques montagnes remarquables, comme le Jura, le Puy-de-Dôme, et cela doit aider à se rappeler le pays et les cours d'eau.

MADEMOISELLE BONNE.

Vous avez parfaitement raison, ma chère. Mais en voilà assez sur ce sujet. Passons au conte que je vous ai promis.

Il y avait une fois un seigneur qui avait deux filles jumelles, à qui l'on avait donné deux noms qui leur convenaient parfaitement. L'aînée, qui était très-belle, fut nommée Bellote; et la seconde, qui était fort laide, fut nommée Laideronette. On leur donna des maîtres, et jusqu'à l'âge de douze ans elles s'appliquèrent à

leurs études; mais alors leur mère fit une sottise, car
sans penser qu'il leur restait encore beaucoup de choses à apprendre, elle les mena avec elle dans les assemblées. Comme ces deux filles aimaient à se divertir, elles furent bien contentes de voir le monde, et
elles n'étaient plus occupées que de cela, même pendant le temps de leurs leçons; en sorte que leurs maîtres commencèrent à les ennuyer. Elles trouvaient
mille prétextes pour ne plus apprendre : tantôt il fallait célébrer le jour de leur naissance; une autre fois
elles étaient invitées à un bal, à une soirée, et il fallait
passer le jour à se coiffer; en sorte qu'on écrivait sou-

vent aux maîtres pour les prier de ne pas venir : d'un
autre côté, les maîtres qui voyaient que les deux petites

filles ne s'appliquaient plus, ne se souciaient pas beaucoup de leur donner des leçons; car dans ce pays, les
maîtres n'enseignaient pas seulement pour gagner de
l'argent, mais pour avoir le plaisir de voir avancer
leurs écolières. Ils n'y allaient donc guère souvent, et
les jeunes filles en étaient bien aises. Elles vécurent
ainsi jusqu'à quinze ans : à cet âge, Bellote était devenue si belle, qu'elle faisait l'admiration de tous ceux
qui la voyaient. Quand la mère menait ses filles dans
les salons, tous les cavaliers s'empressaient auprès
de Bellote; l'un louait sa bouche, l'autre ses yeux, sa
main, sa taille; et pendant qu'on lui donnait toutes
ces louanges, on ne pensait seulement pas que sa
sœur fût au monde. Laideronette mourait de dépit
d'être laide; et bientôt elle prit en dégoût le monde et
les assemblées, où tous les honneurs et les préférences
étaient pour sa sœur. Elle commença donc à souhaiter
de ne plus sortir : et un jour qu'elles étaient priées à
une soirée qui devait finir par un bal, elle dit à sa mère
qu'elle avait mal à la tête, et qu'elle désirait rester à
la maison; elle s'y ennuya d'abord à mourir; afin de
passer le temps, elle alla à la bibliothèque de sa mère
pour chercher un roman, et fut bien fâchée que sa
sœur en eût emporté la clef. Son père avait aussi une
bibliothèque; mais composée de livres sérieux, qu'elle
haïssait beaucoup. Elle fut pourtant forcée d'en prendre un; c'était un recueil de lettres, et en ouvrant le
livre, elle trouva celle que je vais vous rapporter.

« Vous me demandez d'où vient que la plus grande partie des belles personnes sont extrêmement sottes et insipides? Je crois pouvoir vous en dire la raison : ce n'est pas qu'elles aient moins d'esprit que les autres en venant au monde; mais c'est qu'elles négligent de le cultiver. Toutes les femmes ont de la vanité, elles veulent plaire : une laide sait qu'elle ne peut être aimée pour son visage, cela lui donne la pensée de se distinguer par son esprit : elle étudie donc beaucoup, et elle parvient à devenir aimable, malgré la nature.  La belle, au contraire, n'a qu'à se montrer pour plaire; sa vanité est satisfaite; comme elle ne réfléchit jamais, elle ne pense pas que sa beauté n'aura qu'un temps; d'ailleurs, elle est si occupée de sa parure, du soin de courir les salons pour se montrer, pour recevoir des louanges, qu'elle n'aurait pas le temps de cultiver son esprit quand même elle en sentirait la nécessité. Elle devient donc une sotte tout occupée de puérilités, de chiffons, de spectacles. Cela dure jusqu'à trente ans, quarante ans au plus, pourvu que la petite vérole ou quelque autre maladie ne vienne pas tout d'un coup lui enlever sa beauté. Mais quand on n'est plus jeune, on ne peut plus rien apprendre : ainsi, cette belle fille, qui ne l'est plus, reste une sotte toute sa vie, quoique la nature lui ait donné autant d'esprit qu'à une autre; au lieu que la laide, qui est devenue fort aimable, se moque des maladies et de la vieillesse, qui ne peuvent rien lui ôter. »

10.

Laideronette, après avoir lu cette lettre, qui semblait avoir été écrite pour elle, résolut de profiter des vérités qu'elle y avait découvertes. Elle redemanda ses maîtres, s'appliqua à la lecture, fit de sages réflexions sur ce qu'elle lut, et en peu de temps devint une fille de mérite. Quand elle était obligée de suivre sa mère dans les soirées, elle se mettait toujours à côté des personnes chez qui elle remarquait de l'esprit et de la raison : elle leur adressait des questions, et retenait les bonnes choses qu'elle leur entendait dire : elle prit même l'habitude de les écrire pour s'en mieux souvenir, et à dix-sept ans, elle parlait et écrivait si bien que toutes les personnes de mérite se faisaient un plaisir de la connaître, et d'entretenir une correspondance avec elle.

Les deux sœurs se marièrent le même jour : Bellote épousa un jeune prince qui était charmant, et qui n'avait que vingt-deux ans. Laideronette épousa le ministre de ce prince : c'était un homme de quarante-cinq ans. Il avait reconnu l'esprit de cette fille, et il l'estimait beaucoup, car le visage de celle qu'il prenait pour sa femme n'était pas propre à lui inspirer de l'amour : il avoua à Laideronette qu'il n'avait que de l'amitié pour elle : c'est justement ce qu'elle demandait, et elle n'était point jalouse de voir sa sœur épouser un prince, qui était si fort amoureux d'elle, qu'il ne pouvait la quitter une minute, et qu'il en rêvait toute la nuit. Bellote fut fort heureuse pendant trois mois; au bout de ce temps, son mari qui l'avait regardé tout à son aise, commença à s'accoutumer à sa beauté, et à penser qu'il ne fallait pas renoncer à tout pour sa femme. Il alla à la chasse, et fit d'autres parties de plaisirs dont elle n'était pas, ce qui parut fort extraordinaire à Bellote, car elle s'était persuadée que son mari l'aimerait toujours autant; et elle se crut la plus malheureuse personne du monde, quand elle vit que son amour diminuait. Elle lui en fit des plaintes; il se fâcha: ils se raccommodèrent; mais comme ces plaintes recommençaient tous les jours, le prince se fatigua de les entendre. D'ailleurs Bellote ayant eu un fils, elle devint maigre, et sa figure s'altéra. Bientôt, son mari, qui n'aimait en elle que sa beauté, ne l'aima plus du tout; le chagrin qu'elle en ressentit acheva de gâter son visage: et comme elle ne savait rien, sa conversation était fort monotone. Les jeunes gens s'ennuyaient avec elle, parce qu'elle était triste; les personnes plus âgées et qui avaient du bon sens, s'ennuyaient aussi avec elle, parce qu'elle était sotte; en sorte qu'elle restait seule presque toute la journée. Ce qui augmentait son désespoir, c'est que sa sœur Laideronette était la plus heureuse femme du monde. Son mari la consultait sur ses affaires; il lui confiait tout ce qu'il pensait; il se conduisait par ses conseils, et disait partout que sa femme était le meilleur ami qu'il eût au monde. Le prince même, qui était homme d'esprit, se plaisait dans la compagnie de sa belle-sœur, et disait qu'il n'y avait pas moyen de rester une demi-heure sans bâiller avec Bellote, parce qu'elle ne savait parler que de chiffons et d'ajustements, auxquels il ne connaissait rien. Son dégoût pour sa femme devint tel, qu'il l'envoya à la campagne, où elle eut le temps de s'ennuyer tout à

son aise, et où elle serait morte de chagrin si sa sœur Laideronette n'avait pas eu la charité de l'aller voir le plus souvent qu'elle pouvait. Un jour qu'elle tâchait de la consoler, Bellote lui dit : « Mais, ma sœur, d'où

vient donc la différence qu'il y a entre vous et moi?
Je ne puis m'empêcher de voir que vous avez beaucoup d'esprit, et que je ne suis qu'une sotte : cependant, quand nous étions jeunes, on disait que j'en
avais pour le moins autant que vous. » Laideronnette
raconta son aventure à sa sœur, et lui dit : « Vous êtes
fâchée contre votre mari, parce qu'il vous a envoyée à
la campagne; ce que vous regardez comme le plus
grand malheur de votre vie, peut faire votre bonheur,
si vous le voulez. Vous n'avez pas encore dix-neuf ans :
il serait trop tard pour vous appliquer, si vous étiez
livrée à la dissipation de la ville ; mais la solitude
dans laquelle vous vivez, vous laisse tout le temps
nécessaire pour cultiver votre esprit. Vous n'en manquez pas, ma chère sœur ; il faut l'orner par la lecture et les réflexions. » Bellote trouva d'abord beaucoup de difficultés à suivre les conseils de sa sœur,
car elle avait contracté l'habitude de perdre son temps
en niaiseries; mais à force de se dominer, elle y réussit, et fit des progrès surprenants dans toutes les
sciences : à mesure qu'elle devenait aussi raisonnable,
et comme la philosophie la consolait de ses malheurs,
elle reprit son embonpoint, et devint plus belle qu'elle
ne l'avait jamais été : mais elle ne s'en souciait plus
du tout, et ne daignait pas même se regarder au
miroir. Cependant son mari avait pris un si grand
dégoût pour elle, qu'il fit casser son mariage. Ce
dernier malheur pensa l'accabler, car elle aimait ten-

drement son mari; mais sa sœur Laideronette vint à
bout de la consoler. « Ne vous affligez pas, lui disait-
elle: je sais le moyen de vous rendre votre mari;
suivez seulement mes conseils, et ne vous embarrassez
de rien. »

Comme le prince avait eu un fils de Bellote qui devait être son héritier, il ne se pressa point de prendre
une autre femme, et ne pensa qu'à se bien divertir.
Il goûtait extrêmement la conversation de Laideronette, et lui disait quelquefois qu'il ne se remarie-
rait jamais, à moins qu'il ne trouvât une femme qui
eût autant d'esprit qu'elle. « Mais si elle était aussi
laide que moi, lui répondit-elle en riant? — En vérité,
madame, lui dit ce prince, cela ne m'arrêterait pas un
moment: on s'accoutume à un laid visage; le vôtre
ne me paraît plus choquant, par l'habitude que j'ai de
vous voir; quand vous parlez, il ne s'en faut de rien
que je ne vous trouve jolie; et puis, à vous dire vrai,
Bellote m'a dégoûté des belles; toutes les fois que j'en
rencontre une, j'ai dans la tête qu'elle est stupide, je
n'ose lui parler, de crainte qu'elle ne me réponde une
sottise. »

Cependant le temps du carnaval arriva, et le prince
crut qu'il s'amuserait beaucoup s'il pouvait courir les
bals sans être connu de personne. Il ne se confia qu'à
Laideronette, et la pria de se masquer avec lui; car,
comme elle était sa belle-sœur, personne ne pouvait y
trouver à redire, et quand on l'aurait su, cela n'au-

rait pu nuire à sa réputation; cependant Laideronette en demanda la permission à son mari, qui y consentit d'autant plus volontiers, qu'il avait lui-même inspiré cette fantaisie au prince, pour faire réussir le dessein qu'il avait de le réconcilier avec Bellote. Il écrivit à cette princesse abandonnée, de concert avec sa femme, qui décrivit en même temps à sa sœur le costume que devait porter le prince. Vers le milieu du bal, Bellote vint s'asseoir entre son mari et sa sœur, et commença une conversation extrêmement agréable avec eux. D'abord le prince crut reconnaître la voix de sa femme; mais elle n'eut pas parlé un demi-quart d'heure, qu'il perdit le soupçon qu'il avait eu au commencement. Le reste de la nuit passa si vite, à ce qu'il lui sembla, qu'il se frotta les yeux quand le jour parut, croyant rêver, et demeura charmé de l'esprit de l'inconnue, qu'il ne put jamais engager à se démasquer; tout ce qu'il en put obtenir, c'est qu'elle reviendrait au prochain bal avec le même habit. Le prince s'y trouva des premiers; et quoique l'inconnue y arrivât un quart-d'heure après lui, il l'accusa de paresse, et lui jura qu'il s'était beaucoup impatienté. Il fut encore plus charmé d'elle cette seconde fois que la première, et confia à Laideronette qu'il était amoureux comme un fou de cette charmante personne. « J'avoue qu'elle a beaucoup d'esprit, lui répondit sa confidente; mais si vous voulez que je vous dise mon sentiment, je la soupçonne d'être encore plus

laide que moi; elle sait que vous l'aimez, et craint de
perdre votre cœur quand vous verrez son visage. —
Ah! madame, dit le prince, que ne peut-elle lire dans
mon âme! L'amour qu'elle m'a inspiré est indépen-
dant de ses traits; j'admire ses lumières, l'étendue de
ses connaissances, la supériorité de son esprit, et la
bonté de son cœur. — Comment pouvez-vous juger de
la bonté de son cœur? lui dit Laideronette. — Je vais
vous le dire, reprit le prince; quand je lui ai fait remarquer de belles femmes, elles les a louées de bonne
foi; elle m'a même fait observer avec adresse des
beautés qui m'avaient échappé. Quand j'ai voulu, pour
l'éprouver, lui conter les mauvaises histoires qu'on
mettait sur le compte de ces femmes, elle a détourné
adroitement le discours, ou bien elle m'a interrompu
pour me raconter quelque belle action qu'elles avaient
faite; et enfin, quand j'ai voulu continuer, elle m'a
fermé la bouche, en me disant qu'elle ne pouvait
souffrir la médisance. Vous voyez bien, madame,
qu'une femme qui n'est point jalouse de celles qui
sont belles, une femme qui prend plaisir à dire du
bien du prochain, une femme qui ne peut souffrir la
médisance, doit être d'un excellent caractère, et doit
avoir un bon cœur. On ne peut manquer d'être heureux avec elle, quand même elle serait aussi laide
que vous le pensez? Je suis donc résolu à lui déclarer
mon nom, et à lui offrir de partager ma puissance. »
Effectivement, dans le premier bal, le prince apprit sa

qualité à l'inconnue, et lui dit qu'il n'y avait point de bonheur à espérer pour lui, s'il n'obtenait sa main. Malgré ses instances, Bellote s'obstina à demeurer masquée, ainsi qu'elle en était convenue avec sa sœur. Voilà le pauvre prince dans une inquiétude épouvantable. Il pensait, comme Laideronette, que cette personne si spirituelle devait être un monstre, puisqu'elle avait tant de répugnance à se laisser voir; mais quoiqu'il se la peignit de la manière la plus désagréable, cela ne diminuait point l'attachement, l'estime et le respect qu'il avait conçus pour son esprit et pour sa vertu. Il était tout près de tomber malade de chagrin, lorsque l'inconnue lui dit : « Je vous aime, mon prince, et je ne chercherai point à vous le cacher; mais plus mon amour est grand, plus je crains de vous perdre quand vous me connaîtrez. Vous vous figurez peut-être que j'ai de grands yeux, une petite bouche, de belles dents, un teint de lis et de roses; et si, par aventure, vous alliez me trouver des yeux louches, une grande bouche, un nez camard, des dents gâtées, vous me prieriez bien vite de remettre mon masque. D'ailleurs, quand je ne serais pas si horrible, je sais que vous êtes inconstant; vous avez aimé Bellote à la folie, et cependant vous vous en êtes dégoûté. — Ah! madame, lui dit le prince, soyez mon juge: j'étais jeune quand j'épousai Bellote, et je vous avoue que je n'étais occupé qu'à la regarder, et point à l'écouter; mais lorsque je fus son mari, et que l'habitude de la

voir eut dissipé mon illusion, imaginez-vous si ma
situation dut être bien douce! Quand je me trouvais
seul avec ma femme, elle me parlait d'une robe nouvelle qu'elle devait mettre le lendemain, des souliers
de celle-ci, des diamants de celle-là. S'il y avait à ma
table une personne d'esprit, et que l'on voulût parler
raison, Bellote commençait par bâiller, et finissait par
s'endormir. J'essayai de l'engager à s'instruire, cela
l'impatienta : elle était si ignorante, qu'elle me faisait
trembler et rougir toutes les fois qu'elle ouvrait la bouche. D'ailleurs, elle avait tous les défauts des sottes;
quand elle s'était fourré une chose en tête, il n'était
pas possible de l'en faire revenir, en lui donnant de
bonnes raisons, car elle ne pouvait les comprendre.
Elle était jalouse, médisante, méfiante : encore s'il
m'eût été permis de me désennuyer autre part, j'aurais pris patience; mais ce n'était pas là son compte :
elle eût voulu que le fol amour qu'elle m'inspirait du-
rât toute ma vie et me rendît son esclave. Vous voyez
qu'elle m'a mis dans la nécessité de faire casser mon
mariage. — J'avoue que vous étiez à plaindre, lui répondit l'inconnue; mais tout ce que vous me dites ne
me rassure point. Vous me jurez que vous m'aimez,
seriez-vous assez hardi pour m'épouser aux yeux de
tous vos sujets, sans m'avoir vue? — Je suis le plus
heureux des hommes, puisque vous ne demandez que
cela, lui répondit le prince; venez dans mon palais
avec Laideronette, et demain dès le matin, je ferai as-

sembler mon conseil pour vous épouser devant lui. »

Le reste de la nuit parut bien long au prince, et avant de quitter le bal s'étant démasqué, il ordonna à tous les seigneurs de sa cour de se rendre dans son palais, et fit avertir tous ses ministres. Ce fut en leur présence qu'il raconta ce qui lui était arrivé avec l'inconnue, et après avoir fini son discours, il jura qu'il n'aurait pas d'autre femme, quelle que pût être sa figure. Il n'y eut personne qui ne crût, comme le prince, que celle qu'il épousait ainsi ne fût horrible à voir. Quelle fut la surprise de tous les assistants, lorsque Bellote s'étant démasquée, leur dévoila la plus belle personne qu'on pût imaginer ! Ce qu'il y eut de plus singulier, c'est que le prince ni les autres ne la reconnurent tout d'abord, tant le repos et la solitude l'avaient embellie. On se disait seulement à l'oreille que l'autre reine lui ressemblait en laid. Le prince, ravi d'être trompé si agréablement, ne pouvait parler ; mais Laideronette rompit le silence, pour féliciter sa sœur du retour de la tendresse de son époux. « Quoi ! s'écria le roi, cette charmante et spirituelle personne est Bellote ! Par quel enchantement a-t-elle joint aux charmes de sa figure ceux de l'esprit et du caractère qui lui manquaient si complétement ? Quelque puissante fée a-t-elle fait ce miracle en sa faveur ? — Il n'y a point de miracle, reprit Bellote ; j'avais négligé de cultiver les dons que j'avais reçus de Dieu ; mes malheurs, la solitude et les conseils de ma sœur m'ont ouvert les yeux, et m'ont aidée à acquérir des grâces à l'épreuve du temps et des maladies. — Et ces grâces m'ont inspiré un attachement à l'épreuve de l'inconstance, » lui dit le

prince en l'embrassant. Effectivement, il l'aima toute sa vie avec une fidélité qui lui fit oublier ses malheurs passés.

LADY SPIRITUELLE.

Je vous assure, ma Bonne, que ce conte est le plus instructif de tous ceux que vous nous avez racontés. Dites-nous la vérité, vous l'avez fait exprès pour nous?

MADEMOISELLE BONNE.

Cela pourrait bien être ; mais qu'il soit fait pour vous ou non, mesdames, l'important est d'en profiter. Il a été bien long,. mon conte, et j'ai peur que nous n'ayons pas le temps de faire de la géographie : commençons par nos histoires. C'est à vous, lady Mary.

LADY MARY.

David, craignant de tomber entre les mains de Saül, se retira auprès d'un des rois des Philistins, qui lui donna une ville pour y demeurer avec ses gens. Au bout de quelques années, les Philistins déclarèrent la guerre à Saül, qui eut une grande peur. Il consulta le Seigneur ; et comme il ne lui voulut point répondre, il dit à ses sujets : « Cherchez-moi quelque personne qui devine par le moyen du malin esprit. » Or, cela était fort difficile, car lui-même avait porté un arrêt de mort contre ces gens-là. Cependant ses serviteurs lui enseignèrent une sorcière. Il alla chez elle, déguisé, avec deux de ses domestiques, et lui dit qu'il la priait de faire apparaître une personne morte, dont il avait besoin. Cette femme lui dit : « Pourquoi me tentez-vous? ne savez-vous pas que le roi a défendu de faire ce que vous me commandez? — Je jure par le Seigneur qu'il ne vous en arrivera point de mal, » lui dit-il. Alors cette femme fit ses conjurations, et tout d'un coup elle jeta un grand cri et dit : « Vous m'avez trompée, vous êtes le roi. » Saül la rassura, et lui demanda ce qu'elle voyait. « Je vois un vieillard, » lui

dit-elle ; et sur le portrait qu'elle en fit, Saül reconnut
que c'était Samuel, et lui demanda quel devait être le
succès de la bataille? « Pourquoi troubles-tu mon repos? lui dit Samuel. Ce que je t'ai prédit arrivera.
Parce que tu as désobéi au Seigneur, il va t'ôter ton
royaume, et toi et tes fils, vous serez demain avec
moi. » Saül effrayé resta la face contre terre où il s'é-
tait jeté devant Samuel: toutefois, à la prière de cette
femme, il mangea un morceau. Le lendemain il livra
bataille, et comme il vit que les ennemis étaient plus

forts que lui, il se passa son épée au travers du corps,
et ses fils furent tués. Les Philistins ayant trouvé son

cadavre, le pendirent; mais les habitants de Jabès, s'é-
tant assemblés, l'emportèrent et lui donnèrent la sépulture.

LADY CHARLOTTE.

Ma Bonne, j'ai toujours eu peur des morts, et j'en
aurai encore bien davantage. Ma nourrice me disait
qu'ils revenaient: et elle m'a conté je ne sais combien d'histoires à ce sujet.

MADEMOISELLE BONNE.

C'est que votre nourrice est une sotte, ma bonne
amie. Il est certain que si Dieu le voulait, il pourrait
faire revenir les morts, comme il l'a fait à l'égard de
Samuel, du moins quelques fantômes qui leur ressembleraient; mais il est aussi certain qu'il ne fait pas
de miracles sans de bonnes raisons, et que toutes les
histoires qu'on débite à ce sujet sont des fables. Je
pourrais vous en citer plusieurs exemples; mais je
me contenterai d'en rapporter deux.

Un gentilhomme avait été envoyé par le roi en Alle-
magne, pour des affaires importantes. Il revenait en
poste avec quatre domestiques, lorsque la nuit le surprit dans un méchant hameau où il n'y avait pas une
seule auberge. Il demanda à un paysan s'il n'y aurait
pas moyen de loger au château. Le paysan lui répondit : « Il est abandonné, monsieur; il n'y a qu'un fermier, qui habite assez loin du château, où il n'ose entrer que le jour, parce que la nuit il y revient des

esprits qui battent les gens. » Le gentilhomme, qui
n'était pas peureux, dit au paysan. « Je n'ai pas peur
des esprits ; je suis plus méchant qu'eux, et pour te le
prouver, je veux que mes domestiques restent dans le
village, je coucherai tout seul au château. » Ce n'était
pourtant pas son intention de se coucher ; il avait toute
sa vie entendu parler de revenants, et il avait une
grande curiosité d'en voir. Il fit allumer un bon feu,
prit des pipes et du tabac, avec deux bouteilles de vin,
et mit sur la table quatre pistolets chargés. Vers minuit, il entendit un terrible bruit de chaînes, et vit un
homme plus grand que d'ordinaire, qui lui faisait signe
de venir à lui. Notre gentilhomme mit deux de ses pistolets à sa ceinture, un dans sa poche ; il prit le dernier de sa main droite, et tint la chandelle de l'autre
main. Dans cet équipage, il suivit le fantôme ; qui
descendit l'escalier, traversa la cour et entra dans une
allée ; mais lorsque le gentilhomme fut arrivé au bout
de l'allée, tout d'un coup la terre manqua sous ses
pieds, et il roula dans un trou. Il s'aperçut alors de la
sottise qu'il avait faite, car il vit à travers une cloison
mal jointe, qui le séparait d'une cave, qu'il était tombé
dans la puissance, non des esprits, mais d'une dou-
zaine d'hommes qui tenaient conseil entre eux pour savoir si on devait le tuer. Il connut par leurs discours
que c'étaient des gens qui faisaient de la fausse monnaie. Le gentilhomme, qui se voyait pris comme un
rat dans une souricière, éleva la voix, et demanda à

ces messieurs la permission de parler; on la lui accorda, et il leur dit : « Messieurs, ma conduite, en ve-

nant ici, vous prouve que je suis un étourdi, mais en
même temps elle doit vous assurer que je suis un

11.

homme d'honneur, car vous n'ignorez pas que presque toujours un coquin est un lâche. Je vous promets de garder le secret de cette aventure, et je vous le promets sur mon honneur. Ne commettez point un crime en tuant un homme qui n'a jamais eu l'intention de vous faire du mal. D'ailleurs, considérez les suites de ma mort. Je porte sur moi des lettres importantes que je dois rendre au roi en main propre : j'ai quatre domestiques dans ce village; croyez qu'on fera tant de recherches pour savoir ce que je serai devenu, qu'à la fin on le découvrira. » Ces hommes, après l'avoir écouté, décidèrent qu'il fallait se fier à sa parole. On lui fit jurer sur l'Évangile qu'il raconterait des choses terribles du château. Effectivement, il dit le lendemain que ce qu'il avait vu était capable de faire mourir un homme de frayeur; et il ne mentait pas, comme vous pensez bien. Voilà donc une histoire de revenants bien établie. Personne n'aurait osé en douter, puisqu'un homme digne de foi en assurait la vérité. Cela dura pendant douze ans. Après ce temps, comme il était dans son château à se divertir avec plusieurs de ses amis, on lui dit qu'un inconnu, qui conduisait deux chevaux, l'attendait sur le pont pour lui parler, mais qu'il ne voulait pas entrer. La compagnie fut curieuse de savoir ce que signifiait cette aventure; mais dès que le gentilhomme parut, suivi de ses amis, celui qui était sur le pont lui cria : « Arrêtez, s'il vous plaît, monsieur, je n'ai qu'un mot à vous dire. Ceux à qui

vous avez promis le secret, il y a douze ans, vous re-
mercient de l'avoir si bien gardé; à présent ils vous
rendent votre parole; ils ont gagné de quoi vivre, et
sont sortis du royaume; mais avant de me permettre
de les suivre, ils m'ont chargé de vous prier d'accepter de leur part ces deux chevaux, et je vous les laisse. »
Effectivement, cet homme, qui avait attaché les deux
chevaux à un arbre, fit partir le sien comme un éclair,
et bientôt ils le perdirent de vue. Alors le héros de
l'histoire raconta à un ami ce qui lui était arrivé, et
ils en conclurent qu'il ne fallait rien croire des histoires de revenants qui paraissent les plus certaines;
puisque si on les examinait avec attention, on trouverait que la malice ou la faiblesse des hommes a donné
naissance à ces contes.

LADY SPIRITUELLE.

J'aurais juré que c'étaient des diables ou des revenants qui étaient dans ce château.

MADEMOISELLE BONNE.

Un peu de réflexion, mes enfants, vous empêchera
d'avoir aucune croyance à ces sortes d'histoires. Pensez-vous de bonne foi que Dieu, qui est la sagesse et
la bonté même, veuille faire des miracles seulement
pour tourmenter les hommes? Croyez-vous qu'il per-
mette à une âme de revenir sur la terre pour faire des
malices, tirer la couverture d'une personne qui dort,
l'empêcher de dormir, et mille autres fadaises qui ne
sont dignes que de risées? Je vais vous montrer, par

ce qui m'est arrivé à moi-même, le parti qu'il faut
prendre dans ces sortes d'occasions.

Je crois que le sort avait rassemblé exprès pour moi
les plus sottes de toutes les servantes. A six ans je savais plus de cinq cents histoires de revenants, que je
croyais comme l'évangile, et cela m'avait rendue si
poltronne que j'avais peur de mon ombre ; mais quand
je commençai à avoir de la raison, je résolus de me
guérir de cette maladie. Je m'accoutumai donc le soir
à aller seule, d'abord avec de la lumière, et ensuite
sans lumière. Je me disais à moi-même : Je ne suis
pas seule ; Dieu est dans cette chambre où je vais entrer, il saura bien me défendre. Alors j'entrais hardiment, je m'asseyais, et je ne quittais pas la place que
je ne fusse tout à fait rassurée, après quoi je me mo-
quais de moi-même. Si je voyais quelque chose dans
l'obscurité, je m'avançais pour le toucher, et je trouvais que c'était un linge ou une chaise, qui, de loin,
m'apparaissaient sous une forme terrible, car la peur
grossit les objets. Petit à petit je me guéris de cette
faiblesse ; et une aventure qui m'arriva, acheva de me
rendre tout à fait raisonnable.

J'eus affaire pour quelques mois dans une petite
ville ; en y arrivant, j'envoyai chercher un tapissier
pour meubler un appartement que j'étais prête à louer.
Le tapissier me dit qu'il avait une petite maison meu-
blée, et qu'il me la louerait tout entière pour une demi-
guinée par mois : il n'y avait que deux ans que cette

maison était rebâtie, parce qu'elle avait été brûlée ; une vieille femme qui y était rentrée pour sauver son argent, y avait péri. Les voisins eurent grand soin de me raconter cette histoire, et me dirent que la vieille venait toutes les nuits compter ses écus. Je fis un éclat de rire au nez des gens ; mais ils ajoutèrent que je serais la dupe de mon incrédulité ; que cette maison avait été louée plusieurs fois, et que personne ne pouvait y demeurer plus de trois jours. « J'en suis charmée, répondis-je ; j'ai toujours eu envie de voir ou d'entendre quelque chose d'extraordinaire, peut-être à la fin aurai-je ce plaisir : mais les esprits craignent ceux qui ne les craignent pas ; j'ai bien peur que la bonne femme ne revienne plus. »

Dès que je fus dans ce logement, je le visitai de la cave au grenier ; car si je n'ai plus peur des morts, je crains encore les vivants ; et je pensais que quelque ennemi du tapissier pouvait peut-être se divertir à effrayer les gens pour empêcher sa maison d'être louée. N'ayant rien trouvé, je passai la journée fort tranquillement. Sur les onze heures du soir, étant auprès du feu avec mon mari, j'entendis un bruit sourd, mais sans pouvoir distinguer d'où il partait, parce qu'il changeait de place à tout moment. Le plus souvent pourtant, il paraissait venir du milieu de la chambre. Ce bruit ne m'effraya point, et je dis en riant : « Si je n'avais pas visité les caves, je croirais qu'on y fait de la fausse monnaie ; » car ce bruit ressemblait à celui

d'un balancier. Le matin, on n'entendit plus rien ; mais
le bruit recommença les nuits suivantes ; et au bout de
deux semaines, je remarquai qu'il était bien plus fort
le vendredi, qui était justement le jour où la maison
avait été brûlée. Je passai la nuit du second vendredi
sans me coucher, et sur les quatre heures du matin,
je crus entendre parler ; mais tout cela semblait sortir
de dessous terre. J'attendis le jour avec impatience, et
je priai mon mari de rester à la même place : pour
moi, je sortis ; j'allai dans la maison voisine : c'était
une auberge ; et je m'aperçus que l'écurie de cette auberge était derrière notre salon, où l'on entendait le
bruit. Vous savez, mesdames, que les chevaux frappent
du pied de temps en temps : le jour on ne les entendait
point, parce qu'il se faisait du bruit de tous côtés ;
mais, dans le silence de la nuit, on ne perdait pas un
seul de leurs coups de pied. Je pris un gros bâton, et
ayant frappé trois coups contre terre de toute ma force,
je rentrai chez moi ; mon mari me dit que depuis que
j'étais sortie, on avait frappé trois coups. Les vendre-
dis étant des jours de marché, il venait beaucoup de
gens de la campagne qui couchaient en ville, et met-
taient leurs chevaux dans cette écurie, ce qui augmentait le tapage nocturne. Je me hâtai de conter mon
histoire : plusieurs personnes vinrent pour entendre
ce bruit, qui, du moment qu'on en sut la cause, ne parut plus que ce qu'il était ; car on distinguait fort bien
que c'était un bruit de pied de cheval sur la terre. Ceux

qui avaient eu peur, et qui avaient décrié cette maison, furent bien honteux. Je n'y demeurai qu'un mois, parce qu'il se présenta de tous côtés des gens pour la louer; et le maître était si content de mon courage, que j'eus beaucoup de peine à lui faire recevoir mon argent.

LADY SENSÉE.

Eh! ma Bonne, si vous n'eussiez pas eu l'esprit d'aller dans la maison voisine, on aurait persisté à croire que la bonne femme faisait tout ce tapage.

MADEMOISELLE BONNE.

Sans doute, des personnes qui n'auraient pas raisonné : car il était extravagant de penser que Dieu permît que cette vieille revînt de l'autre monde, seulement pour compter son argent. Continuez, miss Molly.

MISS MOLLY.

Deux jours après la bataille, un Amalécite vint trouver David, et lui annonça la mort de Saül et de Jonathas; et pour lui prouver qu'il disait la vérité, il ajouta : « J'ai trouvé Saül à moitié mort du coup qu'il s'était donné, et comme il m'a prié de l'achever, je lui ai obéi, et je vous apporte sa couronne. » A ces mots, David déchira ses vêtements, et dit à cet homme : « Comment avez-vous été assez hardi pour mettre la main sur l'oint du Seigneur? Certainement vous mourrez. » Après cela, David pleura Saül et son ami Jonathas; et il bénit les habitants de Jabès, qui leur

avaient donné la sépulture. David fut alors reconnu roi
par la tribu de Juda de laquelle il était sorti; mais
Abner, un des capitaines de Saül, fit reconnaître un
des fils de ce malheureux prince par les autres tribus;
et il y eut guerre entre les deux rois. Mais le fils de
Saül ayant maltraité Abner pour une femme, celui-ci
vint se rendre à David, et l'accepta pour maître.
Comme Abner s'en retournait tranquillement, Joab,
capitaine de David, dont Abner avait tué le frère en
se défendant, le prit en trahison et le tua. David pleura
Abner, et maudit Joab, qui s'était rendu coupable d'une
perfidie. Ensuite David ayant consulté le Seigneur, fit
la guerre aux Philistins, qu'il vainquit, et prit aussi
Jérusalem. Alors il pensa à retirer l'arche du Seigneur,
qui était restée chez Abinadam. On la mit dans un chariot tout neuf, et David et toute la maison d'Israël
jouaient des instruments devant l'arche du Seigneur.
Or, les bœufs qui traînaient le chariot ayant fait un
faux pas, un homme porta sa main sur l'arche pour
la soutenir : mais comme cet homme n'était pas pur,
et qu'il avait osé toucher l'arche, il tomba mort; ce
qui effraya tellement David, qu'il n'osa garder l'arche
chez lui, et la laissa à Hobed-Edom. Toutefois David
ayant appris que Dieu avait comblé de bénédictions la
maison de cet homme, il résolut de la faire porter dans
sa ville: ce qu'il fit avec un grand appareil, car on im-
mola un grand nombre de victimes dans le chemin :
et David, revêtu d'un éphod de lin, dansait de toute sa

force devant le Seigneur : ensuite il déposa l'arche dans un tabernacle qu'il avait fait dresser, puis il bénit le peuple au nom de l'Éternel, et lui distribua à manger. Comme il rentrait dans sa maison, Michol, sa femme, vint au-devant de lui, et lui dit ! « Vous vous êtes fait beaucoup d'honneur aujourd'hui en dansant devant l'arche comme un baladin ! Fallait-il vous abaisser ainsi aux yeux du peuple ! » David lui répondit : « Je ne me suis point abaissé aux yeux du peuple, mais je me suis humilié devant le Seigneur, qui m'a préféré à votre père, pour me donner le royaume d'Israël ; je ne saurais trop m'abaisser en sa présence. » Dieu eut agréable cette humilité de David, et pour punir Michol, il la rendit stérile.

MADEMOISELLE BONNE.

A votre tour, lady Charlotte.

LADY CHARLOTTE.

Dieu suscita un prophète nommé Nathan, qui alla trouver David de la part du Seigneur, et lui dit : « Dieu m'ordonne de te dire que ton fils doit lui bâtir un temple : il t'a donné la couronne d'Israël, et elle ne sortira jamais de ta maison ; ton sang régnera jusqu'à la fin des siècles. » David s'humilia devant le Seigneur ; il chanta un cantique à sa louange, et Dieu lui donna la victoire sur ses ennemis. Lorsqu'il fut un peu plus tranquille, il s'informa soigneusement s'il ne restait personne de la maison de Jonathas ; et ayant découvert un de ses petits-fils, il lui rendit tous les biens

de Saül, et le fit manger à sa table : or ce fils était boiteux des deux jambes.

Cependant David eut une nouvelle guerre ; contre sa
coutume, il ne commanda point lui-même son armée,
et resta à Jérusalem, ayant nommé Joab pour son lieu-
tenant. Or, un jour qu'il se promenait sur la plate-
forme de son palais, il vit une belle femme qui se baignait, et s'étant informé de son nom, il apprit que
c'était Bethsabée, femme d'Urie, qui était à l'armée;
car c'était un homme brave. David devint amoureux
de cette femme, et comme il ne pouvait l'épouser

parce qu'elle avait un mari, il écrivit à Joab de faire
combattre Urie dans un endroit dangereux où il pût
être tué. Joab lui obéit, et le brave Urie mourut. David
épousa sa veuve, et en eut un fils. Au bout de deux ans,
Dieu lui envoya Nathan, qui lui dit : « Il y avait un
homme riche, qui possédait un grand nombre de
troupeaux ; il avait pour voisin un homme fort pauvre, qui n'avait qu'une brebis qu'il avait élevée avec
ses enfants, et qui lui était très-chère. Il vint un passant loger chez le riche, qui, au lieu de prendre une
de ses propres bêtes pour donner à souper à ce passant, fit enlever la brebis du pauvre, et la fit tuer. »
À ces paroles, David se mit en colère, et dit : « Cet
homme mérite la mort. — Vous avez prononcé votre
arrêt, lui dit le prophète. Dieu vous avait donné le
royaume d'Israël, des biens en abondance, un grand
nombre de femmes ; il vous aurait encore donné plus
que tout cela, s'il eût été nécessaire, et malgré tous
ces bienfaits, vous l'avez offensé, et vous avez fait
tuer Urie pour avoir sa femme. Je vous annonce donc,
de la part de Dieu, que l'épée ne sortira point de votre
maison, et qu'on vous enlèvera vos femmes. » David
répondit : « J'ai péché. » Le prophète lui dit : « Et le
Seigneur vous a pardonné ; toutefois, comme vous avez
scandalisé votre peuple, le fils que vous avez eu de
Bethsabée mourra. »

LADY SENSÉE.

Ah ! ma Bonne, que je suis fâchée ! Voilà David devenu aussi méchant que Saül. Comment se peut-il faire qu'un si saint homme ait agi si cruellement, et après ait vécu deux ans sans en avoir regret?

MADEMOISELLE BONNE.

C'est l'effet des grands crimes, mes enfants : ils endurcissent le cœur. Mais faites une remarque, je vous prie : Saül avait dit comme David, j'ai péché; mais David le dit du fond du cœur. Il ne fut pas fâché à cause des malheurs dont il était menacé, mais seulement parce qu'il avait offensé son Dieu; et le Seigneur qui voit le cœur, lui pardonna tout de suite, c'est-à-dire, qu'il lui rendit son amitié; mais cela ne l'empêcha pas de le punir en cette vie, car il punit ceux auxquels il veut faire miséricorde dans l'autre. Remarquez aussi, mes enfants, avec quel respect il faut traiter les choses saintes. Un homme souillé touche l'arche, et tombe mort sur-le-champ; mais celui qui reçoit l'arche, étant un homme de bien, est comblé de bénédictions. Adieu, mes enfants: la première fois, nous commencerons la leçon par la géographie.

VINGT-SEPTIÈME DIALOGUE

— VINGT-CINQUIÈME JOURNÉE —

MADEMOISELLE BONNE.

Je vous ai parlé de la Lorraine, nous dirons aujourd'hui un mot de la Picardie. C'est une grande province assez fertile, mais il n'y croît point de vignes. On dit communément que les Picards ont la tête chaude, c'est-à-dire qu'ils sont extrêmement vifs, et sujets à se mettre en colère pour un rien ; mais ils sont aussi prompts à s'apaiser qu'à se fâcher. Ils ont le cœur bon, droit et sincère.

Calais faisait autrefois partie de la province de Picardie. Cette ville fut prise, en 1347, par les Anglais après un long siége. Leur roi, Édouard III, piqué de la longue résistance des Calaisiens, demanda qu'on lui envoyât quatre chefs des principales familles de Calais, afin qu'il les fît mourir. Vous croyez peut-être, mes enfants, que tous les gens de qualité avaient peur d'être choisis; point du tout, chacun d'eux prétendait à l'honneur de donner son sang pour son pays. Les quatre qui furent nommés, à la tête desquels était Eustache de Saint-Pierre (retenez bien ce nom), se rendirent au camp du roi d'Angleterre, en chemise, nu-tête, nu-pieds, et la corde au cou; mais la reine, qui admirait leur vertu, obtint leur grâce. Le roi fit ensuite sortir tous les Français de Calais; et ces pauvres gens furent encore secourus par la reine et les dames de sa cour. Les Anglais ont gardé cette ville plus de deux siècles. Elle a été reprise sous le règne de Henri II, par les Français que commandait François de Lorraine, duc de Guise.

LADY SPIRITUELLE.

Ces pauvres gens, qui furent forcés d'abandonner leur pays et leurs biens, me rappellent un trait d'histoire que j'ai lu quelque part; mais je ne me souviens pas des noms. Un prince s'était emparé d'une ville; et comme il était fort en colère contre les habitants, il résolut de les faire périr, et de ne pardonner qu'aux femmes : il permit donc à celles-ci de sortir de la ville, et d'emporter ce qu'elles avaient de plus précieux. Devinez ce qu'elles emportèrent, mesdames?

MISS MOLLY.

Leurs petits enfants, sans doute.

LADY SPIRITUELLE.

Non.

LADY CHARLOTTE.

Peut-être emportèrent-elles tout leur or, leur argent, leurs diamants et leurs beaux habits.

LADY SPIRITUELLE.

Non, ma chère; elles eurent bien plus de cœur et d'esprit : chaque femme prit son mari sur son dos, et elles passèrent ainsi devant le vainqueur, qui fut si charmé de la vertu de ces femmes qu'il pardonna à toute la ville.

LADY MARY.

Je suis fâchée que vous ayez oublié le nom de ce prince; c'était un honnête homme.

LADY SENSÉE.

L'histoire de lady Spirituelle m'en rappelle une autre; si vous voulez me le permettre, ma Bonne, je la raconterai à ces dames. Mon prince est encore meilleur que celui dont on vient de nous parler, et je n'ai pas oublié son nom.

MADEMOISELLE BONNE.

Lady Spirituelle me ressemble, elle est brouillée avec les noms propres; j'ai grand'peine à les retenir. C'est un défaut de jeunesse, qu'il faut tâcher d'éviter, mes enfants. Quand j'étais à votre âge, je ne lisais pas; je dévorais les livres; le moyen après cela de retenir les noms propres? A présent je suis trop vieille pour me

corriger; mais, quant à vous, mes enfants, vous le
pouvez, si vous voulez vous en donner la peine. Voyons
l'histoire que vous vous rappeliez, ma chère.

LADY SENSÉE.

Il y avait un grand capitaine nommé Démétrius Po-
liorcètes, qui avait fait beaucoup de bien au peuple de
la ville d'Athènes. Ce capitaine, en partant pour la
guerre, laissa sa femme et ses enfants chez les Athéniens : il perdit la bataille, et fut obligé de s'enfuir.
Il crut d'abord qu'il n'avait qu'à se retirer chez ses
bons amis les Athéniens; mais ces ingrats refusèrent
de le recevoir; ils lui renvoyèrent même sa femme et
ses enfants, sous prétexte qu'ils ne seraient peut-être
pas en sûreté dans Athènes, où l'ennemi pourrait les
venir prendre. Cette conduite perça le cœur de Démétrius, car il n'y a rien de si cruel pour un honnête
homme que l'ingratitude de ceux qu'il aime, et auxquels il a fait du bien. Quelque temps après, ce capitaine raccommoda ses affaires, et vint avec une grande
armée mettre le siége devant la ville d'Athènes. Les
Athéniens, persuadés qu'ils n'avaient aucun pardon à
espérer de Démétrius, résolurent de mourir les armes
à la main, et firent un arrêt qui condamnait à mort
ceux qui parleraient de se rendre. Mais ils n'avaient pas
réfléchi qu'il n'y avait presque plus de blé dans la
ville, et que bientôt ils manqueraient de pain. Effectivement, après avoir souffert de la faim très-longtemps,
les plus raisonnables dirent : « Il vaut mieux que Dé-

métrius nous fasse tuer tout d'un coup, que de mourir par la famine; peut-être aura-t-il pitié de nos femmes et de nos enfants. » Ils lui ouvrirent donc les
portes d'Athènes. Démétrius commanda que tous les

hommes mariés allassent sur une grande place qu'il
avait fait environner de soldats qui avaient tous l'épée
nue. Alors on n'entendit dans la ville que des cris et
des gémissements; les femmes embrassaient leurs maris, les enfants leurs pères, et leur disaient le dernier
adieu. Quand ils furent assemblés sur cette place, Démétrius monta sur un lieu élevé, et leur reprocha leur
ingratitude en termes des plus touchants; il en était

si pénétré, qu'il versait des larmes en leur parlant. Ils gardaient le silence, persuadés que ce prince allait commander à ses soldats de les tuer. Ils furent donc bien surpris lorsqu'il leur dit : «Je veux vous montrer combien vous avez été coupables envers moi; car enfin, ce n'est pas à un ennemi que vous avez refusé du secours, c'est à celui qui vous aimait, qui vous aime encore, et qui ne veut se venger qu'en vous pardonnant et en vous faisant du bien. Retournez chez vous. Pendant que vous étiez ici, mes soldats par mon ordre ont porté du blé et du pain dans vos maisons. »

LADY SPIRITUELLE.

Si les Athéniens étaient d'honnêtes gens, ils devaient mourir de douleur d'avoir pu offenser un si bon prince.

MADEMOISELLE BONNE.

Quand même ils eussent tous été des coquins, cette conduite était bien propre à les faire rentrer en eux-mêmes. Faites-moi souvenir la première fois, de vous raconter une histoire qui vous prouvera ce que je vous dis. Mais il faut nous dépêcher de dire nos leçons; car à quatre heures il doit arriver une chose qui vous surprendra beaucoup; il fera nuit tout d'un coup, mesdames, et puis une demi-heure après nous aurons encore le jour.

LADY MARY.

Oh! ma Bonne, comment cela se peut-il?

MADEMOISELLE BONNE.

Je vous l'expliquerai plus tard, ma chère. A présent dites votre histoire sainte.

LADY MARY.

Dieu, qui voulait faire miséricorde à David dans l'autre monde, le punit bien sévèrement pendant sa vie du crime qu'il avait commis. Son châtiment commença par la mort du fils qu'il avait eu de Bethsabée. Cet enfant resta malade durant sept jours, et David passa tout ce temps couché contre terre, jeûnant et criant vers le Seigneur, pour lui demander la vie de cet enfant, en sorte que ses serviteurs n'osaient lui dire qu'il était mort : mais David l'ayant appris, essuya ses larmes, se prosterna devant l'Éternel, et demanda à manger. Ses serviteurs étonnés lui dirent : « Quand votre fils était malade, vous étiez si affligé, d'où vient donc que vous êtes si tôt consolé de sa mort ? » David leur répondit : « Tant que l'enfant était vivant j'ai pleuré, parce que j'espérais que mes larmes pourraient toucher le Seigneur, et m'obtenir la vie de mon fils ; maintenant mes pleurs seraient inutiles, et ne pourraient lui rendre la vie ; il ne reviendra point vers moi, mais moi, je vais vers lui. »

Dieu récompensa la soumission de David ; il lui donna un autre fils de Bethsabée, qu'il nomma *Salomon*, et Nathan lui dit, de la part de Dieu, que ce fils régnerait après lui. David avait encore un grand nom-

bre de fils, mais ce fut pour son malheur. Un d'eux,
nommé *Absalon*, ayant reçu un grand outrage d'Amnon, qui était un de ses frères, l'invita à un festin et
le tua. Absalon, craignant la colère de son père, s'en-

fuit chez un prince voisin, et y demeura trois ans, mais
au bout de ce temps, Joad, qui commandait les troupes
de David, obtint son pardon. Le roi permit à Absalon
de revenir dans le pays ; mais il lui défendit de parai-
tre devant lui. Absalon, désespéré d'être banni de la
présence de son père, lui fit dire qu'il aimait mieux
mourir que de vivre ainsi, et David lui pardonna tout
à fait.

MADEMOISELLE BONNE.

Continuez, miss Molly.

MISS MOLLY.

Cependant Absalon, au lieu d'être touché de la bonté de son père, résolut de le détrôner. Il s'attacha à flatter le peuple pour gagner ses bonnes grâces, et quand il crut y avoir réussi, il demanda à son père la permission d'aller accomplir un vœu qu'il avait fait ; au lieu de cela il assembla des troupes. David, l'ayant appris, se sauva de Jérusalem avec ses amis ; il passa en pleurant le torrent de Cédron, et monta aussi, en pleurant, la montagne des Oliviers. Pendant qu'il fuyait, un parent de Saül, charmé de son malheur, parut sur la montagne ; il jetait des pierres et de la poussière contre David en le maudissant. Les gens qui étaient avec le roi lui demandèrent la permission de tuer cet homme ; mais David leur dit : « Laissez-le en paix, Dieu lui a commandé de me maudire. Mon propre fils s'élève contre moi, comment voudriez-vous qu'un parent de Saül ne suivît pas ce mauvais exemple ? Je me soumets de tout mon cœur aux châtiments du Seigneur ; et s'il veut m'ôter le royaume qu'il m'a donné, je suis content de le perdre. » Cependant Absalon marcha vers Jérusalem, et David sut qu'il avait avec lui un certain Achitophel, qui avait autant d'esprit que de malice et de méchanceté ; il pria Dieu de confondre les artifices de cet homme, et de ne pas per-

mettre qu'Absalon suivit ses conseils. En même temps
un des amis de David nommé Chusaï, vint le trouver.
Le roi lui dit : « Vous pouvez me rendre un grand service ; retournez auprès de mon fils pour vous opposer
à Achitophel, et m'avertir de tout ce qui se passera. »
Chusaï obéit, et en approchant d'Absalon, il cria, vive
le roi ! Ce prince parut surpris de voir qu'il avait abandonné son père, qui était son ami ; mais comme Chausaï
était un homme de mérite et qu'il l'assura de sa fidélité, il fut charmé de le voir.

LADY TEMPÊTE.

Je n'ai pas une goutte de sang dans les veines, ma
Bonne ; je meurs de peur que David ne tombe entre les
mains du méchant Absalon.

MADEMOISELLE BONNE

Vous oubliez, ma chère, que Dieu protégeait David.
Il paraît quelquefois abandonner les bons et les livrer
aux méchants ; mais dans le temps même qu'il châtie
les crimes des premiers, il est attentif à leurs intérêts,
et empêche qu'ils ne succombent. Admirez, mes enfants, la pénitence de David ; il sait que la révolte de
son fils, les injures d'un de ses sujets, sont le juste
châtiment de sa révolte contre Dieu ; ainsi il ne regarde
ni son fils, ni cet insolent qui l'outrage : c'est la main
de Dieu qui le frappe ; il s'y soumet de tout son cœur,
et consent à perdre son royaume. Dieu ne peut pas
abandonner un tel homme ; et quand même je n'aurais

pas lu le reste de cette histoire, je serais presque sûre que David sortirait de ce danger. Il est vrai pourtant que Dieu permet quelquefois que les bons soient opprimés par les méchants, afin d'exercer notre foi; mais cela est rare, et presque toujours il n'attend pas l'autre vie pour punir les criminels. Finissez cette histoire, lady Charlotte.

LADY CHARLOTTE.

Absalon ayant assemblé son conseil, Achitophel lui demanda quelques troupes pour suivre David, avant qu'il eût le temps de reprendre courage et d'assembler une armée. David était perdu, si on eût suivi ce conseil, car le peu de soldats qu'il avait étaient si fatigués, qu'ils ne pouvaient se soutenir; mais Chusaï dit à Absalon : « Gardez-vous bien d'en agir ainsi. David et ceux qui sont avec lui sont vaillants; ils se battront en désespérés; et si vous avez le dessous dans ce premier combat, le peuple, qui aime votre père, prendra son parti. Il vaut mieux vous donner le temps d'assembler une grosse armée, et vous l'envelopperez sans qu'il puisse échapper. » Dieu aveugla Absalon, qui méprisa le conseil d'Achitophel. Ce méchant homme fut si fâché de voir qu'on ne suivait pas son avis, qu'il se pendit, et Chusaï fit avertir David de passer le Jourdain. Quand Absalon eut réuni ses troupes, il marcha contre son père : mais David ne voulut pas marcher contre Absalon. Ce fut donc Joab qui commanda l'armée, et David ordonna à Joab d'épargner Absalon; mais il n'o-

béit pas aux ordres du roi, car Absalon ayant été battu
et voulant s'enfuir, il fut arrêté par ses cheveux en

passant sous un arbre, où il demeura accroché; Joab
lui perça le cœur; ce qui ayant été rapporté à David, il
dit : « Plût à Dieu que je fusse mort et que mon fils fût

vivant! » Ce tendre père s'était tenu dehors à la porte
de la ville, et demandait à tous ceux qui venaient des
nouvelles d'Absalon. Joab voyant qu'il pleurait son fils,
lui manqua de respect, et le força de paraître devant le
peuple. Cependant la tribu de Juda se pressa de ra-
mener David à Jérusalem; comme il s'en retournait,
l'homme qui lui avait jeté des pierres vint lui demander pardon, et se prosterna à ses pieds. Un des serviteurs de David dit à son maître : « Permettez-moi de
tuer ce méchant homme. » David lui répondit : « Vous
parlez comme si vous étiez mon ennemi, car vous me
conseillez de me venger; il ne sera pas dit que j'ai fait
mourir un homme le jour où je redeviens roi. » Les
tribus d'Israël furent jalouses de ce que la tribu de
Juda avait ramené David, et il y eut entre elles de
grosses querelles. Alors un homme, nommé Seba,
sonna de la trompette, et fit révolter les dix tribus
d'Israël contre David. Joab alla assiéger une ville dans
laquelle ce Seba était enfermé, et elle eût été détruite
sans la sagesse d'une femme qui la sauva; car, ayant
fait assembler le peuple, elle lui représenta qu'il y
avait de la folie à s'exposer à la mort pour un rebelle.
Alors, le peuple se souleva contre Seba, et lui ayant
coupé la tête, il la jeta à Joab par-dessus la muraille :
ce qui finit la guerre.

LADY SPIRITUELLE.

Je vous assure, ma Bonne, que je n'ai point pitié
d'Absalon; il fallait qu'il fût bien méchant pour cher-

cher à faire mourir son père, et un père qui l'aimait
avec tant de tendresse, et qui lui avait déjà pardonné la
mort de son frère Amnon.

MADEMOISELLE BONNE.

Absalon était peut-être né avec de bonnes inclinations, mes enfants, mais il avait les passions violentes;
et parce qu'il ne s'appliqua pas à les modérer, il parvint par degrés à cet excès de méchanceté de vouloir
tuer son propre père. Peut-être, si on avait prédit à
Absalon, lorsqu'il était jeune, qu'il deviendrait aussi
méchant, il en serait mort de frayeur; mais il s'accoutuma à céder à ses passions, et ensuite il n'en fut plus
le maître. Voilà ce qui arrive à bien des gens, mes
enfants; voilà ce qui vous arrivera à vous-mêmes, si
vous n'avez pas soin de réprimer vos vices, quels qu'ils
soient.

LADY TEMPÊTE.

Comment, ma Bonne, je pourrais devenir aussi méchante qu'Absalon? En vérité, je ne puis le croire.

MADEMOISELLE BONNE.

Et moi, ma chère, je pourrais en faire serment.
Toute personne qui a les passions vives, doit être convaincue qu'il lui faut devenir ou très-vertueuse ou très-
méchante; il n'y a pas de milieu. Oui, ma chère, si
vous prenez le parti de vaincre vos passions, comme je
l'espère, il vous en coûtera beaucoup, sans doute, mais
votre vertu sera forte, solide, inébranlable, parce que

vous l'aurez acquise à la pointe de l'épée, pour ainsi dire. Mais si vous ne prenez point ce parti, il n'est pas de crimes que vous ne soyez capable de commettre par la suite, pour peu que vous en ayez l'occasion, et que vous ayez besoin d'en profiter pour vous satisfaire. Nous en avons eu un terrible exemple en France, il y a quelques années ; il me prend envie de vous le rapporter.

Une fille fort aimable et fort riche n'avait qu'un défaut : elle aimait trop ses richesses, et ne voulait épouser qu'un homme aussi riche qu'elle. D'ailleurs, elle était douce, et n'avait pas de mauvaises inclinations. Elle demeurait avec une de ses tantes, qui gardait tout son argent, et qui connaissait le défaut de sa nièce. Il se présenta plusieurs partis pour cette fille, entre autres, un nommé M. Tiquet, qui en devint amoureux, et s'attacha à gagner les bonnes grâces de la tante. Celle-ci qui souhaitait avoir M. Tiquet pour neveu, lui découvrit le faible de sa nièce, et lui dit qu'il lui plairait sûrement s'il était fort riche. M. Tiquet lui avoua qu'il n'avait pas une grosse fortune, et la pria de l'aider à tromper sa nièce : elle y consentit ; et ayant donné à ce prétendant quinze mille écus de l'argent qu'elle avait en dépôt, il en fit faire un bouquet de diamants, qu'il offrit à cette fille le jour de sa fête. Elle pensa qu'un homme qui avait le moyen de faire de tels présents devait être riche comme un Crésus, et elle consentit à l'épouser. Quand elle fut sa femme, et qu'elle s'aperçut qu'il l'avait trompée, elle le prit en haine, et afin de se distraire, elle résolut de voir grande compagnie. Parmi ceux qui venaient lui rendre visite, il y avait un cavalier fort aimable, dont elle devint éprise; alors elle maudit le moment où elle s'était mariée, et souhaitait tous les jours la mort de son mari pour être libre d'épouser celui qu'elle aimait. La première fois qu'elle eut cette pensée, elle en eut horreur, car elle n'était pas encore tout à fait corrompue; mais comme elle se disait qu'elle ne serait jamais heureuse avec un homme qu'elle détestait, et qu'elle nourrissait avec plaisir l'idée d'en épouser un autre, son cœur acheva de se gâter, et elle s'abandonna tout entière au désir de le voir mort. Quand elle se fut familiarisée avec cette idée, qu'elle écoutait sans scrupule, elle pensa que son mari se portait très-bien, et que peut-être il vivrait plus longtemps qu'elle : petit à petit, il lui vint en tête qu'elle pourrait le faire tuer. Vous sentez bien, mes enfants, qu'il lui fallut beaucoup de temps pour s'accoutumer à une aussi abominable pensée; mais enfin elle en vint là. Elle donna de l'argent à un homme pour tuer son mari; on lui tira un coup de pistolet, mais il ne fut que blessé. Comme on savait que sa femme ne l'aimait pas, tout le monde crut que c'était elle qui avait fait faire ce mauvais coup, et ses amis lui conseillèrent de s'enfuir, puisqu'on lui en laissait le temps; mais elle ne voulut jamais, de peur que son mari ne s'emparât de son bien en son absence. Elle fut donc arrêtée; et ayant été convaincue de son crime, elle eut la tête tranchée. Vous voyez, mes enfants, à quelle extrémité les passions peuvent nous pousser ! Il faut que cela nous engage à les combattre sans cesse et à ne leur rien céder.

LADY SENSÉE.

David était bien maître de ses passions, ma Bonne, puisqu'il ne voulut pas qu'on fît mourir un homme qui l'avait si cruellement offensé, et qu'il ne punit pas Joab, qui avait tué Absalon contre sa défense.

MADEMOISELLE BONNE.

David ne laissa pas d'être embarrassé dans ces deux

13

occasions, ma chère. Il savait qu'en qualité de roi, il
était obligé en conscience de punir les coupables ; mais
comme c'était lui qui était l'offensé, il ne voulait pas
se venger : il laissa donc le soin à son fils Salomon de
punir ces deux criminels après sa mort. Ce ne fut pas
par esprit de vengeance, mais par amour de la justice.

LADY MARY.

Ma Bonne, David avait cessé de pleurer le fils qu'il
avait eu de Bethsabée dès qu'il le sut mort, parce qu'il
disait que ses pleurs ne pouvaient pas le ressusciter ;
d'où vient donc qu'il pleura son fils Absalon après sa
mort ?

MADEMOISELLE BONNE.

Il y avait bien de la différence, ma chère : le fils de
Bethsabée était mort tout jeune, et avant d'avoir eu le
temps de commettre le mal. David savait donc qu'il
reverrait ce fils, et qu'il serait un jour heureux avec
lui dans le sein de Dieu. Cette pensée était bien capable
de le consoler. Il n'avait pas la même espérance pour
Absalon, qui était mort dans son crime ; il le savait
perdu pour jamais, et c'était pour lui un grand sujet
d'affliction. Quant à moi, mes enfants, je me console
aisément : quand un de mes amis, qui a été un bon
chrétien, meurt en honnête homme, je me dis qu'il
est plus heureux que moi ; mais je suis inconsolable
quand il meurt sans avoir bien vécu, parce que je
crains que nous soyons séparés pour toujours.

LADY MARY.

Ah ! ma bonne, je croyais que vous vous moquiez de moi, quand vous disiez qu'il ferait nuit à quatre heures, et cependant je m'aperçois que vous nous avez dit la vérité. Pourquoi la nuit vient-elle sitôt? Qui est-ce qui vous avait avertie que cela devait arriver?

MADEMOISELLE BONNE.

Cette obscurité est causée par une éclipse du soleil, ma chère, et les astronomes avaient prédit que cette éclipse arriverait aujourd'hui à quatre heures.

LADY TEMPÊTE.

Je ne suis pas plus savante qu'auparavant, ma Bonne, ni ces dames non plus, à ce que je crois. Je ne sais pas ce que c'est qu'une éclipse et des astronomes.

MADEMOISELLE BONNE.

Lady Sensée va vous l'apprendre, ma chère. Dites à ces dames, je vous prie, ce que c'est qu'une éclipse.

LADY SPIRITUELLE.

Je le sais bien aussi, ma Bonne; si vous voulez, je vous le dirai.

MADEMOISELLE BONNE.

Non, ma chère; je voudrais bien que vous apprissiez à vaincre votre vanité; cela est plus important que de connaître ce que c'est qu'une éclipse. Vous auriez été bien fâchée de vous taire dans cette circonstance, et vous avez saisi avec avidité l'occasion de montrer votre petit savoir, sans penser qu'en même temps vous faisiez preuve d'amour-propre. Si lady Sensée avait autant de vanité que vous, elle ne vous pardonnerait pas votre empressement à briller à ses dépens. Voilà ce qui fait haïr les femmes qui ont un peu plus étudié que les autres : elles ne veulent laisser le temps à personne de parler ; elles veulent briller toutes seules, et se rendent insupportables. Lady Sensée, qui en sait plus à présent que vous n'en saurez dans dix ans, est bien plus prudente : elle ne parle jamais de choses que les autres ignorent ; et à moins qu'on ne l'interroge, elle garde le silence, comme il convient à une fille de son âge. Eh bien ! lady Spirituelle, vous voilà très-mortifiée et très en colère contre moi, cependant je viens de vous rendre un plus grand service que si je vous avais laissé étaler votre science, et que je vous eusse donné des louanges. Venez m'embrasser pour me remercier ; mais que ce soit de bon cœur au moins.

LADY SPIRITUELLE.

Oh ! ma Bonne, je ne suis pas fâchée contre vous, mais contre moi ; j'ai beau faire, ma vanité me fait faire à tout moment des sottises.

MADEMOISELLE BONNE.

A la fin vous en viendrez à bout, ma chère. Mais avec la même franchise que j'ai mise à blâmer votre vanité, je vais louer votre docilité. Profitez de cet exemple, lady Tempête : vous êtes tout étonnée de voir que votre compagne ne m'en veut pas, quoique je l'aie reprise devant tout le monde assez durement.

LADY SPIRITUELLE.

Ma Bonne, vous pourriez me battre que je ne me fâcherais pas; je suis si persuadée que vous m'aimez de tout votre cœur, que je croirai toujours que ce que vous ferez sera pour mon bien.

MADEMOISELLE BONNE.

Et vous croirez juste, ma chère. Je vous assure qu'il a fallu me faire violence pour vous mortifier; mais mon amitié pour vous a surmonté ma répugnance à vous donner ce petit chagrin. Revenons à nos éclipses; auparavant je vais allumer la bougie, car on ne voit presque plus.

LADY SENSÉE.

On dit qu'il y a une éclipse quand la lune se rencontre entre le soleil et la terre.

LADY MARY.

Je ne comprends pas cela.

LADY SENSÉE.

Je vais vous raconter une histoire qui vous le fera comprendre.

Autrefois on ne connaissait pas la cause des éclipses, et les anciens croyaient que cela annonçait quelque grand malheur; ainsi ils auraient été bien fâchés d'entreprendre quelque chose pendant une éclipse. Il y avait donc un jour un capitaine, nommé Périclès, qui était près de s'embarquer pour aller faire la guerre. Comme il mettait le pied à bord de son vaisseau, il survint une éclipse de soleil; et son pilote ne voulait point partir, parce qu'il croyait qu'ils périraient infailliblement. Périclès, qui était un savant, n'avait pas peur, et dit au pilote que cela était une chose naturelle, et que la lune passant devant le soleil, empêchait de le voir. Le pilote n'y comprenait rien. Périclès qui s'impatientait, lui jeta son manteau sur la tête, et lui dit : « Me vois-tu? — Je n'ai garde de vous voir, répondit le pilote, puisque votre manteau qui est entre vous et mes yeux m'en empêche. — Grand ignorant! reprit Périclès, voilà la raison pour laquelle tu ne vois pas le soleil : c'est que la lune est entre tes yeux et le soleil, comme mon manteau est entre moi et tes yeux. »

MADEMOISELLE BONNE.

Comprenez-vous à présent, lady Mary?

LADY MARY.

Non, ma Bonne; car je ne conçois pas comment la lune peut se trouver devant le soleil, et comment on peut deviner tout juste le moment où elle s'y trouvera.

MADEMOISELLE BONNE.

Le soleil étant plus haut que la lune, et la lune marchant, il n'est pas extraordinaire qu'ils se rencontrent. Or, on sait précisément le chemin que fait la lune, et l'on sait encore qu'elle ne se dérange jamais de sa route ordinaire; ainsi on peut prédire toutes les éclipses qui arriveront. Les gens qui étudient la science des astres se nomment astronomes.

LADY SPIRITUELLE.

Mais comment a-t-on inventé cette science?

MADEMOISELLE BONNE.

La nécessité, qui est la mère de l'industrie, a produit toutes les sciences et les arts; mais c'est l'observation qui a donné naissance à l'astronomie. Vous devez vous souvenir, mes enfants, que les premiers hommes étaient bergers, c'est-à-dire qu'ils gardaient les troupeaux; comme ils vivaient dans des pays fort chauds, ils couchaient en plein air, au milieu des champs; et quand ils ne dormaient pas, n'ayant rien à faire, ils s'amusaient à regarder les étoiles. A force de les regarder toutes les nuits, ils remarquèrent qu'à telle heure on voyait paraître certaines étoiles : ils virent aussi que ces étoiles avançaient régulièrement, et ils parvinrent à pouvoir prédire la place qu'elles devaient occuper dans le ciel à heures fixes. On fit donc un plan de leurs remarques; et d'habiles gens, qui examinèrent ces remarques, en firent une science certaine, car elle était fondée sur l'expérience.

LADY SENSÉE.

Permettez-moi de vous faire une question, ma Bonne. Puisque les premiers hommes savaient l'as-

tronomie, comment, du temps de Périclès, s'effrayait-
on quand on voyait une éclipse?

MADEMOISELLE BONNE.

Cette science se conserva longtemps en Égypte;
mais elle ne fut jamais perfectionnée ni chez les Grecs
ni chez les Romains. Les habiles gens savaient bien
que le peuple s'effrayait à tort de prodiges naturels,
mais au lieu de combattre la superstition, ils l'entre-
tenaient, parce que cela leur servait à faire faire au
peuple tout ce qu'ils voulaient.

MISS MOLLY.

Vous nous avez dit que la nécessité a fait inventer les autres arts et sciences; y en a-t-il beaucoup?

MADEMOISELLE BONNE.

Oui, ma chère, chaque besoin a produit un art. Le plus pressé pour les hommes, après le péché d'Adam, fut de cultiver la terre : ce besoin fit naître l'agriculture. Il fallut ensuite penser à se loger. D'abord les hommes se retiraient dans des cavernes; mais comme il ne s'en trouvait pas partout, ils se bâtirent des cabanes, qui ne servirent qu'à les mettre à couvert des injures du temps. Ensuite on pensa à rendre ces cabanes plus commodes : puis on chercha à les faire magnifiques; et cela produisit un autre art, qu'on nomma l'architecture. Ceux qui demeuraient en Égypte, dans ce pays où il ne pleut jamais, et où le Nil déborde, inventèrent un art qu'on nomma la géométrie. Cet art est celui de mesurer et de compter.

LADY CHARLOTTE.

Je sais donc la géométrie, ma Bonne? car je sais fort bien compter.

MADEMOISELLE BONNE.

Vous savez une partie de la géométrie, ma chère, puisque vous savez l'arithmétique; mais cette science est beaucoup plus étendue, puisqu'elle comprend aussi l'art de mesurer sûrement et promptement. Je vais vous dire ce qui engagea les Égyptiens à inventer cette

15.

science. Comme l'abondance ou la disette dépendent chez eux des débordements du Nil, vous pensez qu'ils

furent fort attentifs à mesurer l'accroissement de ce fleuve. D'ailleurs, le Nil, en débordant, dérangeait sans cesse les pierres ou les haies qui marquaient l'héritage de chacun ; ce qui les obligeait à avoir toujours la mesure à la main.

Le désir de se guérir des différentes maladies qui affligent l'humanité, donna naissance à un autre art qu'on nomma la médecine. Ensuite il se trouva des ambitieux qui voulurent commander aux autres ; des hommes vertueux qui voulurent les engager à vivre en société. Et comme ces hommes n'étaient pas assez puissants pour forcer les autres à obéir, ou assez méchants pour abuser de leur puissance, ils cherchèrent le moyen de faire réussir leur dessein. Comme ils avaient étudié le caractère des hommes, ils connurent qu'ils se laissaient persuader par de beaux discours ; et cela fit naître la rhétorique ou l'art de bien parler. Ils réfléchirent ensuite que, pour bien arranger les paroles, il fallait savoir auparavant arranger ses idées ; et cela produisit un autre art, qu'on nomma la logique ou l'art de bien penser. D'autres hommes considérèrent qu'en vain l'homme avait trouvé les autres arts, s'il ignorait celui de se rendre heureux, en devenant vertueux : ils étudièrent donc l'art d'acquérir ce bonheur, en réglant ses passions ; et cet art, le plus nécessaire de tous, fut appelé la philosophie. De l'amour de la nature et de l'instinct de l'imitation, naquit la peinture. Les autres besoins des hommes leur firent trouver les arts mécaniques. Mais j'ai beau chercher, mes enfants, je ne puis me souvenir du besoin qui a fait inventer la musique.

LADY SENSÉE.

N'est-ce pas le besoin de se désennuyer, ma Bonne?

MADEMOISELLE BONNE.

Cela pourrait bien être. La danse, dans son origine, n'a peut-être été inventée que pour donner de l'exercice au corps. Je vous prie, lady Sensée, répétez-nous les noms des arts dont je viens de parler.

LADY SENSÉE.

L'astronomie, l'agriculture, l'architecture, la géométrie, la médecine, la rhétorique, la logique, la philosophie, la physique, la peinture, la musique et la danse.

MADEMOISELLE BONNE.

Vous avez eu plus de mémoire que moi, ma chère: car j'avais oublié la physique, qui est la science des choses naturelles. Pour celle-là, elle doit sa naissance à la curiosité et à l'observation. Adieu, mes enfants; retenez bien les noms de toutes ces sciences: il est honteux de n'en pas connaître au moins les noms et l'usage.

VINGT-HUITIÈME DIALOGUE

— VINGT-SIXIÈME JOURNÉE —

LADY CHARLOTTE.

Vous nous avez promis de commencer la leçon par une histoire, ma Bonne.

MADEMOISELLE BONNE.

Et je vous tiendrai volontiers parole, pourvu que vous me rappeliez à propos de quoi je vous ai fait cette promesse.

LADY CHARLOTTE.

C'était au sujet des Athéniens et du prince Démétrius : vous nous dites que quand même ils eussent été des coquins, la conduite de ce prince les eût fait rentrer en eux-mêmes, et les eût rendus honnêtes gens.

MADEMOISELLE BONNE.

J'y suis maintenant, ma chère; voici mon histoire.
Il y avait une fois un père qui fut si malheureux,
que d'avoir, pour fils unique, un monstre qui résolut
de lui ôter la vie. Il confia ce mauvais dessein à un domestique, son complice jusqu'à ce jour pour voler son
père; mais ce garçon, ayant horreur d'un si grand
crime, alla se jeter aux pieds du père, et lui déclara
tout. Le vieillard dissimula cet affreux secret, et dit à
son fils qu'il voulait le mener à la campagne, pour
lui faire voir une fille belle et riche, qu'il désirait lui
faire épouser. Il fallait traverser une forêt extrêmement dangereuse, où l'on rencontrait souvent des vo-
leurs. Quand ils furent arrivés au milieu de cette forêt, le père commanda à son fils de descendre de cheval, et lui dit : « J'ai appris le dessein affreux que
vous avez conçu contre ma vie : vous voulez m'ôter
le peu de jours que j'ai à demeurer sur la terre; mais,
avez-vous bien réfléchi aux suites de cette infâme action? Votre crime, s'il était découvert, vous conduirait
sur l'échafaud, et vous y péririez de la main du bourreau : j'ai voulu vous épargner le dernier supplice en
vous conduisant ici; vous pouvez m'y percer le cœur
en sûreté. Frappez, mon fils, ajouta le vieillard, en lui
présentant un poignard et son sein; frappez, punissez-
moi d'avoir produit un monstre tel que vous. En mourant dans ce lieu solitaire, j'aurai du moins la conso-
lation de mettre votre vie et votre honneur en sûreté.

Peut-être vous rappellerez-vous un jour ma bonté, et,
touché de cette dernière marque que je vous en donne,
vous pleurerez votre parricide. »

Vous pensez bien, mes enfants, que ce garçon, tout
méchant qu'il était, fut confondu du discours de son

père : il se repentit sincèrement, et devint honnête homme.

LADY SENSÉE.

Mais est-il possible, ma Bonne, qu'il y ait des hommes assez méchants pour avoir l'idée de tuer leurs pères ou leurs mères.

MADEMOISELLE BONNE.

Un grand législateur pensait comme vous, ma chère : il ordonna des châtiments pour toutes sortes de crimes ; mais il n'en voulut point ordonner pour les parricides, parce qu'il ne croyait pas qu'un homme pût se rendre coupable d'un tel crime.

LADY MARY.

Qu'est-ce que cela veut dire, les *parricides?*

MADEMOISELLE BONNE.

On appelle *parricides,* ceux qui tuent leur père ou leur mère ; *régicides,* ceux qui tuent le roi ; *fratricides,* ceux qui tuent leurs frères ; *suicides,* ceux qui se tuent eux-mêmes, et *déicides,* ceux qui ont fait mourir Jésus-Christ

MISS MOLLY.

Est-ce un grand péché de se tuer soi-même?

MADEMOISELLE BONNE.

Certainement, ma chère : ceux qui se tuent sont damnés, à moins qu'ils ne soient devenus fous auparavant, comme cela arrive presque toujours.

LADY TEMPÊTE.

J'ai ouï dire qu'il n'y avait que les gens courageux qui osassent se tuer.

MADEMOISELLE BONNE.

On vous a trompée, ma chère, c'est tout le contraire : ceux qui se tuent sont des gens faibles, qui cèdent lâchement à la douleur, qui n'ont pas le courage de supporter les maux de la vie, et qui aiment mieux s'en débarrasser tout d'un coup par la mort, que de se résigner à la volonté de Dieu et de supporter les épreuves qu'il nous envoie.

LADY SPIRITUELLE.

J'ai lu une singulière histoire d'un homme qui voulait se faire mourir; me permettez-vous de la raconter à ces dames, ma Bonne ?

MADEMOISELLE BONNE.

Oui, ma chère.

LADY SPIRITUELLE.

Jules César assiégeait une ville où se trouvaient deux de ses ennemis, qui avaient essayé de lui faire beaucoup de mal. Un de ces hommes, qui craignait la colère du vainqueur, résolut de s'empoisonner : l'autre pensa qu'il valait mieux aller trouver César; car, disait-il en lui-même, peut-être qu'il me pardonnera : il ne peut m'arriver rien de pis que la mort; je la souffrirai avec courage quand elle se présentera; mais je veux faire tout ce que l'honneur me permet pour l'évi-

ier. Ces deux hommes ayant pris une résolution si dif-
férente, le premier demanda à son médecin un poison
assez doux pour le faire mourir sans souffrir beaucoup : le second sortit de la ville, alla trouver César,
et lui dit qu'il venait mettre sa vie entre ses mains.
César, qui avait l'âme grande et généreuse, fut touché
de la confiance de cet homme : « Je vous suis bien
obligé, lui dit-il, d'avoir eu assez bonne opinion de
moi pour me croire capable de vous pardonner : vous
m'avez en cela rendu un très-grand service ; car rien
au monde ne me fait tant de plaisir que de pardonner
à un ennemi : vous pouvez compter sur mon estime et
sur mes bienfaits. » Cet homme, agréablement surpris,
se hâta de quitter César, et courut à la ville pour
tâcher de sauver son ami, s'il en était temps encore.
Il le trouva sur son lit, pâle comme un homme prêt à
rendre le dernier soupir. Il fut bien étonné quand il
apprit la générosité de César, et eut regret de s'être
empoisonné. Son ami lui dit d'envoyer chercher le
médecin, pour lui demander du contre-poison. Le malade ne voulait pas : « Je suis trop mal, disait-il ; je
sens que je n'ai plus qu'un moment à vivre. » Cependant, par complaisance pour son ami, il consentit à
faire appeler le médecin, et lui demanda s'il y avait
quelque remède qui pût lui sauver la vie ? Le médecin
se mit à rire, et dit aux deux amis : « Admirez la force
de l'imagination ; l'idée d'une mort prochaine a réduit
cet homme à l'agonie. Comme je connaissais la bonté

du cœur de Jules César, j'aurais gagé tout mon bien
qu'il vous pardonnerait à tous deux, et que vous auriez beaucoup de regret de vous être empoisonné; c'est
pourquoi, au lieu de vous donner du poison, je vous
ai fait prendre une pilule propre à vous fortifier contre
la peur. Levez-vous donc; car, en effet, vous n'êtes
malade que d'esprit. » Cet homme ayant appris qu'il
n'avait pas pris de poison, et que par conséquent sa
vie ne courait aucun danger, se trouva guéri, et se leva
sur-le-champ. César, ayant su l'histoire, ne put s'empêcher d'en rire, et il récompensa le médecin qui l'a-
vait si bien jugé.

MADEMOISELLE BONNE.

Ce trait est venu le plus à propos du monde, pour
vous prouver que ceux qui se donnent la mort sont
des lâches. Vous voyez que cet homme, qui voulait
s'empoisonner, paraissait ne pas craindre la mort,
puisque c'était volontairement qu'il avait pris du poison : cependant il avait une telle peur de mourir, qu'il
en était réellement malade. Mais en voilà assez sur cet
article, je ne crois pas qu'aucune de vous soit jamais
assez extravagante pour penser à se tuer. Disons un
mot de la Normandie. Lady Sensée, soulagez ma poi-
trine, et apprenez à ces dames ce que vous savez de
cette province.

LADY SENSÉE.

La Normandie est située au nord de la France; elle
a au sud pour bornes la province qu'on appelait le

Maine; elle est bornée à l'ouest et au nord par la Manche, et à l'est par la Picardie et l'Ile-de-France. Autrefois cette province s'appelait Neustrie, et ce sont des hommes venus du Nord qui lui ont donné le nom qu'elle porte aujourd'hui ; car le mot de Normand veut dire en anglais *North-man*, homme du Nord. Ces hommes, dont la plus grande partie étaient Danois, ou qui vivaient aux environs de ce royaume, se trouvant trop nombreux pour leur pays, qui d'ailleurs est extrêmement froid, résolurent d'aller chercher fortune ailleurs : ils s'embarquèrent donc, et vinrent dans tous les royaumes voisins, où ils commirent des ravages épouvantables, tuant les hommes, emmenant les femmes et les bestiaux, brûlant les arbres et ravageant les terres. Quand ils avaient ruiné un pays, ils demandaient une grosse somme d'argent pour l'abandonner ; mais à peine étaient-ils revenus chez eux, chargés de richesses, qu'ils donnaient envie à leurs camarades de venir s'enrichir à leur tour. La France et l'Angleterre eurent beaucoup à souffrir de ces Normands ; ils réduisirent surtout la France à la dernière extrémité, car ils assiégèrent la ville de Paris. Enfin, un de leurs chefs, nommé Rollon, qui s'était fait chrétien, demanda au roi de France la Neustrie, qui était absolument ruinée et presque déserte, et il promit au roi, s'il voulait le faire duc de ce pays, d'empêcher ses compatriotes de revenir en France ; car ils y entraient ordinairement par la rivière de Seine, qui a son embouchure dans la mer, en Neustrie. Il fallut lui accorder sa demande ; et il promit de faire hommage au roi de ce duché, c'est-à-dire de reconnaître publiquement que c'était le roi qui le lui avait donné ; toutes les fois qu'il y aurait un nouveau

duc régnant, il devait renouveler cet hommage. Ainsi, ces hommes du Nord s'établirent dans la Neustrie, et changèrent le nom de cette province en celui de Normandie, parce qu'on les appelait eux-mêmes Normands.

LADY SPIRITUELLE.

J'admire la mémoire de lady Sensée, aussi bien que sa science.

LADY SENSÉE.

Vous êtes trop indulgente, ma chère. Ce qu'il faut admirer, c'est le soin que ma Bonne a pris de m'instruire. Je n'avais que quatre ans lorsque maman m'a confiée à elle, et elle n'a pas passé un seul jour sans m'apprendre quelque chose d'utile. Si vous aviez eu le bonheur d'avoir une telle gouvernante, vous seriez beaucoup plus habile que je ne le suis.

MADEMOISELLE BONNE.

Je vous suis bien obligée, ma chère, de la reconnaissance que vous avez de mes soins. Il est vrai que je n'ai rien épargné pour vous rendre bonne et instruite ; mais il faut que je dise aussi que vous avez rendu mon travail agréable par votre docilité et votre application.

LADY TEMPÊTE.

Je donnerais toutes choses au monde pour que vous en pussiez dire autant de moi.

MADEMOISELLE BONNE.

C'est fort possible, ma chère ; vous n'avez qu'à continuer à vous corriger : je ne suis jamais plus contente que quand je puis louer avec justice, et pour vous le prouver je vous montrerai ce soir une lettre que j'ai eu l'honneur de recevoir de madame votre mère : elle m'écrit qu'elle est charmée du bien que je lui ai mandé de vous, et que, puisque vous êtes devenue raisonnable, elle viendra vous chercher au bout de vos trois mois.

LADY TEMPÊTE.

Voilà une belle récompense qu'elle veut me donner! Si je retourne à la maison, je serai dans un an tout comme j'étais auparavant; et puis, ma Bonne, je désire m'instruire. Lady Mary est plus habile que moi qui suis une grande fille, cela me fait honte; et si vous voulez encore avoir la bonté de me garder, je prierai maman de me laisser avec ma cousine le plus long-temps possible.

MADEMOISELLE BONNE.

Voyez, mes enfants, comme lady Tempête est devenue polie. Elle a l'air d'une dame actuellement; elle pense et parle comme une fille de qualité.

LADY TEMPÊTE.

Et j'avoue franchement que je pensais et parlais auparavant comme une marchande de pommes.

LADY SPIRITUELLE.

Ma Bonne, n'ai-je pas lu dans l'histoire, qu'un roi d'Angleterre est devenu duc de Normandie?

MADEMOISELLE BONNE.

Non, ma chère; mais vous avez lu qu'un duc de Normandie est devenu roi d'Angleterre. Lady Sensée va nous en dire l'histoire.

LADY SENSÉE.

Un roi d'Angleterre étant mort sans enfants, nomma

pour son héritier Guillaume, duc de Normandie, qu'on appelait le Bâtard, et qu'on a nommé depuis Guillaume le Conquérant. Comme il y avait plusieurs princes, parents du dernier roi, qui prétendaient à cette couronne, Guillaume ne se pressa pas d'en aller prendre possession : il laissa ces princes se faire la guerre entre eux ; et quand ils furent affaiblis, il vint en Angleterre avec une bonne armée, et se rendit maître du royaume : ainsi la Normandie devint une province anglaise ; et les rois d'Angleterre étaient, à cause de cette province, sujets ou vassaux des rois de France : mais c'étaient des vassaux plus puissants que leurs seigneurs, et qui leur donnèrent beaucoup de peine. Quand les rois d'Angleterre faisaient quelque chose de contraire à ce qu'ils avaient promis au roi de France en lui faisant hommage, le roi de France avait droit de les faire comparaître devant les pairs du royaume, pour y être jugés ; et s'ils refusaient d'y venir, il pouvait s'emparer des biens qu'ils avaient en France. C'est ainsi que la Normandie a été perdue pour les Anglais, et est retournée à la France sous le règne d'un roi d'Angleterre, nommé Jean sans Terre.

MADEMOISELLE BONNE.

Lady Spirituelle, achevez, je vous prie, de nous faire connaître les provinces françaises du Sud, et les départements qui les ont remplacés.

LADY SPIRITUELLE.

Ce sont : 1° le Dauphiné, dont se sont formés trois

départements : celui de l'Isère, chef-lieu, Grenoble ; des Hautes-Alpes, chef-lieu, Gap ; de la Drôme, chef-lieu, Valence ; 2° Guyenne, qui n'a pas donné moins de six départements : la Dordogne, chef-lieu, Périgueux ; la Gironde, chef-lieu, Bordeaux ; Lot-et-Garonne, chef-lieu, Agen ; Tarn-et-Garonne, chef-lieu, Montauban ; Lot, chef-lieu, Cahors ; Aveyron, chef-lieu, Rhodez ; 3° la Gascogne, partagée en trois : les départements du Gers, chef-lieu, Auch ; celui des Landes, chef-lieu, Mont-de-Marsan ; des Hautes-Pyrénées, chef-lieu, Tarbes ; 4° le Béarn, qui fait le département des Basses-Pyrénées, chef-lieu, Pau ; 5° le comté de Foix ; aujourd'hui département de l'Ariége, chef-lieu, Foix ; 6° le Roussillon : Pyrénées-Orientales, chef-lieu, Perpignan ; 7° le Languedoc, qui, par son étendue, a dû être divisé en huit départements : savoir, la Haute-Garonne, chef-lieu, Toulouse ; le Tarn, chef-lieu, Alby ; l'Aude, chef-lieu, Carcassonne ; l'Hérault, chef-lieu, Montpellier ; le Gard, chef-lieu, Nîmes ; l'Ardèche, chef-lieu, Privas ; la Lozère, chef-lieu, Mende ; la Haute-Loire, chef-lieu, le Puy ; 8° la Provence, qui compte trois départements : les Bouches-du-Rhône, chef-lieu, Marseille ; les Basses-Alpes, chef-lieu Digne ; le Var, chef-lieu, Draguignan. Il y a encore le comtat d'Avignon : département de Vaucluse, chef-lieu, Avignon. Il y faut ajouter la Corse, chef-lieu, Ajaccio ; la Savoie, récemment annexée à la France, et qui forme deux départements : celui de Savoie, chef-lieu, Chambéry ;

et la Haute-Savoie, chef-lieu, Annecy; enfin le comté de Nice, devenu aujourd'hui le département des Alpes-Maritimes, chef-lieu, Nice.

MADEMOISELLE BONNE.

Reprenez haleine, ma chère.

LADY SPIRITUELLE.

Je vous assure que j'en ai grand besoin, ma Bonne; il a fallu tout mon désir de vous prouver mon obéissance pour me faire retenir tant de noms, qui, à dire vrai, ne m'intéressent pas beaucoup.

MADEMOISELLE BONNE.

Oui, pour le moment, ma chère, mais plus tard vous serez charmée de les retrouver classés dans votre tête, et prêts à répondre à votre appel quand vous en aurez besoin. Je connais plusieurs personnes qui, faute de s'être donné la peine d'apprendre les noms des départements, sont obligés de recourir sans cesse au dictionnaire pour adresser des lettres. La connaissance de la géographie vous sera aussi d'un grand secours pour étudier l'histoire, et pour suivre les voyages de découvertes qui vous intéressent tant.

LADY SPIRITUELLE.

Oh! oui, ma Bonne; j'ai entendu parler l'autre jour des voyages du capitaine Cook dans l'océan Pacifique, et j'ai eu grand plaisir à y voir nommées les îles qu'il a découvertes.

MADEMOISELLE BONNE.

A présent, lady Mary, répétez-nous l'histoire sainte.

LADY MARY.

Dans le temps que David fuyait son fils, Méphibo-seth, le petit-fils de Jonathas, à qui David avait donné le bien de Saül, et qu'il avait fait manger à sa table, dit à son serviteur de lui amener son âne, parce qu'il voulait suivre David, et qu'il ne pouvait pas marcher, vu qu'il était boiteux. Son serviteur, qui était un méchant homme, refusa de lui obéir; et ayant pris beaucoup de provisions dans la maison de son maître, il les porta à David, comme si c'eût été lui qui lui en faisait présent. David lui demanda : « Où est votre maître? » Ce méchant homme lui répondit : « Il est allé trouver Absalon, et se réjouit de votre malheur. » David fut fort en colère en apprenant cela, et il dit à ce serviteur : « Je vous donne le bien de votre maître. » Quand David revint, le petit-fils de Jonathas alla au-devant de lui, et lui demanda justice de son serviteur qui l'avait calomnié, et n'avait pas voulu lui amener son âne. Si David eût agi avec prudence, il se fût informé de la vérité pour punir le coupable; mais une faute assez ordinaire aux rois, c'est de craindre la peine, et de n'aimer pas à s'instruire par eux-mêmes, ce qui les expose à faire de grandes injustices. David en commit une grande dans cette occasion, car il se contenta de rendre au petit-fils de Jonathas la moitié de ses biens, et laissa l'autre moitié à ce domestique infidèle. David régna encore plusieurs années; mais sur la fin de ses jours, il se laissa dominer par la vanité, et voulut savoir le nombre de ses sujets. Ses serviteurs lui remontrèrent qu'il devait se contenter de remercier Dieu d'avoir béni son peuple, sans vouloir en connaître le nombre; mais David s'obstina, et on trouva qu'il y avait cinq cent mille hommes dans la tribu de Juda en état de porter les armes, et huit cent mille dans les autres tribus. Ensuite, David reconnut la faute que sa vanité lui avait fait commettre, et il en demanda pardon à Dieu. Le Seigneur lui envoya un prophète, qui lui dit : « Il faut que cette faute soit punie; choisissez donc, ou d'une famine de sept ans, ou d'une guerre de trois mois, ou d'une peste de trois jours. » David choisit la peste pour deux raisons; la première, c'est qu'il dit qu'il aimait mieux tomber entre les mains de Dieu qu'entre les mains des hommes; la seconde, c'est qu'il pensait qu'il ne souffrirait point de la famine, mais seulement le pauvre peuple : il aurait été aussi en sûreté pendant la guerre, car il avait promis de ne point marcher lui-même contre ses ennemis; mais il pensait que la peste ne l'épargnerait pas plus que le dernier de ses sujets, et il voulait partager le châtiment, puisqu'il était le plus coupable. L'ange du Seigneur commença donc à frapper les Israélites, et il en mourut soixante-dix mille. David, voyant l'ange qui s'avançait vers Jérusalem, se prosterna, et dit au Seigneur: « Pourquoi frappez-vous ces brebis qui sont innocentes? c'est moi qui suis le seul coupable; frappez-moi, Seigneur; n'épargnez ni moi, ni ma famille;

mais ayez pitié de mon peuple. » La colère de Dieu fut apaisée par cette prière de David, qui vit l'ange remettre son épée au fourreau; et David dressa un autel au Seigneur dans le lieu où l'ange s'était arrêté.

LADY CHARLOTTE.

Ma Bonne, c'est un péché de se mettre en colère; comment donc l'Écriture sainte dit-elle que le Seigneur se mit en colère?

MADEMOISELLE BONNE.

C'est qu'il n'y a point d'autre terme dans notre langue qui puisse exprimer les effets de la justice de Dieu, et la haine qu'il porte au crime. Je suppose, ma chère, que vous voyiez un méchant homme qui en tue un autre, vous seriez bien fâchée contre ce méchant homme, et vous le feriez punir, si cela dépendait de vous; on pourrait dire alors que vous êtes en colère, c'est-à-dire fâchée contre cet homme; mais cette colère serait juste, et elle ne serait ni une passion, ni un péché. Les juges qui condamnent un coupable, ont cette espèce de colère contre lui; c'est ce sentiment de justice et d'horreur du crime, qui engage à punir le criminel, et que l'Écriture appelle la colère de Dieu.

LADY SPIRITUELLE.

Cette haine de Dieu contre le crime est bien forte, ma Bonne, puisqu'il punit si sévèrement dans David une faute qui paraît si légère.

MADEMOISELLE BONNE.

Tout ce qui offense Dieu est un si grand mal, qu'on

n'ose dire qu'il y ait de petites fautes ; mais celles que commettent les personnes à qui Dieu a fait de grandes grâces, sont plus graves que celles des autres. C'est pourquoi Jésus-Christ dit dans l'Évangile que les Juifs seront plus rigoureusement punis que les habitants de Sodome, parce que s'il avait fait dans cette ville les miracles qu'il fit parmi eux, les habitants auraient fait pénitence dans le sac et la cendre. Continuez, miss Molly.

MISS MOLLY.

David étant devenu vieux, un de ses fils, nommé *Adonija*, résolut de se faire roi, et gagna Joab, qui commandait les troupes, et plusieurs autres personnages du premier rang. Il y avait déjà quelque temps qu'Adonija se distinguait de ses frères par sa magnificence ; David s'en était aperçu ; mais il aimait si fort ses enfants, qu'il craignait de les chagriner, et il ne croyait pas que son fils eût de mauvais desseins. Cette patience de David enhardit Adonija ; il assembla ses frères et les principaux de ses partisans pour se faire nommer roi ; mais le prophète Nathan commanda à Bethsabée d'aller trouver David, et de le faire souvenir qu'il avait choisi Salomon pour lui succéder, et cela par l'ordre du Seigneur. Nathan alla aussi trouver David, et l'instruisit des projets d'Adonija. Alors le roi commanda que Salomon fût sacré sur-le-champ ; Adonija l'ayant appris, eut peur qu'on ne le fît mourir ; il se sauva dans le tabernacle du Seigneur, et embrassa la corne de l'autel, qu'il ne voulut quitter qu'après s'être assuré de sa grâce. Salomon jura de lui pardonner le passé, pourvu qu'il fût honnête homme à l'avenir. David se sentant près de sa fin, fit venir son fils Salomon, et lui recommanda d'être fidèle au Seigneur. Ensuite David mourut et Salomon régna après lui.

MADEMOISELLE BONNE.

Continuez, lady Charlotte.

LADY CHARLOTTE.

Salomon était fort jeune quand il monta sur le trône; une nuit, tandis qu'il dormait, le Seigneur lui apparut, et lui dit : « Demande-moi ce que tu voudras, je te l'accorderai. » Salomon s'humilia devant l'Éternel, et considérant sa grande jeunesse, il pria Dieu de lui accorder la sagesse qui convient aux rois, et qui leur est si nécessaire pour juger et gouverner leurs peuples comme il faut. Dieu lui répondit : « Puisque tu as préféré la sagesse aux richesses et aux autres biens temporels, je te rendrai non-seulement le plus sage de tous les rois, mais aussi le plus riche et le plus puissant; et si tu gardes fidèlement mes commandements, tu vivras longtemps sur la terre. » Ce fut après cette vision que Salomon eut occasion de montrer sa sagesse, en jugeant un procès fort singulier. Deux femmes se présentèrent devant lui, et l'une d'elles lui dit : « Seigneur, je logeais avec cette femme dans

une même chambre, où il n'y avait que nous deux :
nous avions chacune un petit enfant à qui nous don-
nions à teter ; or, il est arrivé que cette femme ayant
mis son enfant dans son lit, elle l'a étouffé. Quand elle
a vu son fils mort, elle s'est levée tout doucement, et
ayant mis son enfant mort auprès de moi, elle a pris
mon fils qui était vivant. Le matin j'ai été bien affligée ; mais en regardant attentivement cet enfant mort,
j'ai connu que ce n'était pas mon fils, mais celui de
cette femme. » L'autre femme dit au roi : « Seigneur
cette femme vous trompe ; c'est son fils qui est mort,
et le mien qui est vivant. » Un autre que Salomon aurait été bien embarrassé, car il n'y avait point de té-
moin ; mais le Seigneur avait donné la sagesse à Salomon, et le roi dit à un de ses gardes : « Prenez l'enfant qui est vivant et le coupez en deux avec une
épée, par ce moyen ces deux femmes en auront chacune la moitié. » La femme qui avait parlé la première, et qui était la vraie mère de l'enfant, frémit en
entendant ces paroles, et toutes ses entrailles se révoltèrent ; elle se jeta donc aux pieds du roi, et dit à Salomon : « Ah ! Seigneur, donnez l'enfant tout entier à
cette femme qui le demande ; j'aime mieux le perdre
que de le voir périr ! « Mais l'autre femme disait : « Ce
que le roi a ordonné est fort juste ; nous n'aurons l'enfant, ni l'une ni l'autre. » Alors Salomon dit : « Donnez l'enfant vivant à cette première femme ; je connais à sa tendresse qu'elle est la véritable mère. » Tout

le monde fut étonné de l'adresse avec laquelle le roi avait su découvrir la vérité; et la vraie mère se retira en le comblant de bénédictions.

LADY MARY.

Je croyais que Salomon allait faire couper cet enfant en deux; je mourais de peur.

MADEMOISELLE BONNE.

Un roi à qui Dieu avait donné la sagesse, n'avait garde de commettre un si grand crime; mais n'avez-vous point admiré quelque chose dans la conduite de Salomon?

LADY TEMPÊTE.

Oui, ma Bonne, j'admire que ce prince qui était si jeune, préférât à tout la sagesse.

LADY SENSÉE.

Et, moi, ma Bonne, j'admire la bonté de Dieu, qui lui donna les richesses et les grandeurs, qu'il n'avait pas demandées.

MADEMOISELLE BONNE.

Salomon demanda une chose estimable; mais il eût encore mieux fait, s'il eût demandé à Dieu la grâce de garder fidèlement ses commandements. Il eût obtenu, avec cette grâce, la sagesse, ainsi que les autres choses que le Seigneur daigna lui accorder par surcroît.

LADY CHARLOTTE.

Est-ce que Salomon n'a pas été honnête homme pendant toute sa vie?

MADEMOISELLE BONNE.

Non, ma chère; il oublia ce qu'il devait à Dieu, et
devint idolâtre.

LADY SPIRITUELLE.

Et à quoi donc lui servit sa sagesse?

MADEMOISELLE BONNE.

La sagesse humaine est bien peu de chose, aussi bien
que l'esprit et les talents. Ces avantages ne sont précieux qu'autant qu'ils sont joints à la crainte du Seigneur. Salomon a été le plus savant de tous les hommes; il a composé les plus beaux ouvrages du monde,
et a parlé dans ses livres de tous les arbres et de toutes
les plantes : à quoi tout cela lui a-t-il servi, s'il a eu le
malheur de mourir sans se repentir de ses crimes?

LADY MARY.

Est-ce qu'il n'a pas demandé pardon à Dieu avant de
mourir?

MADEMOISELLE BONNE.

L'Écriture, qui nous apprend ses fautes, ne nous
dit rien de sa pénitence. J'ai pourtant ouï dire qu'il y
a des savants qui prétendent qu'il s'est converti; mais
ce n'est pas certain, puisque l'Écriture ne le dit pas,
et cela doit nous faire trembler. Ce fut une malheureuse passion qui rendit Salomon criminel. Il aima des
femmes étrangères, et les épousa contre la défense que
Dieu en avait faite. Ces femmes voulurent avoir des
idoles de leurs faux dieux, et il offrit de l'encens à ces

faux dieux par complaisance pour elles ; car vous sentez bien que Salomon avait trop d'esprit pour adorer des dieux de pierre et de bois.

LADY SPIRITUELLE.

Ma Bonne, j'ai lu les *Contes arabes* ; il y est parlé de Salomon avec respect : ils disent qu'il commandait à toutes les créatures élémentaires, et que ceux qui peuvent avoir son anneau leur commandent aussi.

LADY MARY.

Qu'est-ce que les créatures élémentaires, ma Bonne ?

MADEMOISELLE BONNE.

Ce sont des créatures qui habitent l'air, le feu, la terre et l'eau, à ce que croient les Turcs et les Arabes. Ils s'imaginent que l'air est peuplé de créatures qu'on nomme *sylphes* ; qu'il y en a d'autres dans la terre qu'on nomme *gnomes* ; que le feu a des habitants qu'on appelle *salamandres* ; et qu'il s'en trouve aussi dans l'eau, qu'on nomme *nymphes*. Ils ajoutent que ces créatures sont supérieures aux hommes, et que Dieu permet qu'elles fassent de grands biens et de grands maux. Mais en même temps ils disent que les sages qui sont sur la terre ont une grande autorité sur ces esprits, ainsi que Salomon l'eut autrefois, et qu'ils les obligent à obéir, avec plus d'exactitude que des esclaves à leurs maîtres, non-seulement à eux, mais encore à ceux auxquels ils ont donné des talismans.

MISS MOLLY.

Qu'est-ce qu'un talisman, s'il vous plaît ?

MADEMOISELLE BONNE.

C'est une bague ou une pièce de métal, sur laquelle un de ces prétendus sages a gravé certains caractères.

LADY CHARLOTTE.

Et tout ce qu'on dit de ces créatures élémentaires et de ces talismans, est-il vrai ?

MADEMOISELLE BONNE.

Comme les contes des fées que je vous raconte, mes enfants. Cependant j'ai vu des personnes d'esprit qui avaient la faiblesse de croire à toutes ces choses. On leur avait donné les *Contes arabes* à lire quand elles étaient jeunes, et d'autres livres du même genre ; personne n'avait eu soin de les avertir que c'étaient des contes à dormir debout, inventés à plaisir, et cela leur avait gâté l'esprit. J'ai connu une certaine demoiselle Pérot, fille instruite d'ailleurs, et qu'un grand ministre consultait quelquefois ; je lui ai, dis-je, entendu dire très-sérieusement que les sylphes l'enlevaient des bras de sa mère quand elle était jeune, pour la porter au milieu des fleurs dans les prairies. Je vous nomme cette demoiselle, parce qu'elle est morte depuis longtemps ; mais je pourrais vous citer plusieurs personnes de distinction qui donnent dans ces extravagances. Je ne le fais pas, parce qu'il ne faut jamais nommer les gens quand on en rapporte quelque chose de blâmable.

LADY MARY.

Ma Bonne, vous nous avez dit que les Turcs croyaient

que Dieu permettait aux créatures élémentaires de faire du bien et du mal aux hommes. Est-ce que les Turcs croient en Dieu? Je pensais que c'étaient de bien méchants hommes, qui adoraient des idoles.

LADY TEMPÊTE.

Et moi, aussi, ma Bonne; je croyais qu'ils adoraient Mahomet.

MADEMOISELLE BONNE.

Vous vous trompiez, mes enfants. Les Turcs ne sont point idolâtres, car ils adorent un seul Dieu, et le même que nous adorons; mais ils sont infidèles, parce qu'ils ne croient pas que Jésus-Christ soit Dieu. Ils disent que c'est un grand prophète que le Tout-Puissant a envoyé aux Chrétiens, comme il avait envoyé Moïse aux Juifs, et Mahomet à eux. D'ailleurs, les Turcs ne passent pas pour méchants : on les dit, au contraire, généralement bons; ils exercent la charité les uns envers les autres; ils ont même pitié des bêtes; et il y a des Turcs qui, en mourant, laissent une somme pour acheter de la viande aux chiens, et du grain aux oiseaux.

LADY SENSÉE.

Je ne sais alors, ma Bonne, d'où est venue cette imagination; mais on regarde les Turcs comme des gens cruels. Est-ce qu'ils maltraitent les chrétiens?

MADEMOISELLE BONNE.

Souvent, ma chère; mais cela vient de ce qu'ils les

méprisent. Ils disent que nous sommes des chiens,
non pas parce que nous sommes des chrétiens, mais
parce que nous ne suivons pas les préceptes que Jésus-Christ, notre prophète, nous a laissés; et quand
ils voient un chrétien honnête homme, ils l'estiment,
et ne lui font point de mal. Je parle des gens qui ont
de l'éducation : car dans tous les pays du monde, les
ignorants sont les mêmes, c'est-à-dire qu'ils haïssent,
méprisent ou maltraitent sans rime ni raison.

LADY MARY.

Ma Bonne, voudriez-vous bien nous dire ce que
c'était que ce Mahomet?

MADEMOISELLE BONNE.

Je vous apprendrai tout ce que j'en ai su de côté
et d'autre, ma chère; car je n'ai jamais lu son histoire. Mahomet, orphelin à cinq ans, fut élevé par son
oncle; à quatorze ans, il s'enrôla dans une caravane,
où il fut, dit-on, conducteur de chameaux. Il fit la
guerre en Syrie. De retour à la Mecque, il y épousa
une riche veuve, plus âgée que lui. Il avait beaucoup
d'esprit, de courage, et par-dessus tout, une ambition
démesurée. Après plusieurs années passées dans l'é-
tude et la retraite, il résolut de se distinguer en in-
ventant une nouvelle religion. La chose était d'autant
plus facile, que les chrétiens qui vivaient dans ces contrées étaient fort ignorants, et qu'il y avait aussi un
grand nombre de juifs et d'idolâtres, qui n'étaient pas

plus éclairés. Mahomet fit servir à son dessein une maladie qui eût dû l'empêcher de réussir. Il tombait du haut-mal, qu'on nomme aussi l'épilepsie. Vous ne connaissez peut-être pas cette maladie, mes enfants? Ceux qui en sont atteints tombent contre terre, et se débattent horriblement; ils jettent même de l'écume par la bouche comme des enragés, et après cela, restent souvent longtemps sans connaissance. Quand Mahomet avait un accès de ce terrible mal, il disait qu'il tombait en extase, c'est-à-dire que Dieu lui parlait ou l'enlevait au ciel pour lui dicter ses volontés.

LADY SPIRITUELLE.

Et se trouva-t-il des gens assez naïfs pour le croire?

MADEMOISELLE BONNE.

Les gens sensés se séparèrent de lui, mais ceux-là ne sont jamais en grand nombre. Cependant Mahomet fut obligé de fuir ; mais les difficultés ne le rebutèrent point. Il composa sa nouvelle religion de façon à se faire des disciples; car, pour attirer les chrétiens, il parla de Jésus-Christ comme d'un grand prophète qui méritait d'être respecté : il en dit autant de Moïse, pour attirer les juifs ; et pour ne point effaroucher les païens, il conserva plusieurs de leurs cérémonies. Il disait que Dieu, en donnant sa loi à Moïse, au milieu des tonnerres et des éclairs, avait voulu se faire obéir des hommes par la crainte; que ce moyen n'ayant point réussi, il leur avait envoyé un autre prophète;

pour les engager à lui obéir par la douceur ; et que ce moyen ayant encore été inutile, il l'avait, lui, envoyé pour forcer les hommes par l'épée à lui être fidèles. Selon ce principe, il dit que sa secte devait s'établir par les armes ; ce qui lui attira de tous côtés de nombreux partisans, qui espéraient faire fortune à sa suite. C'est ainsi que Mahomet, de législateur devint monarque, et laissa le trône à sa postérité. Son tombeau est à la Mecque, et il est révéré de la plus grande partie des peuples de l'Asie, qui sont mahométans.

LADY SPIRITUELLE.

Mais comment un si grand nombre de peuples ont-ils pu se laisser séduire ?

MADEMOISELLE BONNE.

Il y avait certains points de la religion de Mahomet bien propres à séduire les hommes. Par exemple, il leur permet d'avoir autant de femmes qu'ils en peuvent nourrir ; il leur promet, pour l'autre vie, un paradis où l'on fera bonne chère, où l'on boira d'excellentes liqueurs qui ne pourront enivrer ; car pour celles qui peuvent faire perdre la raison, elles sont défendues aux mahométans. Mais ce qui a beaucoup contribué à étendre la doctrine de Mahomet, c'est qu'il défend à ses sectateurs l'étude des sciences et de la religion ; car il sentait que sa secte ne pouvait subsister qu'à l'aide de l'ignorance. Tous leurs livres se bornaient à l'Alcoran, qui est un ouvrage de Mahomet.

C'est un recueil de sentences et de prières sans aucun ordre. J'en ai lu une partie; mais comme cela m'ennuyait, je n'ai pas eu le courage d'achever.

LADY SPIRITUELLE.

Est-ce qu'on n'imprime point de livres chez les Turcs?

MADEMOISELLE BONNE.

Ils n'ont eu d'imprimeries que fort tard; encore est-ce une innovation tout à fait contraire à leurs principes.

LADY SENSÉE.

Ma bonne, voulez-vous me permettre de raconter à ces dames ce qui arriva quand les mahométans prirent la ville d'Alexandrie?

MADEMOISELLE BONNE.

Volontiers, ma chère.

LADY SENSÉE.

Il y avait dans cette ville une bibliothèque magnifique, que les rois d'Égypte avaient formée avec un soin extraordinaire : ce n'étaient pas des livres comme les nôtres, mesdames; car en ce temps-là on ne savait pas imprimer : c'étaient des ouvrages écrits à la main, des manuscrits. Les mahométans ayant pris cette ville, un savant, qui s'était fait ami de leur général, le pria de lui donner cette grande quantité de livres. Le général, n'osant lui accorder sa demande, écrivit à son maître

pour savoir ce qu'on devait faire de cette bibliothèque. Voici ce que son maître lui répondit : « S'il n'y
a dans tous ces livres que les mêmes choses qui sont
dans l'Alcoran, ils sont inutiles, ainsi il faut les
brûler; s'il y a autre chose, il faut les brûler encore. » On brûla donc cette bibliothèque : il y avait
une si grande quantité de manuscrits, qu'on s'en
servit pour chauffer les bains publics pendant six
mois.

LADY SPIRITUELLE.

Ah! ma Bonne, quel dommage! J'aurais dit comme
ce savant :Donnez-moi tous ces livres; j'aurais passé
toute ma vie à les lire.

LADY TEMPÊTE.

Vous aimez donc bien la lecture?

LADY SPIRITUELLE.

Plus que toute chose au monde; plus que l'opéra
la comédie, le bal, la promenade : je consentirais de
tout mon cœur à aller en prison, pourvu qu'on me
promît assez de livres pour lire du matin au soir.

LADY TEMPÊTE.

Je ne suis pas de votre goût : je n'ai jamais pu souffrir la lecture; et ce n'est que pour obéir à mademoiselle Bonne que je lis à présent. Dans le commencement, cela m'ennuyait à la mort : aujourd'hui cela
m'ennuie moins; mais je sens bien pourtant que je

n'aimerai jamais la lecture autant que vous le dites :
c'est une fureur.

MADEMOISELLE BONNE.

Vous avez raison, ma chère; c'est une fureur : je l'avais comme lady Spirituelle, quand j'étais à son âge, et je ne suis guère plus raisonnable sur cet article. J'avoue que c'est un défaut d'aimer la lecture à cet excès; mais, ma chère, c'en est un bien plus grand de ne pas l'aimer du tout. C'est le défaut des sottes; et si j'avais ce travers, je me hâterais de m'en corriger, et je le cacherais soigneusement, de crainte qu'on me prît pour une stupide.

LADY TEMPÊTE.

Mais à quoi cela sert-il, d'aimer la lecture?

MADEMOISELLE BONNE.

A mille choses, ma chère : on s'instruit en lisant, on se corrige, on s'amuse; et, comme le dit lady Spirituelle, une personne qui aime à lire, ne s'ennuierait pas dans un désert, dans une prison même. D'ailleurs, le temps qu'on donne à la lecture est bien mieux employé que celui qu'on perd au jeu et à courir les spectacles. Adieu, mes enfants, le temps de notre leçon est passé.

VINGT-NEUVIÈME DIALOGUE
— VINGT-SEPTIÈME JOURNÉE —

MADEMOISELLE BONNE.

ady Charlotte, vous avez les yeux rouges. Qu'avez-vous? Est-ce que vous auriez pleuré?

LADY CHARLOTTE.

Je ne mérite pas d'être de la compagnie de ces dames, ma Bonne : j'ai été méchante comme un démon, depuis que je vous ai vue.

MADEMOISELLE BONNE.

Cela est bien mal, ma chère; mais vous reconnaissez votre faute, et vous en êtes fâchée, c'est déjà quelque chose : il ne s'agit plus que de la réparer. Commencez d'abord par l'avouer devant ces dames.

LADY CHARLOTTE.

Je n'oserai jamais, ma Bonne : c'est trop horrible ; et ces dames ne pourraient plus me souffrir.

MADEMOISELLE BONNE.

Elles n'auraient guère de charité si elles pensaient ainsi, ma chère. Elles savent bien que nous sommes toutes capables de commettre les plus grandes fautes. Si nous ne le faisons pas, c'est par une pure miséricorde de Dieu ; et celle qui serait assez orgueilleuse pour mépriser un pécheur qui se repent, serait elle-même plus criminelle que lui devant le Seigneur. Mais, ma chère, quand même ces dames vous mépriseraient à cause de votre faute, il faudrait accepter cette humiliation. Vous n'avez pas craint de vous rendre méprisable aux yeux de Dieu en péchant, et vous craignez le mépris des créatures : cela n'est pas raisonnable. Je gage que c'est votre orgueil qui a causé votre faute : il faut le punir en l'avouant.

LADY CHARLOTTE.

Vous avez raison, ma Bonne. Mon orgueil fait que je regarde les domestiques comme mes esclaves, et que je me mets en colère quand ils me contredisent. Hier, après avoir beaucoup mangé, je m'amusais à rompre mon pain par morceaux, et à le jeter à terre : ma gouvernante a dit à la domestique de m'ôter le pain ; et moi, j'ai dit que j'avais encore faim, et que je voulais manger. Je mentais, ma Bonne ; je n'avais plus faim ;

c'était par esprit de contradiction. Ma gouvernante, qui voyait bien cela, a commandé à cette fille une seconde fois de m'ôter mon pain; et comme elle a obéi, je lui ai donné un soufflet, j'ai frappé des pieds, j'ai voulu l'égratigner.

MADEMOISELLE BONNE.

Vous aviez raison d'être honteuse, ma chère, cela est très-mal ; mais je ne veux pas vous faire de reproches, car je vois que vous vous en faites assez à vous-même. Avant de vous dire ce que vous devez faire pour réparer cette faute, je veux vous raconter une histoire.

Il y avait dans la ville d'Athènes une jeune personne, nommée Élise, qui était à peu près de votre humeur.

Elle avait un grand nombre d'esclaves, qu'elle rendait aussi malheureuses que possible. Elle les battait, leur disait des injures ; et quand des gens de bon sens lui représentaient qu'elle avait tort d'agir ainsi, elle répondait : « Ces créatures sont faites pour souffrir mes humeurs ; c'est pour cela que je les ai achetées, que je les nourris, que je les habille ; elles sont encore trop heureuses de trouver du pain auprès de moi. » Cette méchante fille avait une femme de chambre qu'on nommait Mira, qui était son souffre-douleur. Cependant elle ne pouvait parvenir à lasser sa patience. Malgré les mauvaises façons de sa maîtresse, Mira lui était fort attachée : elle excusait ses défauts tant qu'elle pouvait, et elle eût donné tout son sang pour la rendre plus raisonnable. Élise eut un voyage à faire par mer ; comme c'était pour une affaire pressée, et qu'elle ne devait pas y être longtemps, elle n'emmena avec elle que sa femme de chambre. A peine fut-elle en pleine mer, qu'il s'éleva une grande tempête qui éloigna le vaisseau de sa route. Après avoir été ballottés par les vagues pendant plusieurs jours, les gens de l'équipage aperçurent une île. Comme ils ne savaient où ils étaient, et qu'ils n'avaient plus de vivres, il fallut y aborder. En entrant dans le port, une chaloupe vint au-devant d'eux, et ceux qui étaient dans cette chaloupe demandèrent à tous les passagers du vaisseau, quels étaient leurs noms et leurs qualités? L'orgueilleuse Élise fit écrire les titres de sa famille : il y en

avait plus d'une page. Elle croyait que cela oblige-
rait ces gens à la respecter. Elle fut donc fort surprise lorsqu'ils lui tournèrent le dos sans lui faire la
moindre politesse : mais elle le fut bien davantage,
quand son esclave ayant déclaré son nom et sa qualité,
ces étrangers lui rendirent toutes sortes de respects,
et lui dirent qu'elle pouvait commander dans le vaisseau où elle était la maîtresse. Ce discours impatienta
Élise, qui dit à son esclave : « Je vous trouve bien impertinente d'écouter les propos de ces gens-là. — Tout
beau, madame, reprit le maître de la chaloupe, vous
n'êtes plus à Athènes. Apprenez que trois cents esclaves, au désespoir des mauvais traitements de leurs
maîtres, se sauvèrent dans cette île, il y a trois cents
ans : ils y ont fondé une république, où tous les hommes sont égaux; mais ils ont établi une loi à laquelle
il faut vous soumettre de gré ou de force. Pour faire
sentir aux maîtres combien ils ont eu tort d'abuser du
pouvoir qu'ils avaient sur leurs serviteurs, ils les ont
condamnés à être esclaves à leur tour. Ceux qui obéis-
sent de bonne grâce peuvent espérer qu'on leur rendra
la liberté; mais ceux qui refusent de se soumettre à
nos lois, sont esclaves pour toute leur vie. On vous
donne cette journée pour vous plaindre et vous accoutumer à votre mauvais sort; mais si demain vous faites le plus petit murmure, vous serez esclave à jamais. » Élise profita de la permission, et vomit mille
injures contre l'île et ses habitants; mais Mira, profi-

tant d'un moment où personne ne la voyait, se jeta aux pieds de sa maîtresse, et lui dit : « Consolez-vous, madame; je n'abuserai pas de votre malheur, et je vous respecterai toujours comme ma maîtresse. » La pauvre fille le pensait comme elle le disait; mais elle ne connaissait pas les lois du pays. Le lendemain, on la fit venir devant les magistrats avec celle qui était devenue son esclave. « Mira, lui dit le premier magistrat, il faut vous instruire de nos coutumes; souvenez-vous bien que si vous y manquiez, il en coûterait la vie à votre esclave Élise. Rappelez-vous fidèlement la conduite qu'elle a tenue avec vous dans Athènes; il faut, pendant huit jours, que vous la traitiez comme elle vous a traitée. Il faut le jurer tout à l'heure. Au bout de huit jours, vous serez la maîtresse d'agir comme il vous plaira. Et vous, Élise, souvenez-vous que la moindre désobéissance vous rendrait esclave pour le reste de votre vie. »

A ces paroles, Mira et Élise se mirent à pleurer; Mira même se jeta aux pieds du magistrat, et le conjura de la dispenser de faire ce serment; « car, ajouta-t-elle, je mourrai de douleur s'il faut que je le tienne. — Levez-vous, madame, dit le magistrat à Mira; cette créature vous traitait donc d'une manière bien terrible, puisque vous frémissez à l'idée de l'imiter. Je voudrais que la loi me permit de vous accorder ce que vous me demandez, mais cela n'est pas possible. Tout ce que je puis faire en votre faveur, c'est d'abréger l'épreuve,

et de la réduire à quatre jours. Ne me répliquez pas,
car si vous dites un mot, vous ferez les huit jours entiers. » Mira prêta donc ce serment ; et on annonça à
Élise que son service commencerait le lendemain. On
envoya chez Mira deux femmes qui devaient écrire
toutes ses paroles et ses actions pendant ces quatre
jours. Élise voyant que c'était une nécessité, prit son
parti en fille d'esprit ; car, malgré sa hauteur, elle en
avait beaucoup : elle résolut donc d'être si exacte à
servir Mira, qu'elle ne lui donnerait nulle occasion de
la maltraiter. Elle ne se souvenait pas que cette fille
devait copier ses caprices et ses mauvaises humeurs.
Le matin du jour suivant, Mira sonna ; et Élise faillit
se casser le cou pour courir à son lit, mais cela ne lui
servit de rien ; Mira lui dit d'un ton aigre : « A quoi
s'occupait cette paresseuse ? elle ne vient jamais qu'un
quart-d'heure après que j'ai sonné. — Je vous assure,
madame, que j'ai tout quitté quand je vous ai entendue. — Taisez-vous, lui dit Mira, vous êtes une impertinente raisonneuse, qui ne sait que répondre mal
à propos ; donnez-moi ma robe, que je me lève. »
Élise, en soupirant, alla chercher la robe que Mira
avait mise la veille, et la lui apporta ; mais Mira, la lui
jetant au nez, s'écria : « Que cette fille est bête ! il faut
lui dire tout : ne devez-vous pas savoir que je veux mettre aujourd'hui ma robe bleue ? » Élise soupira encore,
mais il n'y avait pas le petit mot à dire ; elle se souvenait fort bien qu'il eût fallu dans Athènes que la

pauvre Mira eût deviné tous ses caprices pour éviter d'être grondée. Quand sa maitresse fut habillée, et qu'elle lui eut servit son déjeuner, elle descendit pour déjeuner à son tour. Mais à peine fut-elle assise, que la cloche sonna; cela arriva plus de dix fois en une heure; et c'était pour des bagatelles que Mira la faisait monter. Tantôt elle avait oublié son mouchoir dans une chambre; une autre fois, c'était pour ouvrir la porte à son chien, et toujours pour des choses de pareille importance. Il fallait pourtant descendre et monter deux grands escaliers, en sorte que la pauvre Élise ne pouvait plus se soutenir, tant elle était lasse; elle disait en elle-même : Hélas! la pauvre Mira a bien eu à souffrir avec moi, car il lui fallait recommencer ce train de vie tous les jours. A deux heures, madame annonça qu'elle voulait aller au spectacle, et qu'il fallait la coiffer. Elle dit à Élise qu'elle voulait que ses cheveux fussent disposés en grosses boucles; mais ensuite elle trouva que cela lui rendait la tête énorme : elle fit donc défaire cette frisure pour en faire une autre; et jusqu'à six heures qu'elle sortit, Élise fut contrainte de rester debout; encore eût-elle à essuyer mille brusqueries: elle était une bête, une maladroite, qui ne gagnait pas l'argent qu'elle coûtait! Mira revint du spectacle à deux heures du matin, parce qu'elle avait soupé en ville; et elle revint de fort mauvaise humeur d'avoir perdu son argent au jeu. Elle s'en vengea en cherchant querelle à sa femme de chambre; et

comme celle-ci, en la décoiffant, lui tira les cheveux
par accident, elle lui donna un soufflet. La patience
manqua d'échapper à Élise; mais elle se souvint qu'elle
en avait donné plus de dix à Mira; et ce souvenir l'en-

gagea à se taire. « Je veux sortir demain à dix heures,
et mettre ma coiffure de dentelles, dit Mira à Élise.
— Elle n'est pas blanche, dit la femme de chambre,
et vous savez qu'il me faut cinq heures pour la blan-
chir. — Madame, dirent les deux femmes de l'île à

Mira, pensez donc que cette pauvre fille a besoin de dormir. — Elle sera bien malade quand elle passera une nuit, répondit Mira ; elle est faite pour cela. » Hélas ! dit Élise en elle-même, je lui ai fait passer la nuit pour mes fantaisies plus de vingt fois. Mira, pendant les quatre jours, répéta si bien toutes les sottises de sa maîtresse, qu'Élise comprit la dureté de sa conduite, et vit bien qu'elle avait agi en barbare avec cette fille. Elle était si fatiguée, à la fin du quatrième jour, qu'elle tomba malade. Mira la fit coucher dans son lit, lui apporta ses bouillons, et la servit avec la même exactitude que si elle eût été dans Athènes ; mais Élise ne recevait plus ses services avec la même hauteur : elle était si confuse du bon cœur de son esclave, qu'elle eût consenti à la servir toute sa vie, en expiation des torts qu'elle avait eus.

J'ai oublié de vous dire qu'on avait pris sur le vaisseau où était Élise, quelques dames et gentilshommes d'Athènes ; mais comme ce n'étaient pas des personnes de son rang, elle les connaissait peu, et ne s'en était guère occupée. Au bout d'un mois, on les rassembla toutes, et les juges qui étaient nommés exprès, examinèrent leur conduite, et commencèrent par interroger les maîtresses devenues esclaves, pour savoir comment elles se trouvaient de leur nouvelle condition ; elles avouèrent toutes en soupirant, qu'il leur semblait bien dur d'être soumises à celles auxquelles elles devaient commander. « Et pourquoi, leur demandèrent

les juges, vous croyez-vous en droit de commander à
vos esclaves? La nature a-t-elle mis entre vous et eux
une distinction réelle? vous n'oseriez le dire. L'esclave, le domestique et le maître sortent du même
père; et les dieux, en les plaçant dans des conditions
si différentes, n'ont pas prétendu que les uns fussent
plus à leurs yeux que les autres. La vertu règle les
rangs devant la divine sagesse : c'est le seul titre dont
elle fasse cas; et c'est pour faciliter l'exercice de toutes
les vertus, qu'elle a permis les différentes conditions.
L'esclave doit se distinguer par son attachement à son
maître, sa fidélité et son amour pour le travail. Il faut
que les maîtres, par leur douceur, leur charité, ôtent
à la condition de l'esclave ce qu'elle a de dur; de
même qu'il faut que les esclaves, par leur affection,
leur obéissance et leur zèle, payent leurs maîtres des
bontés qu'ils ont pour eux. Vous avez fait l'épreuve des
deux conditions, dit le juge aux maîtres devenus esclaves, que cela vous serve de leçon. Quand vous serez
de retour à Athènes, ne traitez jamais vos domestiques autrement que vous n'auriez souhaité d'être traités pendant le temps que vous avez passé ici. » Le juge
ensuite, s'adressant aux esclaves devenus maîtres,
leur dit : « La loi vous permet de rendre la liberté à
vos esclaves, mais elle ne vous y force pas. Vous pouvez les garder ici toute leur vie; vous pouvez les renvoyer à Athènes; vous pouvez, si vous le voulez, y retourner avec eux : que tous ceux qui veulent rendre la

liberté à leurs anciens maîtres, viennent écrire leur nom sur ce livre. » Le juge espérait de Mira, qu'elle serait la première à rendre la liberté à sa maîtresse; mais elle resta immobile à sa place, aussi bien qu'une autre femme et un jeune homme qui avait la plus belle physionomie du monde. On demanda à cette femme par quelle raison elle ne rendait pas la liberté à sa maîtresse, qui était une bonne vieille? « C'est, répondit-elle, parce qu'ayant été son esclave vingt ans, il est juste que j'aie ma revanche pendant un pareil nombre d'années : je suis lasse d'obéir, et je veux goûter plus longtemps le plaisir de commander à mon tour. » Cette femme se nommait Bélise. Dans le moment, le jeune homme qui avait une si belle physionomie, et qui s'appelait Zénon, s'avança, et dit au juge: « Je ne me suis point présenté pour signer l'acte de la liberté de mon maître, parce qu'il a cessé d'être esclave du moment que j'ai été libre de le traiter selon ma volonté. Je lui demande bien pardon d'avoir été obligé de le maltraiter pendant huit jours: la loi m'ordonnait de copier les mauvaises façons qu'il avait eues avec moi; mais je vous assure que j'en ai souffert plus que lui. Vous pouvez le faire partir pour Athènes : je m'offre à partir avec lui, à le servir même toute ma vie, s'il l'exige; car enfin il m'a acheté, je lui appartiens, et je ne crois pas pouvoir, en honneur et en conscience, profiter d'un accident qui me rend la liberté, sans lui rendre l'argent que je lui ai coûté. —Ce garçon a répondu pour moi, dit Mira ; son histoire est la mienne. Hâtez-vous de nous renvoyer à Athènes ; le cœur me dit que j'y serai plus heureuse : car je me trompe fort, ou ma chère maîtresse, qui a connu mon affection, me traitera avec plus de douceur que par le passé. » Élise interrompit son esclave et dit au juge : « Si je n'ai pas parlé plus tôt, c'est que la honte et la confusion liaient ma langue. Cette pauvre fille est digne d'être ma maîtresse toute sa vie, et, moi, je ne mérite pas d'être son esclave. Je m'étais crue jusqu'à présent d'une autre espèce que la sienne, et je ne me trompais pas tout à fait. J'avais au-dessus d'elle un nom, des richesses, de l'orgueil, de la dureté ; elle avait au-dessus de moi un bon cœur, de la patience, de l'humanité, de la générosité. Que serais-je devenue aujourd'hui, si elle n'avait eu que mes titres ? Je reconnais donc avec plaisir sa supériorité sur moi. J'accepte pourtant la liberté qu'elle m'a rendue, et je la remercie de vouloir bien revenir avec moi dans Athènes ; car alors j'aurai l'occasion de lui prouver ma reconnaissance, en partageant ma fortune avec elle, et en la regardant comme une amie respectable dont je suivrai les conseils, et dont je tâcherai d'imiter les exemples. » Le maître de Zénon, qui n'avait encore rien dit, s'avança à son tour : il se nommait Zénocrate ; et s'adressant aux juges, il leur dit : « Je partage la confusion d'Élise. Comme elle, j'ai maltraité un esclave qui m'était de beaucoup supérieur par la noblesse de

ses sentiments; comme elle, j'ai le regret le plus sincère de ma mauvaise conduite ; et comme elle, je veux

la réparer, en faisant à Zénon le sort le plus heureux. »
Le juge alors, s'adressant à l'assemblée, prononça cet
arrêt :

« L'esclave qui n'a point eu pitié de la situation de
« sa vieille maîtresse, a les sentiments d'un esclave :

« ainsi nous la condamnons à rester dans l'esclavage
« le reste de ses jours :c'est la condition qui convient
« à la bassesse de son cœur; mais nous exhortons sa
« maîtresse à ne point abuser de l'autorité que nous
« lui rendons sur elle; car sans cela, elle deviendrait
« aussi méprisable que cette créature. Ceux qui ont
« choisi de renvoyer leurs maîtres à Athènes, et de
« demeurer dans notre île, y demeureront, mais avec
« des qualités différentes. Parmi ceux-là, il y en a
« deux qui ont maltraité leurs maîtres après que les
« huit jours de l'épreuve ont été passés; ces deux de-
« meureront esclaves ici : car toute personne qui man-
« que d'humanité et de douceur doit avec justice de-
« meurer dans la dernière des conditions; elle est faite
« pour cela, et ne mérite que cela. Les autres, qui ont
« traité leurs maîtres comme ils eussent voulu qu'on
« les traitât eux-mêmes, nous les admettons parmi nos
« citoyens. Quant à Mira et à Zénon, leur vertu est au-
« dessus de nos éloges et de nos récompenses : dus-
« sent-ils rester esclaves toute leur vie, leurs senti-
« ments les placent au niveau des rois. Nous les
« abandonnons donc à la providence des dieux, sans
« oser décider de leur sort; qu'ils retournent à Athè-
« nes avec Zénocrate et Élise. Ils sont dignes d'être
« maîtres; mais, qu'ils le deviennent ou non, ils seront
« toujours les plus respectables de tous les humains,
« et honoreront la condition dans laquelle les dieux
« voudront les placer. »

Élise et Zénocrate, avant de partir, remercièrent beaucoup les habitants de l'île, et leur dirent qu'ils n'oublieraient jamais les leçons d'humanité qu'ils avaient reçues chez eux. Pendant le voyage qu'ils firent pour retourner à Athènes, Zénocrate et Zénon, qui connurent plus particulièrement les bonnes qualités d'Élise et de Mira, en devinrent amoureux; et, les ayant demandées en mariage, ils furent écoutés favorablement, et les épousèrent en arrivant à Athènes; et, comme ces deux fidèles esclaves ne voulurent point se séparer de leurs maîtres, quoiqu'ils eussent reçu leur liberté, ils furent chargés de la conduite de toute leur maison, et s'en acquittèrent avec un zèle et une fidélité qui peuvent servir d'exemple à tous ceux que la Providence a placés dans la servitude. Il est vrai que leurs maîtres n'oublièrent jamais leurs vertus et les traitèrent moins en personnes que le sort leur avait soumises, qu'en amis qui méritaient leur confiance, leur affection, et même leur respect.

Eh bien! lady Charlotte, si nous étions dans l'île des esclaves, que vous arriverait-il?

LADY CHARLOTTE.

Ma servante m'égratignerait, me donnerait un soufflet, m'appellerait impertinente, insolente.

MADEMOISELLE BONNE.

Ce ne serait que juste, ma chère; mais je n'en exige pas tant. Il faut pourtant punir cette faute. Demain je me trouverai chez vous à l'heure du dîner; je ferai asseoir votre servante à votre place à table, et vous la servirez, s'il vous plaît. Vous frémissez, lady Tempête!

LADY TEMPÊTE.

Oui, ma Bonne; il me semble que je ne pourrais jamais me résoudre à faire cela. D'ailleurs, ces créatures sont si insolentes, si prêtes à nous manquer de respect, que j'aurais peur de les y autoriser.

MADEMOISELLE BONNE.

Vous êtes dans l'erreur, ma chère. Ce sont vos vices qui vous attirent le mépris de vos domestiques, et jamais ce que vous faites pour les réparer. Il y avait une demoiselle Tomelle, qui était fille de garde-robe de mademoiselle de Beaujolais, princesse du sang royal en France. Mademoiselle de Beaujolais avait le meilleur cœur du monde; mais elle était si vive, qu'il lui échappait souvent de dire des choses dures.

Un jour la princesse mit sur sa toilette de l'eau de fleur d'orange dans une tasse à café. La pauvre Tomelle, qui était une grande rangeuse, voyant cette tasse hors de sa place, crut qu'on avait oublié de l'y remettre, et sans sentir ce qui était dedans, elle jeta cette eau dans un bassin. Quand la princesse vint s'habiller, elle demanda son eau de fleur d'orange? Tomelle lui ayant avoué qu'elle l'avait prise pour de l'eau commune, et qu'elle l'avait jetée, elle lui dit plusieurs paroles mortifiantes. Mademoiselle de Beaujolais avait une sœur plus jeune qu'elle, qui épousa plus tard le prince de Conti; cette dernière était douce comme un ange. Quand elle fut seule avec sa sœur, elle lui dit : « En vérité, ma chère sœur, si j'avais fait une aussi grande faute que celle que vous avez commise ce matin, je ne dormirais pas cette nuit. » Mademoiselle de Beaujolais qui avait oublié son accès de mauvaise humeur, demanda à sa sœur ce que c'était que le gros péché qu'elle lui reprochait : l'autre lui rappela sa brusquerie. « N'est-ce que cela? dit la princesse aînée en riant. — Ah! ma sœur, lui dit la cadette, vous m'affligez : appelez-vous une petite faute, une brusquerie qui a percé le cœur de la pauvre Tomelle? Depuis ce matin vous l'avez rendue malheureuse, et je suis sûre qu'elle n'a pas mangé un morceau de bon cœur. Les paroles des princes portent la joie ou le désespoir dans l'âme de ceux qui les approchent, et ils doivent prendre bien garde à ne jamais se permettre un terme dur ou méprisant; c'est une épée tranchante qui déchire le cœur de celui à qui elle s'adresse, surtout si c'est une personne qui a de l'affection pour nous. Hâtez-vous, ma bonne sœur, de rendre la joie à cette pauvre fille, en réparant votre faute à son égard. — Ma sœur, répondit mademoiselle de Beaujolais, je vous ai une véritable obligation de la réflexion que vous me faites faire; elle est bien juste, et je vous promets de prendre garde à ce que je dirai à l'avenir. Mais comment réparer le passé? Vous ne

voudriez pas sans doute que je demandasse excuse à
cette femme, qui est moins que la dernière de mes
femmes de chambre. — Et pourquoi craindriez-vous
de lui demander excuse, puisque vous l'avez offensée
mal à propos? lui répondit la princesse cadette. Croyez-
moi, ma sœur, une personne de notre rang se dégrade
et devient méprisable, quand elle fait des fautes ; mais
elle se remet à sa place et se fait estimer, quand elle
a le courage de les réparer. Vous avez beau dire que
cette fille est bien au-dessous de vous, cette différence
n'est réelle qu'autant que vous avez plus de vertus
qu'elle. Voilà ce que la raison m'a appris, ma chère
sœur ; et voilà ce que le bon esprit vous découvrira,
si vous voulez y faire attention. » Effectivement, mademoiselle de Beaujolais sentit la vérité de ce que sa
sœur lui disait. Il était d'usage en France, que la personne la plus distinguée présentât la chemise à la reine
ou aux princesses, quand elles s'habillaient ; et c'était
ordinairement la première dame d'honneur. Quand
mademoiselle de Beaujolais s'habilla le soir, elle dit
à sa première dame du palais : à Permettez, je vous
prie, madame, que Tomelle me donne ma chemise ; je
l'ai brusquée ce matin, et j'en ai un vrai regret. »
Cette pauvre fille se tenait cachée derrière les autres,
et n'osait se montrer ; quelle fut sa joie, lorsqu'elle
entendit sa maitresse parler ainsi! Après lui avoir
donné sa chemise, elle se jeta à ses pieds, et baisa
la main que la princesse lui présentait : elle la mouilla

de ses larmes : et elle disait qu'elle était si humiliée,
qu'elle eût voulu, pour reconnaître cette bonté, rentrer en terre. Elle se reprochait comme un sacrilége
les murmures qu'elle avait faits contre une si bonne

maîtresse. Voilà, mesdames, l'effet que produit sur
les domestiques la réparation de vos fautes; elle les
rapproche de vous; elle les affectionne. Aussi j'espère que lady Charlotte fera ce que je lui ai dit pour
réparer ses torts.

LADY CHARLOTTE.

Oui, ma Bonne; je le ferai de tout mon cœur. Je ne suis pas une aussi grande dame que cette princesse; pourquoi ne réparerais-je pas ma faute aussi bien qu'elle?

LADY SPIRITUELLE.

Que sont devenues ces deux princesses, ma Bonne?

MADEMOISELLE BONNE.

Elles sont mortes toutes deux assez jeunes, il y a bien des années, ma chère; et j'aurais mille bonnes choses encore à vous en dire, mais il nous reste trop peu de temps. Miss Molly, répétez votre histoire.

MISS MOLLY

Salomon se voyant tranquille dans son royaume, pensa sérieusement à bâtir un temple au Seigneur. Il demanda à Hiran, roi de Tyr, du bois de cèdre, qui est un bois précieux, et il s'en servit pour construire le temple, qu'il fit couvrir d'or en partie : il y avait aussi un autel d'or; dix chandeliers et une grande partie des vases du temple étaient d'une matière précieuse ou admirable par le travail. Après que cet édifice superbe fut achevé, Salomon y fit porter l'arche, qui renfermait les tables de pierre où Dieu avait écrit la loi. Ensuite Salomon en fit la dédicace, en immolant un grand nombre de victimes; puis il pria le Seigneur de vouloir bien y résider, c'est-à-dire demeurer d'une manière particulière dans le temple qu'il lui avait bâti, reconnaissant pourtant que cette demeure n'était pas digne de celui que les cieux ne peuvent contenir. Il le supplia d'écouter les vœux de ceux qui viendraient y prier; et le Seigneur voulant lui montrer qu'il exauçait sa prière, remplit le temple d'une nuée lumineuse. Salomon, ayant béni le peuple qui était assemblé, se retira dans sa maison. La même nuit, Dieu lui apparut, pour lui dire qu'il avait exaucé ses prières, et pour lui recommander encore une fois d'être fidèle à ses commandements.

Salomon ensuite bâtit un palais pour lui et un pour ses femmes; puis il s'appliqua à faire fleurir le commerce dans ses États; et il y réussit si bien, que l'argent était aussi commun à Jérusalem que les pierres. Il établit aussi un si bel ordre dans son intérieur, qu'on en parlait par tout le monde. La reine de Saba quitta même son royaume pour venir, à Jérusalem, admirer la sagesse de ce grand roi. Mais Salomon, dans sa vieillesse, abandonna le chemin de la vertu, et oublia ce qu'il devait au Seigneur. Il eut jusqu'à mille femmes, dont sept cents étaient princesses; et comme il les avait prises parmi les nations qui n'avaient pas été détruites dans la Terre promise, quoique Dieu eût expressément défendu ces mariages, ces femmes idolâtres exigèrent qu'il élevât des autels à leurs faux dieux. Il fut assez lâche pour leur obéir, et même il y sacrifia avec elles. Alors Dieu, abandonnant Salomon, lui suscita des ennemis. Il envoya un prophète vers un jeune homme, nommé Jéroboam ; et le prophète lui ayant coupé son manteau en douze parts, lui dit : « Prends dix morceaux de ce manteau ;

de même je diviserai le royaume, et je t'en donnerai dix parts ; mais je laisserai le reste au fils de Salomon, à cause de David, mon serviteur. » Dieu apparut aussi une dernière fois à Salomon ; mais ce fut pour lui reprocher son ingratitude, et lui annoncer le démembrement de son royaume : toutefois il lui dit que cela n'arriverait qu'après sa mort, à cause de David, son père. Salomon ayant appris qu'un prophète avait promis une partie de son royaume à Jéroboam, chercha à faire périr ce jeune homme, mais il se sauva en Égypte, et ne revint qu'après la mort de Salomon, qui arriva quelque temps après. Or, Salomon n'avait pas écrit seulement sur tous les arbres et les plantes, mais sur tous les animaux : il avait aussi composé un livre de proverbes ou de belles sentences.

MADEMOISELLE BONNE.

Voyez, lady Spirituelle, le cas qu'il faut faire de la science, quand elle n'est pas accompagnée de la vertu.

LADY SPIRITUELLE.

Vous avez bien raison, ma Bonne. Il est triste de penser que Salomon ait pu devenir si méchant et si ingrat envers Dieu. Il y a une chose dans ce que miss Molly vient de nous rapporter, qui me fait craindre qu'il ne soit mort en pécheur : c'est qu'au lieu de se soumettre aux ordres de Dieu, qui voulait partager le royaume entre son fils et Jéroboam, il voulut faire périr ce dernier.

MADEMOISELLE BONNE.

Votre réflexion est juste, ma chère ; mais comme l'Écriture ne l'a pas condamné, nous ne devons pas le condamner non plus. Continuez, lady Mary.

LADY MARY.

Roboam, fils de Salomon, ayant assemblé le peuple
pour se faire couronner roi, ses sujets lui dirent :
« Votre père nous a imposé de grands tributs; soula-
gez-nous un peu, à présent que vous montez sur son
trône. » Roboam demanda trois jours pour répondre;
et ayant consulté les vieillards, dont son père suivait
les conseils, ils lui répondirent : « La demande du
peuple est juste; et si vous lui cédez dans cette occasion, il vous obéira toujours fidèlement. » Roboam
consulta ensuite les jeunes gens avec lesquels il avait
été élevé, et ils lui dirent : « Gardez-vous bien de céder au peuple; il faut lui répondre qu'au lieu de diminuer les taxes, vous les augmenterez. Alors vous
serez craint, et personne n'osera vous résister. » Roboam suivit ce mauvais conseil, et dix des tribus se
révoltèrent, et choisirent Jéroboam pour roi; les seules
tribus de Juda et de Benjamin restèrent fidèles à Roboam. Depuis ce temps, il y eut deux royaumes, celui
d'Israël, où régnait Jéroboam, et celui de Juda, où
régna Roboam et sa postérité. Cependant, Jéroboam
dit en lui-même : Si je laisse aller le peuple sacrifier
à Dieu dans Jérusalem il reprendra l'affection naturelle qu'il a pour le sang de David, et il me fera mourir, afin de faire sa paix avec Roboam. Pour prévenir
ce malheur, Jéroboam fit faire deux veaux d'or, qu'il
exposa en public, et il dit aux dix tribus : « Ce sont
ici les dieux qui vous ont tirés d'Égypte. » Ainsi Jé-

roboam fit adorer des idoles à sòn peuple. Un jour qu'il était auprès de l'autel pour y faire fumer l'encens, Dieu lui envoya un prophète, qui lui dit : « Il naîtra un fils du sang de David, qui aura nom Josias ; il arrosera cet autel du sang des sacrificateurs : et comme vous pourriez douter que je fusse envoyé du Seigneur, je vais le prouver par un miracle : Que cet autel se fende, et que la cendre qui est dessus se répande. » Joroboam étendit la main pour faire signe qu'on arrêtât ce prophète ; mais la main qu'il avait étendue se sécha, et l'autel se fendit. Jéroboam, effrayé, dit au prophète : « Priez le Seigneur pour moi, afin qu'il me rende l'usage de ma main. » L'homme de Dieu lui ayant accordé sa demande, la main du roi revint dans son premier état ; et il pria le prophète d'entrer dans sa maison pour diner avec lui. Cet homme lui répondit : « Quand vous me donneriez la moitié de votre royaume, je ne pourrais pas le faire ; car le Seigneur m'a défendu de manger du pain et de boire de l'eau avant que je sois de retour chez moi. » Il partit donc sur-le-champ ; mais un faux prophète lui ayant dit en chemin que Dieu lui avait révélé son arrivée et lui avait commandé de lui offrir à manger, il se laissa tenter, et mangea. Il en fut sévèrement puni ; car, lorsqu'il eut repris la route de sa maison, un lion sortit d'une forêt, qui l'étrangla : mais ce lion n'attaqua point l'âne que montait le prophète, et resta près du corps mort de l'homme, comme pour mar-

quer que ce n'était pas la faim, mais l'ordre de Dieu
qui l'avait fait sortir de cette forêt.

MADEMOISELLE BONNE.

Continuez, lady Charlotte.

LADY CHARLOTTE.

Jéroboam n'ayant point corrigé sa mauvaise vie, Dieu
frappa son fils d'une grande maladie; et le roi dit à
sa femme d'aller consulter le prophète (qui lui avait
promis le trône) sur la maladie de son fils; mais il
lui commanda de se déguiser. Elle le fit inutilement;
le prophète, à qui Dieu avait révélé sa venue, l'ayant
entendue parler, lui dit : « Entrez, femme de Jéro-

boam ; quand vous mettrez le pied sur le pas de votre
porte, votre fils mourra. Il sera le seul de votre famille qui entrera dans le tombeau de ses pères, parce
que Dieu a reconnu quelque chose de bon en lui :
quant au reste de vos descendants, ceux qui mourront
dans la ville, seront mangés par les chiens, et ceux
qui mourront à la campagne, seront mangés par les
oiseaux ; parce que Jéroboam, au lieu de servir l'Éternel qui lui avait donné un royaume, a incité le peuple
à servir des dieux étrangers. Dans la suite, cette pré-
diction s'accomplit. Un nouveau prince s'éleva dans
Israël, qui fit périr la maison de Jéroboam. Mais ce
nouveau roi n'ayant pas non plus été fidèle à Dieu,
un autre prince traita les siens comme il avait traité
la famille de son maître. Il arriva encore d'autres
changements dans la succession des rois d'Israël ; ils
furent tous méchants jusqu'à Achab, qui fut encore
plus méchant que les autres, et qui épousa Jésabel,
fille du roi des Sidoniens.

Les peuples de Juda ne furent pas plus fidèles à Dieu
que les Israélites : comme eux, ils adorèrent de fausses
divinités ; mais le petit-fils de Salomon, qui se nommait Asa, et qui fut roi de Juda, marcha fidèlement
dans la voie des commandements du Seigneur.

LADY SPIRITUELLE.

Il faut avouer, ma Bonne, que les Juifs étaient bien
stupides, et avaient un grand penchant à l'idolâtrie.
Quoi ! après tous les miracles que Dieu avait faits en

faveur de leurs pères, ils purent écouter tranquillement le discours de Jéroboam, qui leur disait en leur
montrant les veaux d'or qu'il avait fabriqués : Voici
les dieux qui vous ont tirés d'Égypte. En vérité, ces
gens-là m'impatientent avec leur stupidité.

LADY SENSÉE.

Et Jéroboam, ma chère, qui voit sa main devenir
sèche, qui en obtient la guérison, et qui malgré cela
retourne à ses idoles?

MADEMOISELLE BONNE.

Vous ne croyez pas, sans doute, qu'il imagina que
les veaux eussent rien de divin; mais l'ambition dont
il était dévoré ne lui permettait pas de suivre les lumières de sa conscience. Quant à ce que dit lady Spirituelle, que les Israélites avaient un grand penchant
à l'idolâtrie, ils en avaient sans doute beaucoup, mais
ce fut moins ce penchant, que le mauvais exemple
des peuples dont ils étaient environnés, qui les y en-
traîna si souvent. Nous ne suivrons pas plus loin leur
histoire, mes enfants; mais avant de prendre congé
des Israélites, je prierai lady Spirituelle de nous dire
en abrégé ce qu'elle a retenu de nos entretiens sur
l'Ancien Testament.

LADY SPIRITUELLE.

Je vais essayer, ma Bonne; vous me pardonnerez,
si j'oublie.

Dieu créa d'abord le monde, puis l'homme et la

femme, Adam et Ève, qu'il chassa du paradis terrestre pour les punir de lui avoir désobéi. Après leur chute, ils eurent deux fils, Abel et Caïn; celui-ci, qui était l'aîné, fut jaloux de son frère, et le tua : ce fut le premier meurtre. Aussi Dieu maudit l'assassin. Les hommes devinrent mauvais, et l'Éternel envoya le déluge, qui les fit tous périr, à l'exception de Noé, qui était un homme juste, et qui fut sauvé dans l'arche ainsi que sa famille. Ses descendants, avant de se séparer, voulurent bâtir une tour dont le sommet atteindrait le ciel, afin de se mettre à l'abri d'un second déluge. Mais cette entreprise insensée échoua, car Dieu leur envoya la confusion des langues, et ils ne se comprirent plus. Ainsi la tour de Babel ne fut jamais achevée. Ils se dispersèrent ensuite, et peuplèrent différentes parties du monde. Il y eut le patriarche Abraham; mais je ne me rappelle plus de qui il était fils?

MADEMOISELLE BONNE.

Il descendait de Sem, qui était lui-même un des fils de Noé.

LADY SPIRITUELLE.

Dieu lui prédit qu'il aurait une nombreuse postérité. Son fils Isaac épousa sa cousine Rebecca, et en eut deux enfants, Ésaü et Jacob, dont l'un, l'aîné, vendit son droit d'aînesse par gourmandise. Jacob fut obligé de se réfugier chez son oncle Laban, dont il épousa les deux filles, Lia et Rachel, car les patriarches pouvaient avoir plusieurs femmes. Vous savez toutes, mesdames, l'histoire de Joseph vendu par ses frères; et vous vous rappelez aussi bien que moi la captivité des Israélites en Égypte, leur délivrance par Moïse, le passage de la mer Rouge, leurs misères dans le désert, la manne que Dieu fit pleuvoir pour les nourrir, et le miracle du rocher frappé par Moïse et d'où sortit une source d'eau vive pour les désaltérer. Ce fut là aussi que l'Éternel donna la loi des dix commandements à Moïse, qui vit la terre promise, mais qui n'y entra pas; il mourut auparavant.

MADEMOISELLE BONNE.

Reposez-vous, ma chère. Lady Sensée va nous dire quels sont les hommes les plus remarquables de l'Ancien Testament?

LADY SENSÉE.

Il me semble que c'est d'abord Moïse, qui fut toujours si attentif à observer la loi divine, et qui eut à conduire, à travers tant d'épreuves, le peuple israélite, toujours prêt à se révolter, à murmurer et à redevenir idolâtre.

MADEMOISELLE BONNE.

En effet, ce grand homme ne fut pas moins admirable par sa foi, que par ses lois et les miracles qu'il opéra. Après lui, il y eut de longues guerres pour conquérir la terre promise. Pourriez-vous nous nommer les principaux chefs que Dieu suscita pour gouverner son peuple?

LADY SENSÉE.

Josué, qui succéda à Moïse; puis Gédéon; le prophète Samuel, qui sacra Saül roi d'Israël, et enfin David et son fils Salomon.

MADEMOISELLE BONNE.

A merveille! ma chère. Le roi David, dont nous avons tout récemment appris l'histoire, fut coupable et repentant. Il a écrit les psaumes, qui sont pleins d'élans vers Dieu, et qui expriment si bien la tristesse d'une âme repentante. C'est là, qu'affligés ou joyeux, nous trouvons des chants, des consolations, des espérances toujours d'accord avec l'état de notre âme. Le roi-prophète y annonce aussi dans un magnifique langage la venue de Notre-Seigneur Jésus-Christ, qui devait, dix siècles plus tard, changer la face du monde et fonder le christianisme: cette loi d'amour, de charité, de salut, que nous ne saurions assez étudier, aimer et pratiquer.

Comme nous touchons à la fin de nos entretiens, et que celui d'aujourd'hui a été long et grave, je vous promets pour demain, mes chères enfants, un conte que je tâcherai de rendre intéressant.

TRENTIÈME DIALOGUE
— VINGT-HUITIÈME JOURNÉE —

MADEMOISELLE BONNE.

onjour, mesdames. Il m'est venu, cette nuit, un scrupule. Nous avons parlé de bien des choses dans nos conversations : je crains de n'avoir pas toujours été assez claire pour de jeunes têtes, un peu légères. Quelqu'une de vous aurait-elle quelque explication à me demander?

LADY CHARLOTTE.

Oui, ma Bonne. Je n'ai pas bien compris ce que vous nous avez dit, une fois, à propos des éléments.

LADY SPIRITUELLE.

Moi, non plus. Je ne comprends pas que l'eau, par exemple, qui n'a ni odeur, ni goût, ni couleur, soit composée de quelque chose qui n'est pas de l'eau?

MADEMOISELLE BONNE.

Rien n'est cependant plus certain, ma chère. L'eau est un composé de deux airs ou substances gazeuses, qui se nomment, l'un, gaz *oxygène*, qui est en grande quantité dans l'air que nous respirons ; et l'autre, gaz *hydrogène*, ou air inflammable.

LADY SPIRITUELLE.

Quoi ! ma Bonne, l'air qui brûle, qu'on allume, qui nous éclaire, et qu'on nomme tout bonnement *gaz*, servirait à faire de l'eau ?

MADEMOISELLE BONNE.

Précisément, ma chère. Deux savants français qui, en 1776, étudiaient les propriétés du gaz hydrogène, découvert par un savant anglais quelques années auparavant, furent curieux de connaître l'espèce de suie ou de fumée que donnait ce gaz en brûlant. Pour cela, ils mirent une soucoupe de porcelaine au-dessus de la flamme, et furent fort surpris de voir qu'au lieu de se couvrir de suie, la soucoupe se couvrait de gouttelettes d'eau pure. Le savant anglais qui, de son côté, faisait des expériences, obtint le même résultat : il fit de l'eau en brûlant les deux gaz.

LADY SPIRITUELLE.

J'aurais été bien surprise aussi ; car cela me paraît fort extraordinaire.

MADEMOISELLE BONNE.

Il y a bien d'autres choses plus extraordinaires encore dans les découvertes qui se sont faites, et qui se font tous les jours, grâce à la chimie.

LADY MARY.

Qu'est-ce que la chimie, ma Bonne ?

MADEMOISELLE BONNE.

C'est une science qui consiste à composer et décomposer les corps pour savoir de quoi ils sont faits ; à fondre les métaux, et à en retirer les gaz qui s'en dégagent. C'est comme cela qu'on est arrivé à savoir que l'air que nous respirons est composé de plusieurs airs ou gaz, que l'on peut séparer les uns des autres, dont quelques-uns sont mortels quand ils sont isolés, mais qui, combinés ensemble, deviennent sains et nous font vivre. Ainsi, les chimistes peuvent, en décomposant les substances qui nous paraissent simples, comme l'eau, l'air, la terre, en tirer à volonté la mort ou la vie.

LADY SPIRITUELLE.

Alors ce sont de véritables sorciers. J'aurais peur de ces savants-là.

MADEMOISELLE BONNE.

Vous avez dit le mot, ma chère. La chimie a long-temps passé pour une sorcellerie; on l'appelait alors *alchimie*, et ceux qui l'exerçaient étaient redoutés et persécutés, parce qu'ils s'en servaient trop souvent pour satisfaire des haines ou des vengeances, en com-posant des poisons subtils dont ils avaient seuls le se-cret.

LADY MARY.

C'est une bien vilaine science, ma Bonne!

MADEMOISELLE BONNE.

Il n'en faut pas voir qu'un côté, ma chère : depuis environ soixante ans, qu'elle est devenue une science positive que tout le monde peut étudier, la chimie a été fort utile et a rendu de grands services à l'indus-trie. Mais je devine, à la mine allongée de miss Molly, qu'elle n'y prend pas le même intérêt que nous.

MISS MOLLY.

Il est vrai, ma Bonne, que j'aimerais mieux enten-dre le joli conte que vous nous avez promis.

LADY MARY.

Ah! oui; un conte de fée bien merveilleux!

MADEMOISELLE BONNE.

Et vous, lady Sensée, donnez-nous votre avis.

LADY SENSÉE.

Vous savez bien, ma Bonne, que j'aime mieux les histoires; mais les contes m'amusent aussi.

LADY SPIRITUELLE.

Moi, je les voudrais un peu vrais et un peu faux.

LADY CHARLOTTE.

Pourvu qu'il y ait des fées, des magiciens, ou des géants, je n'en demande pas davantage.

MADEMOISELLE BONNE.

J'aurais fort à faire, mes enfants, pour contenter tous les goûts. L'une veut du merveilleux; l'autre, du fantastique et du vraisemblable; une troisième, des magiciens, et toutes, j'espère, veulent, en même temps que de l'amusement, un grain de bon sens et de vérité, s'il se peut. Eh bien, j'appellerai à mon aide une dame anglaise, fort instruite, et de beaucoup d'esprit[1], qui a fait le conte que je vais vous dire à ma façon, et que j'intitulerai :

LA FAMILLE DES GÉANTS

Il était une fois un laboureur qui avait beaucoup d'enfants et un tout petit champ pour les nourrir.

[1] Mistress Marcett.

aussi manquaient-ils souvent de pain. Le père résolut
de vendre le peu qu'il avait, et de suivre l'exemple
de quelques-uns de ses voisins, pauvres journaliers
et ouvriers, qui allaient chercher fortune au loin,
dans un pays où on leur avait assuré que la terre
était à bon marché et la main-d'œuvre chère. Il s'em-
barqua donc avec toute sa famille. Mais au bout de
quinze jours de navigation il survint une tempête ter-

rible : le vaisseau, ballotté par les vagues et chassé par
un vent furieux, ne se laissait plus gouverner. Il s'é-

carta de sa route, vogua longtemps à l'aventure, et
alla enfin donner contre un écueil, où il se brisa.
Plusieurs des pauvres passagers périrent; d'autres furent sauvés dans un canot que la mer jeta sur une
plage voisine. Parmi ces derniers, étaient le laboureur, sa femme, ses enfants, un maçon, un charpentier, un serrurier et un charron, qui étaient partis
avec eux. Quand tous se virent à terre, sains et saufs,
ils furent bien joyeux et remercièrent Dieu, à genoux,
de les avoir délivrés d'un si grand péril. Ensuite ils
regardèrent autour d'eux : le pays était agréable et
fertile, mais il semblait désert. On n'y voyait ni maisons ni habitants.

—Tant mieux! dit le laboureur. Là-bas, d'où nous
venons, il n'y avait pas assez de terre pour tout le
monde; ici, il me paraît que ce sont les hommes qui
manquent à la terre. Si nous avions seulement les ou-
tils que nous emportions avec nous !

—Et des pots, des marmites, pour faire la soupe!
dirent les femmes.

— Oh! s'écrièrent les enfants, quel malheur de
n'avoir pas un coq et une poule! mais peut-être qu'ils
sont encore à bord dans leurs cages.

Dès que la mer se fut retirée, comme elle le fait
deux fois dans les vingt-quatre heures, on aperçut la
carène du vaisseau engagée entre deux rochers. Les
hommes y allèrent à la nage et en rapportèrent des
haches, des scies, des marteaux, des bêches, de la

farine, du blé, un petit sac de graines, et des planches avec lesquelles ils firent un radeau qui leur permit d'aller et de venir plusieurs fois de l'écueil au rivage; ils sauvèrent ainsi beaucoup de choses. Tout le monde se mit au travail : on fit des maisons avec des troncs d'arbres. Pendant que les hommes allaient à la chasse et à la pêche, les femmes recueillaient des bananes, des noix de coco, des patates. On sema le blé, qui poussa vite, parce que le climat était chaud et la terre fertile. Trois mois après le naufrage, on vivait presque dans l'abondance; seulement le pain était rare. On manquait de moulin pour moudre le grain; il fallait l'écraser entre deux pierres afin d'en tirer la farine : ce qui était très-long et très-fatigant.

Un jour, le laboureur résolut d'aller à la découverte dans l'intérieur de l'île, pensant y trouver des habitants. Il marcha très-longtemps à l'aventure, à travers un beau pays, planté de grands arbres qu'il ne connaissait pas. Il voyait à l'horizon de hautes montagnes vers lesquelles il se dirigea; mais plus il avançait, plus elles semblaient éloignées. Enfin, il arriva à l'entrée d'une fraîche vallée, où il se promettait de prendre un peu de repos, quand tout à coup il découvrit au milieu, étendu tout de son long sur l'herbe, un énorme géant endormi. Sa tête reposait sur une colline qui lui servait d'oreiller. Il portait une robe changeante d'un éclat éblouissant. Quand le soleil l'éclairait, on eût cru voir une étoffe toute d'or et de lumière :

à l'ombre, sous les arbres, elle devenait verte comme
les feuilles ou bleue comme le ciel. Les fameuses robes
de Peau-d'Ane eussent pâli à côté; car, sur celle-là,
on voyait la lune et les étoiles aussi brillantes que si
elles se fussent réfléchies dans un miroir. L'Avisé (c'é-
tait le nom du laboureur) ne pouvait se lasser de regarder, et restait immobile à la même place, n'osant
ni avancer, ni reculer, de peur d'éveiller le géant. Tout
à coup celui-ci éternua avec un si grand bruit, que

le pauvre homme eut grand'peur et s'enfuit en cou-
rant. Il n'était pas bien loin, qu'il s'entendit appeler

d'une voix douce. Il se retourna, et vit une bonne grosse figure qui lui souriait.

— Hé! brave homme! disait-elle, pourquoi vous sauvez-vous? Je ne suis pas méchant, quoique je sois fort. Je ne vous veux pas de mal, bien au contraire

L'Avisé, un peu rassuré, hésitait encore.

—Est-ce ma grande taille qui vous effraye? demanda le colosse. Vous n'avez pourtant pas peur de cette montagne, qui est encore plus haute et plus grosse que moi.

— C'est que la montagne ne marche pas, répliqua l'Avisé. Je n'avais encore jamais vu de géants, et, à vous dire vrai, je croyais qu'il n'y en avait pas, et que ce qu'on en disait dans les livres étaient des contes faits pour amuser les enfants.

— Eh bien, vous saurez à présent qu'il existe des géants, qui ne demandent pas mieux que de se rendre utiles aux hommes, et je suis de ceux-là.

— En ce cas, vous devez leur donner un fier coup de main, reprit l'Avisé; car vous me paraissez plus fort que Samson! — Il se disait à part lui : Ce gaillard-là abattrait en un jour plus de besogne que moi en un mois.

Le géant lui dit, comme s'il eût deviné sa pensée. « Voulez-vous me prendre à votre service?

— Bien volontiers, répondit l'Avisé; mais combien voulez-vous gagner? » Car il pensait qu'il se ferait payer à raison de sa force.

—Gagner! répéta le géant avec un grand éclat de rire; je ne veux pas d'argent; je ne saurais qu'en faire. »

Le laboureur faillit sauter de joie à l'idée d'avoir trouvé un ouvrier qui pouvait faire le travail de vingt hommes, et qui ne voulait pas être payé. Il partait pour aller porter cette bonne nouvelle à sa femme; le géant l'arrêta :

—Montez sur mon dos, dit-il; cela vous évitera la peine de marcher, et vous arriverez bien plus tôt.

L'Avisé ne goûtait pas trop cette façon d'aller; mais il n'en voulut rien dire, de peur d'offenser le géant. Il grimpa donc sur ses larges épaules, et son porteur se mit en route. Il ne marchait ni ne trottait, mais semblait glisser si vite et si doucement, qu'en moins d'un quart d'heure ils étaient rendus.

La femme et les enfants poussèrent de grands cris à la vue de la grosse tête qui dépassait la cime des arbres. Mais l'Avisé les rassura, en leur disant qu'il n'avait jamais été plus à l'aise et plus content. Dès que le géant, le prenant entre un de ses doigts et son pouce, l'eût déposé à terre, il conta sa chance à sa femme.

« C'est une fière trouvaille que tu as faite, dit sa femme. Mais comment loger ce journalier-là? Il ne saurait entrer dans la maison sans soulever le toit; et quant à le nourrir, il nous affamera! »

L'Avisé se gratta la tête; il n'avait pas réfléchi à cet inconvénient.

« Que mangez-vous d'ordinaire? dit-il à son nouvel hôte.

— Rien : je ne mange pas et bois encore moins; je couche à la belle étoile, et ne m'enrhume jamais.

On n'avait jamais vu un manœuvre si commode.

— Et quelle sorte d'ouvrage faites-vous? demanda la femme.

— Tout ce que vous voudrez me donner à faire; cela vous regarde.

— Nous ne voulons pas vous trop fatiguer.

— Je ne sais ce que c'est que la fatigue : je ne dors pas plus que je ne mange; et je puis travailler, sans me lasser, nuit et jour, tout le long de l'année. »

Les maîtres étaient de plus en plus émerveillés. «Si nous le mettions tout de suite à moudre notre blé?» dit la femme. Elle lui montra les pierres dont elle se servait pour écraser le grain; mais dans les grandes mains du géant, c'était comme deux petits palets avec lesquels jouent les enfants. L'Avisé monta sur ses épaules, et le conduisit à une carrière où étaient de grandes meules toutes taillées, qu'il n'aurait jamais pu apporter jusque chez lui. Le géant en prit une sous chaque bras : au retour, il les ajusta l'une sur l'autre, et le soir même il se mit à l'ouvrage, pendant que tout le monde dormait. Cependant la maison tremblait sous ses puissants efforts, et les enfants, réveillés en sursaut, disaient : « C'est *Aquafluens* qui travaille! » Ils lui avaient demandé son nom, et ils l'avaient retenu parce

que c'était un drôle de nom qu'ils n'avaient jamais
entendu auparavant. Ils étaient déjà au mieux avec
leur bon ami le géant : s'il se couchait sur l'herbe, ils
cabriolaient autour de lui, ou s'enveloppaient dans les
plis de sa belle robe moirée d'argent et d'or, jouant à
cache-cache comme les petits cannetons qui plongent
leurs têtes sous l'eau. S'ils lui faisaient la moue, il
la leur rendait; mais s'ils riaient, il riait aussi de bon
cœur.

Le lendemain matin, à la place des deux sacs de
blé, il y avait trois sacs de belle farine et un de son.
N'ayant plus rien à faire, le géant se mit à laver la
maison du haut en bas; elle n'avait jamais été si propre. Ensuite il débarbouilla les enfants, qui gagnaient
à la compagnie d'Aquafluens d'être frais, dispos, et
d'avoir toujours bon appétit. Après déjeuner, l'Avisé
alla avec le géant dans la forêt voisine, où se trouvait
un gros chêne abattu par le vent; il en avait grand
besoin pour faire des portes, des tables, des chaises;
mais comment transporter cette lourde masse? Ce ne
fut qu'un jeu pour Aquafluens. Il le chargea sur son
dos, et dès qu'on lui eut donné une scie, il en fit des
planches en un clin d'œil. « Si, avec une seule scie, il
dépêche tant de besogne, il en fera dix fois plus avec
dix scies, » se dit l'Avisé; et il alla emprunter celles
de ses voisins, à qui il donna en retour des planches
et du bois tout scié. Quand on eut vu le géant à l'ouvrage, chacun pria l'Avisé de lui louer pour un jour,

ou même pour une heure, ce serviteur merveilleux. On apportait en payement tantôt un panier de poissons, tantôt un couple de canards sauvages.

Un jour, une pauvre veuve vint, avec un sac de pommes de terre, demander l'aide d'Aquafluens pour transporter des pierres et du sable, afin que son fils aîné lui construisît une maison.

— Vous vous moquez, répliqua l'Avisé : je ne vends pas à plus pauvre que moi le secours que Dieu m'a envoyé. Ce serait une grande ingratitude ; remportez vos pommes de terre, et servez-vous d'Aquafluens tant que vous en aurez besoin. »

Cependant le fils de la veuve, qui se nommait le Hardi, questionna le géant : — Vous n'avez donc, lui dit-il, personne de votre famille ici, dans les environs?

— Si bien, répondit Aquafluens, j'ai un frère; mais c'est un drôle de corps. Nous ne nous ressemblons pas du tout. J'aime les vallées, il ne se plaît que sur les hauteurs; je marche d'un bon pas, lui court toujours.

— Est-il aussi bon travailleur que vous? demanda le Hardi.

— Oui; mais c'est selon son humeur. Il est très-fantasque et n'en fait qu'à sa tête; il me querelle souvent jusqu'à m'irriter.

Le Hardi se mit à la recherche de ce frère. « Une fois que je le tiendrai, pensait-il, je saurai bien en tirer parti. »

Un jour, il aperçut une étrange figure sur une haute montagne. Il ne la distinguait pas bien, car, quand il voulait en approcher, il se sentait repoussé : la figure était toujours en mouvement. Tantôt elle tournait rapidement sur elle-même, tantôt elle déployait deux grandes ailes de gaze, aussi fines et aussi transparentes que celles d'un moucheron. Tout à coup elle se précipita vers la plaine; le Hardi étendit les bras pour lui barrer le passage : aussitôt il reçut un vigoureux soufflet, et donna du nez en terre.

— Ah! je vous reconnais! s'écria-t-il d'une voix piteuse. Vous êtes le frère d'Aquafluens.

— On me nomme Ventosus, dit la figure volante. Tu

as été bien fou ou bien téméraire de prétendre m'arrêter!

— Hélas! reprit le Hardi, je ne suis qu'un pauvre homme qui venait implorer vos services pour me tirer de la misère.

— Si tu dis vrai, je veux bien travailler pour toi, répliqua Ventosus, mais en gardant ma liberté. Je ne reconnais point de maître, et n'ai pas l'allure paisible d'Aquafluens. Son pas de tortue m'impatiente; et si je le vois trop chargé, j'aiguillonne sa lenteur. Perché sur son dos, je n'ai qu'à déployer mes ailes pour le faire courir.

Le Hardi, tout surpris d'entendre accuser Aquafluens de lenteur, raconta tout ce qu'il faisait.

— Bah! c'est un limaçon, comparé à moi!

Tout en parlant, le géant prit son essor, et fut hors de vue en une seconde.

Le Hardi, tout penaud, se désolait, lorsque le capricieux Ventosus passa près de lui en lui criant :

— Je n'habite que les sommets!

— Je demeure précisément sur une montagne, dit le Hardi. Je vous y bâtirai une jolie maison toute ronde.

— A la bonne heure; si elle me convient, je t'y moudrai plus de grain en une heure que mon frère en un jour.

— Il n'est pas mal vantard, pensa le Hardi; mais je tâcherai de m'accommoder à son humeur.

Tandis qu'ils cheminaient ensemble, ils rencontrèrent Aquafluens, qui portait une charge de bois que dix bœufs n'auraient pu traîner.

— Je vois bien que, sans moi, tu n'arriveras jamais, dit Ventosus; et d'un coup d'aile, il le poussa jusqu'où il allait.

— A présent, tu vas m'aider à retourner d'où je viens, frère, dit Aquafluens, après s'être déchargé de son fardeau.

— Non pas! répliqua Ventosus. Je vais droit devant moi : si tu viens de mon côté, à la bonne heure; sinon, retourne comme tu pourras. »

Aquafluens trouva le procédé mauvais, et s'en plaignit. Ventosus entra en fureur : il souffla, hurla, mugit et engagea une lutte avec son frère qui perdit son sang-froid et écuma de rage ; ses petits amis ne le reconnaissaient plus, tant la colère avait bouleversé ses traits et changé sa physionomie. Cependant Ventosus avait repris son vol et suivi le Hardi, un peu inquiet d'avoir à faire à un si quinteux personnage. A force de prévenances, d'égards, et en étudiant son caractère aussi mobile qu'une girouette, il parvint à le tenir quelques heures au travail. A la vérité, dans ce peu de temps, il avait moulu moitié de la provision de grain. On n'avait jamais vu pareil tour de force. Mais trouvait-il une porte ou une fenêtre ouverte, pst! il s'échappait, et faisait l'école buissonnière pendant toute une semaine. Il allait et venait avec une vitesse sans égale. Seulement on n'était jamais certain de son exactitude : il portait au midi le message qu'on lui donnait pour le nord, à l'est ce qui était pour l'ouest. Il lui arrivait de rebrousser chemin à mi-route, et de retourner à l'endroit d'où il était parti. Quoiqu'il changeât d'idée vingt fois par jour, il n'en aidait pas moins à la fortune de le Hardi, qui pouvait maintenant approvisionner de farine toute la colonie. On ne parlait que de ces deux merveilleux ouvriers, et chacun eût bien désiré avoir aussi son géant. On accablait Aquafluens de questions auxquelles il ne paraissait pas se soucier de répondre. Enfin, pressé plus qu'à l'ordinaire par un certain Jean l'Ingénieux, il se laissa aller à dire :

— Eh bien, oui; il y a encore une personne de notre famille dans l'île. Hélas! c'est ma fille. Elle m'a quitté, toute petite, et je ne l'ai pas revue depuis. Sa mère était de la race des salamandres, et elle tient plus d'elle que de moi : c'est une évaporée. Un jour que je la berçais dans mes bras, au soleil, elle m'échappa et disparut.

— Aurait-elle donc quitté l'île? demanda l'Ingénieux.

Aquafluens secoua la tête; il ne le pensait pas. Ventosus lui avait dit l'avoir vue sortir d'une source d'eau chaude, où elle se baignait; car, ajouta-t-il, il lui faut une température d'eau bouillante : au moindre froid, elle s'évanouit ou fond en larmes. C'est pourquoi nous ne pouvons pas vivre ensemble.

— Alors, reprit l'Ingénieux, elle n'est pas aussi forte que vous?

— Elle l'est encore plus, dit Aquafluens; pourvu qu'on la mette au régime qui lui convient, elle a la force d'une géante et l'adresse d'une fée. Quant à l'ouvrage, elle peut en faire dix fois plus que moi et Ventosus ensemble. Le difficile est de l'attraper et de la tenir en prison.

— Et où trouver une prison assez grande? demanda l'Ingénieux.

— Ne vous en tourmentez pas, dit Aquafluens; elle

grandit ou se rapetisse à volonté. Elle peut monter jusqu'aux nues ou occuper un tout petit espace. Plus vous la tiendrez serrée, plus elle travaillera.

— Mais elle ne doit pas aimer à être enfermée?

— Non, certes; aussi fait-elle tous ses efforts pour sortir; car elle aime autant à être libre que son oncle Ventosus.

— Si vous vouliez m'aider, dit l'Ingénieux, peut-être, à nous deux, pourrions-nous l'attraper et la mettre en cage?

— En bouteille plutôt, reprit Aquafluens, en montrant une grande dame-jeanne qu'il tenait sous son bras.

— Vous voulez rire et vous moquer de moi! dit l'Ingénieux.

— Du tout. Vous verrez bien.

Ils partirent, après s'être assuré du consentement de l'Avisé, à qui l'Ingénieux avait apporté un énorme jambon de sanglier.

Comme ils approchaient de la montagne où était la source chaude, ils aperçurent un grand corps transparent qui planait au-dessus.

— La voilà! s'écria Aquafluens.

L'Ingénieux regarda de tous ses yeux; mais il ne vit rien qu'un nuage blanc qui montait dans l'air. Peu à peu le nuage prit la forme d'une grande femme dont la tête touchait le ciel. Elle était enveloppée de longues draperies flottantes, que le soleil couchant teignait en rose, et qui s'effrangeaient sur la cime des arbres et des coteaux à mesure qu'elle glissait au-dessus. Bientôt, tout s'effaça.

— C'était elle! s'écria l'Ingénieux, et elle est partie!

— Patience! elle reviendra, reprit Aquafluens.

Le lendemain, ils retournèrent à la source; mais la géante ne se montra point.

— Elle est encore au bain, dit Aquafluens. Tenons-nous prêts à la saisir dès qu'elle mettra le nez dehors.

Il plaça la dame-jeanne à la sortie de la source, le goulot en bas. L'Ingénieux le regardait faire, sans oser espérer la réussite de ce singulier moyen. Tout à coup il vit s'élever comme une fumée blanche, Aquafluens boucha précipitamment la bouteille, en s'écriant :

— Cette fois, nous la tenons !

L'Ingénieux ne pouvait y croire.

— Si elle est là-dedans, dit-il, il faut convenir qu'elle prend la chose en patience.

— Ne vous y fiez pas : le froid l'a saisie, Mettez-la auprès du feu en rentrant chez vous; sans feu, vous n'en pourrez rien faire. »

L'Ingénieux s'empressa de suivre ce conseil, et pour donner pleine satisfaction à l'étrangère, il plongea la dame-jeanne dans une marmite d'eau bouillante. Aussitôt le bouchon sauta avec le bruit d'un pistolet qui part, et livra passage à une petite figure qui grandit, grossit, et s'enfuit par le tuyau de la cheminée.

L'Ingénieux, tout déconfit, alla conter sa mésaventure à Aquafluens, qui lui dit :

— Elle vous a joué un de ses tours. Je ne m'en étonne pas; elle est incorrigible; mais nous la rattraperons.

— A quoi bon, reprit l'Ingénieux, si nous ne pouvons la retenir?

Il n'était pas bête, et pensa qu'il fallait une forte prison à une si impétueuse personne. Il alla en quête chez ses voisins, et découvrit une chaudière en cuivre qui avait été sauvée du naufrage avec son couvercle. On la lui céda contre une paire de vieux souliers.

— Je la défie bien de briser cela et de faire sauter ce couvercle comme un bouchon.

— Elle en fait éclater de plus forts quand elle est en colère, dit Aquafluens. Mais voici un fameux préservatif, ajouta-t-il en découvrant au côté de la chaudière une petite ouverture fermée par une toute petite porte. Si elle s'échauffe trop la bile, elle prendra l'air par là pour se calmer. Il y a juste de quoi l'éventer sans la laisser sortir.

Ils coururent avec leur chaudière à la source, surprirent encore une fois la pauvre *Vaporis* au bain, et la rapportèrent en triomphe.

Quand la fille d'Aquafluens se vit tout de bon captive, elle voulut tempêter et se révolter contre son nouveau maître; mais celui-ci qui avait appris de son père à la gouverner, lui commanda d'être plus calme, et lui dicta ses conditions. Il consentait à la nourrir et à la bien chauffer, ce qui n'était pas une petite affaire (elle consommait jusqu'à cent kilogrammes de charbon par jour!), pourvu qu'elle travaillât sans relâche.

« J'espère au moins, dit-elle en grondant et soufflant
comme un attelage de dix chevaux, que vous ne m'em-
ploierez pas à moudre du blé ou à scier des planches.
Ces vulgaires travaux sont au-dessous de moi : je sais
faire tourner le rouet, courir la navette, je file et je
tisse mieux que la plus habile fileuse et le meilleur
tisserand. Je fais du papier et je l'imprime ; je puis
faire monter l'eau des profondeurs de la terre, tirer
le charbon des mines, fondre le fer, le forger ; enfin je
puis manier le plus lourd marteau aussi bien que la
plus fine aiguille.

— Si elle ne se vante pas, dit l'Ingénieux à Aquafluens, elle a de fiers talents, et je vous félicite d'avoir
une pareille fille.

— C'est par la tête qu'elle pèche, soupira Aquafluens. Si elle avait autant de raison que de puissance,
elle mènerait le monde.

— M'est avis que le plus pressé, dirent l'Avisé et le
Hardi qui avaient été appelés au conseil, seraient
d'avoir des chemises pour nos femmes, nos enfants et
nous. Occupez-la donc à filer et à tisser le coton qui
croît en abondance dans l'île. Nous verrons bien ce
qu'elle sait faire. »

On eut recours au maçon, au charpentier, au charron, au serrurier qui, aidé d'Aquafluens, eurent bientôt construit une filature. Vaporis se mit à la tête, faisant tout marcher, sans s'amuser ni se reposer une
minute.

A mesure que les richesses de la colonie augmen-
taient, le besoin du bien-être se faisait sentir : quand
je dis richesses, vous comprenez que je ne veux parler
ni d'or ni d'argent, mais bien de ce qui est partout la
vraie richesse, le blé, les bestiaux, les légumes, les
fruits. Aquafluens, en transportant le bois, la pierre,
avait aidé les colons à se construire de bonnes maisons bien closes ; Ventosus, dans ses moments de belle
humeur, avait moulu plus de blé, d'orge et de maïs
qu'il n'en fallait pour la consommation générale. Vaporis, plus habile, plus forte et plus adroite que ses
grands parents, était venue en dernier et promettait
merveille. Il ne s'agissait que de la bien conduire
sans la brusquer et sans la laisser vagabonder. Quand
elle eut filé et tissé assez de coton pour faire des
chemises à toute la colonie, on lui donna de la laine,
avec laquelle elle fit de la flanelle et du drap. Les
gens ne se lassaient pas de la regarder travailler nuit
et jour, sans trêve ni repos : après la laine, ce fut le
tour du lin et du chanvre ; elle en fabriqua de la toile
si belle et si large, que l'Avisé, le Hardi et l'Ingénieux, qui regrettaient toujours leur pays natal, et
qui avaient maintenant plus de farine, de calicot, de
drap qu'eux et leurs voisins n'en pouvaient employer,
songèrent à construire un vaisseau à voiles, et à le
charger de marchandises. Ils en vinrent à bout, mais
quand le vaisseau fut construit, les trois géants commencèrent à s'en disputer le commandement.

— Je le défie bien de se mouvoir sans mon aide, dit
Aquafluens.

— Si tu es assez fort pour le porter, répliqua Ventosus, tu ne saurais le faire avancer qu'à pas de tortue, à moins que, perché sur le pont, je n'y déploie
mes ailes et le fasse voler sur l'eau.

— Oui, mais il lui faudra obéir à tes caprices et
n'aller qu'où tu voudras, reprit Vaporis, tandis que
moi, je puis le mener n'importe où, en dépit de vos
efforts réunis.

— C'est vrai, dit Aquafluens. Il avoua qu'il ne pourrait porter le vaisseau que jusqu'à l'embouchure d'une rivière, une fois en mer il perdait sa puissance : il avait à faire à plus fort que lui. Ventosus et Vaporis s'arrangèrent à l'amiable, ils convinrent que le premier serait capitaine tant qu'il lui plairait d'aller dans la direction du port où se rendait le vaisseau ; mais s'il s'écartait tant soit peu du chemin, Vaporis reprendrait aussitôt le commandement. Grâce à ce traité, la traversée fut si rapide qu'on fit en dix jours ce qui eût été l'affaire de trois mois auparavant. Je vous laisse à penser la surprise des gens qui, n'ayant jamais vu de géants à l'ouvrage, aperçurent pour la première fois Vaporis manœuvrant un grand navire, le faisant marcher, tourner, avancer, reculer, sans plus d'efforts que si c'eût été un joujou d'enfant. Tout le monde criait au miracle; tout le monde voulait voir de plus près la fille d'Aquafluens. Charmée d'un si aimable accueil, elle redoublait d'adresse et oubliait l'ennui de sa captivité au milieu de ce concert de louanges.

A peine débarqués, l'Ingénieux et sa compagne furent assaillis d'offres, toutes plus avantageuses les unes que les autres. On voulait acheter Vaporis à prix d'or, mais l'Ingénieux était résolu à ne la point vendre et à faire profiter libéralement ses compatriotes de sa merveilleuse trouvaille.

De son côté, la géante, devenue moins sauvage et plus civilisée en vivant avec l'espèce humaine, déclara qu'elle était prête à faire tout ce qu'on lui demanderait, qu'elle ne connaissait pas de limite à ses forces, qu'attelée à cent voitures, elle les tirerait dix fois plus vite que ne le feraient cent chevaux, qu'elle pouvait soulever des poids fabuleux, dessécher des mers, percer des montagnes. Et chose plus étrange, elle n'exagérait pas!

Vous conviendrez mes enfants que la puissance de Vaporis surpasse de beaucoup celle des fées. Elle est encore plus étonnante, et pourtant nous la connaissons tous, et il n'est personne de nous à qui elle n'ait rendu quelque grand service.

LADY MARY.

Oh! ma bonne, je ne la connais pas du tout, et je ne crois pas qu'elle ait jamais rien fait pour moi.

MADEMOISELLE BONNE.

Vous vous trompez, ma chère. Elle a filé et tissé vos vêtements. Elle vous apporte de Chine le thé que vous buvez tous les matins. Elle était à bord du vaisseau qui vous a conduite en Irlande, et c'est grâce à elle que vous êtes venue si vite de Londres ici.

LADY MARY.

Oh! je devine, c'est la vapeur! que j'étais sotte de n'y pas songer. Mais est-ce que le conte finit là, ma bonne? Vous ne nous avez pas dit ce qu'était devenu le maître de Vaporis.

MADEMOISELLE BONNE.

Je ne voulais pas vous attrister, ma chère, en vous

apprenant que ce brave l'Ingénieux, qui avait si bien agi, n'avait recueilli pour prix de ses bienfaits que du chagrin. Ceux qui s'étaient emparés de Vaporis refusèrent à son premier maître une part des immenses bénéfices qu'ils lui devaient. Dégoûté de l'ingratitude de ses compatriotes, il revint dans son île où il vécut et mourut pauvre, comme il arrive trop souvent aux inventeurs.

LADY SPIRITUELLE.

C'est bien triste en effet. Mais dites-moi, je vous prie, ma Bonne, comment la vapeur ou Vaporis, se trouve-t-elle être fille du géant Aquafluens?

MADEMOISELLE BONNE.

Je crois que lady Sensée pourra nous le dire.

LADY SENSÉE.

Je m'imagine, sans en être tout à fait sûre, que ce géant est un cours d'eau, une rivière qui charrie de lourdes charges de bois, qui fait tourner les roues du moulin à eau, qui porte sur son dos des hommes dans des barques, qui porte une robe couleur du temps.

MADEMOISELLE BONNE.

Vous imaginez juste, ma chère; *Aquafluens* est la réunion de deux mots latins qui signifient eau qui coule, ou eau courante.

LADY SPIRITUELLE.

Oh! j'y suis à présent! C'est avec de l'eau bouillante qu'on fait de la vapeur. Voilà pourquoi l'eau et le feu sont les père et mère de Vaporis.

LADY MARY.

C'était trop difficile à trouver. J'aime mieux Ventosus : on sait tout de suite qui c'est. Je l'ai entendu et vu bien des fois.

LADY CHARLOTTE.

Vu ! personne n'a jamais vu le vent.

LADY MARY.

Je veux dire que je l'ai vu secouer les branches des arbres, soulever la poussière, chasser devant lui les feuilles sèches, qu'il fait quelquefois tournoyer d'une façon bien amusante. Je l'ai vu aussi rider l'eau et la faire écumer.

LADY CHARLOTTE.

Oui, quand il se querelle avec son frère, le géant Aquafluens. Mais, ma bonne, est-ce que la vapeur fait vraiment tant de choses?

MADEMOISELLE BONNE.

Je n'en finirais pas si j'entreprenais de vous dire tout ce que les hommes ont trouvé moyen de lui faire faire, sans parler de ce qu'elle est appelée à faire dans l'avenir. Je vois que vous avez compris ce conte allégorique, composé pour vous faire connaître quelques-unes des forces mystérieuses et *gigantesques* que Dieu, dans sa bonté, a mises à la disposition de l'homme, afin que son intelligence s'exerçât à les diriger, et à en tirer parti dans l'intérêt de tous. Mais en voilà bien long pour aujourd'hui, mes enfants ; à demain.

TRENTE ET UNIÈME DIALOGUE
— VINGT-NEUVIÈME JOURNÉE —

LADY SPIRITUELLE.

'ai rêvé cette nuit de Vaporis, ma Bonne; elle m'emportait à toute vitesse avec un train de voyageurs, mais au lieu d'une lourde locomotive toute noire, c'était une gentille fée, assise sur un nuage blanc et couronnée d'un arc-en-ciel qui brillait de toutes les couleurs.

LADY CHARLOTTE.

Oh! que j'aurais voulu la voir! Pourquoi ne nous avez-vous pas appelées pour nous la montrer!

LADY SPIRITUELLE.

A quoi pensez-vous, ma chère : est-ce qu'on peut montrer un rêve? Vous auriez toutes été là que vous ne l'auriez pas vue.

LADY CHARLOTTE.

C'est vrai, mais c'est bien dommage. J'ai toujours tant désiré voir une vraie fée !

MADEMOISELLE BONNE.

Il faudrait pour cela qu'il y eût de *vraies* fées, ma chère, or vous savez bien que les fées n'existent pas et que notre fantaisie seule les invente. Mais vous me paraissez, ainsi que miss Molly et lady Mary, un peu trop adonnée au monde fantastique. Je crois donc utile pour vous d'en revenir aux histoires véritables, et je prierai lady Sensée de nous lire aujourd'hui un

conte, *vrai*, car j'ai connu l'auteur et les personnages
qu'elle a mis en scène.

MISS MOLLY.

Sera-ce amusant, ma bonne?

MADEMOISELLE BONNE.

Vous en jugerez, ma chère. Lady Sensée, pronon-
cez bien distinctement, et ne vous pressez pas. Je m'en
remets à vous pour donner à chacun le ton qu'il doit
avoir. Une bonne lectrice fait assister ceux qui l'écou-
tent aux événements décrits dans le livre. Au lieu d'un
récit monotone, une lecture devient ainsi un petit
drame animé, dont on entend et dont on voit pour
ainsi dire les personnages.

LADY SPIRITUELLE

C'est alors un grand plaisir, mais comme il est rare
d'entendre bien lire!

MADEMOISELLE BONNE.

Oui, ma chère; c'est une réflexion que j'ai faite
souvent. Je ne comprends pas qu'on ne s'applique
pas davantage à lire haut et bien. Il ne faudrait pour
cela que s'exercer jeune : aussi ai-je mis tous mes
soins à faire acquérir ce talent à lady Sensée : elle
s'y est prêtée de très-bonne grâce, et elle en recueille
maintenant les fruits; car outre le plaisir qu'on fait
aux autres, on en a beaucoup soi-même à pénétrer
dans la pensée d'un auteur, et à rendre ses intentions.

LADY CHARLOTTE.

Je voudrais bien en être là, ma bonne ; dites-moi, je vous prie, comment il faut s'y prendre?

MADEMOISELLE BONNE.

Je vous l'ai dit, ma chère, s'exercer beaucoup et entendre bien lire. La meilleure leçon sera celle que va vous donner lady Sensée, qui lit vraiment fort bien. Commencez, ma chère.

LES ÉPREUVES D'HENRIETTE

Par une belle soirée d'été, une joyeuse troupe d'enfants s'amusait sur la pelouse verte qui descendait en pente devant la maison de campagne du père d'une des petites filles. Deux des plus grandes jouaient au cerceau, tandis que les plus jeunes suivaient de l'œil les chances du jeu, impatientes de savoir à qui resterait la victoire.

Les petits cerceaux avaient été lancés, reçus, renvoyés de nouveau sans jamais toucher terre jusqu'à quatre-vingt-sept fois.

— Attention, Marie!

— Prends garde, Henriette! criaient tour à tour les petites spectatrices à mesure que les bras des deux concurrentes se lassaient davantage, et que leurs yeux visaient moins juste.

— Je voudrais bien savoir qui tiendra le plus long-

19

temps? dit une des petites à sa compagne. J'espère
que ce sera Marie de Granson.

— Je ne le crois pas, répliqua l'autre petite fille.
Marie se fatigue toujours plus vite qu'Henriette à ce
jeu-là.

— Pourquoi espères-tu que Marie gagnera, Lucie?

— Ah! dit Lucie, parce que j'aime mieux Marie,
elle est si bonne!

— Henriette est bonne aussi, quelquefois, dit
Emma.

— Oui, quelquefois. Mais Marie est bonne toujours.
Dans son ardeur pour le succès de Marie, Lucie
sautait, courait, s'agitait, s'approchant toujours plus

des joueuses, si bien qu'elle toucha le coude de Marie, juste au moment où celle-ci s'apprêtait à renvoyer le cerceau pour la quatre-vingt-seizième fois; il tomba à ses pieds.

— Insupportable petite créature! s'écria Henriette, se retournant avec aigreur vers Lucie, vous êtes venue gâter notre partie juste à l'instant le plus intéressant! ne pouviez-vous rester plus loin ou vous tenir tranquille?

— Je suis bien fâchée de vous avoir fait perdre la partie, Marie! oh! si fâchée! s'écria Lucie, en regardant Marie avec des yeux pleins de larmes.

— Ce n'est pas un grand malheur, répliqua Marie doucement; je suis presque sûre que j'aurais laissé tomber le cerceau cette fois, quand même tu ne m'aurais pas poussée, Lucie; j'avais les bras si las!

— Eh bien! les miens ne sont pas du tout fatigués, s'écria Henriette, d'un air de triomphe. Je suis toute prête à recommencer; allons, Marie, encore une partie!

— Mais peut-être qu'une de ces demoiselles aimerait à jouer aussi? dit Marie, en appelant aux jeunes filles rangées autour d'elles.

— Alors à vous, Élisabeth! venez ici, et dépêchez-vous, car je compte vous battre toutes les unes après les autres, dit Henriette gaiement. A présent, reculez-vous; en arrière, les petites! ne venez pas troubler le jeu comme vous avez fait tout à l'heure.

Au son de cette voix impérieuse, toutes les plus

jeunes enfants se retirèrent ensemble en toute hâte.

— N'ayez pas peur, Henriette. Personne n'a envie de rester près de *vous*, dit Lucie.

Le mot *vous*, et l'emphase avec laquelle il fut prononcé firent monter le sang aux joues d'Henriette : elle devint cramoisie, et des paroles mordantes allaient s'échapper de ses lèvres, quand l'attention de Lucie fut détournée par l'offre que fit Marie de l'aider à tresser une chaîne en marguerites qui irait de l'acacia planté devant la fenêtre du salon jusqu'au magnolia à l'autre bout de la pelouse. Lucie accepta avec un cri de joie, et courut emplir sa robe d'une moisson de marguerites qu'elle revint verser sur les genoux de Marie, assise sur l'herbe.

Henriette continua à jouer au cerceau, mais sans y prendre plaisir, car elle était de mauvaise humeur contre Lucie, contre elle-même, et contre son antagoniste. D'abord Élisabeth s'était mise trop près d'elle, ensuite elle était allée trop loin ; puis ce fut le soleil qui fut en défaut ; il lui donnait en plein dans les yeux, et l'éblouissait au point qu'elle ne pouvait distinguer ce qu'elle faisait. Élisabeth se recula, s'avança de nouveau, changea de place avec elle : rien n'y faisait. Les murmures d'Henriette continuèrent jusqu'à ce que ses compagnes en fussent fatiguées. Elles finirent par refuser de jouer plus longtemps avec quelqu'un qui exigeait tant de complaisance des autres et qui, en échange, en avait si peu.

— D'ailleurs, Henriette, dirent-elles, vous tenez les baguettes depuis trop longtemps. Il y en a d'autres qui aimeraient à jouer à leur tour. Vous ne pensez pas à cela. Vous ne pensez jamais aux autres, vous!

— Ah! je ne pense jamais aux autres, mademoiselle Élisabeth! dit Henriette en colère, et toute rouge d'indignation. Sur ma parole, vous me faites une jolie réputation. Eh bien, je ferai quelque chose qui vous plaira à toutes, j'en suis sûre : je m'en irai, puisque je vous suis si désagréable. Assurément vous pourrez bien vous passer de moi.

En parlant ainsi, Henriette jeta les baguettes et le cerceau à terre d'un air de dédain, et s'en alla avec toute la dignité affectée d'une boudeuse. Mais, à sa grande-mortification, elle s'aperçut bientôt que ses compagnes étaient de son avis, et trouvaient fort aisé de se passer d'elle. Le son joyeux de leurs voix, leurs bruyants éclats de rire, arrivaient à ses oreilles à travers le rideau d'arbustes fleuris qui bordait la pelouse, la séparant d'une large allée sablée qu'Henriette parcourut plusieurs fois de long en large, de haut en bas, dans la solitude à laquelle elle s'était condamnée par orgueil et par caprice. « Je ne retournerai pas avec elles qu'elles ne me le demandent, pensa Henriette; et elles finiront bien par là, qu'elles s'en soucient ou non, parce que je leur manquerai à la fin; j'en suis sûre. » Elle ne se trompait pas tout à fait. On ne tarda pas à avoir *besoin* d'elle et de son

aide, mais on ne vint pas la chercher. Henriette était
la plus prompte à inventer, la plus habile à exécuter
les jeux les plus amusants : personne ne jouait mieux
les anciens, personne n'était plus adroite aux nouveaux. Outre ces talents d'agrément, Henriette avait
plusieurs bonnes qualités : elle était sensible, généreuse, sincère. Que lui manquait-il donc pour être une
aimable compagne? Il ne lui manquait qu'une chose,
mais une chose sans laquelle tous les talents, toutes
les bonnes qualités du monde ne sauraient nous obtenir l'affection et la bienveillance des autres; il lui
manquait un bon caractère.

Henriette aurait fait beaucoup pour ceux qu'elle aimait; elle les eût de grand cœur aidés à se tirer de
quelque difficulté à l'ouvrage ou au jeu : elle était
prête à expliquer les passages les plus obscurs de la
grammaire, à jouer le morceau de musique le plus
difficile, et sa collection de jouets était toujours au
service de ses amies : mais malgré toute cette promptitude à obliger, Henriette ne pouvait gagner, ni surtout garder l'affection de personne. Elle cédait continuellement au besoin de dire quelque chose de déso-
bligeant : dominée par l'irritation du moment, elle
laissait échapper un sarcasme ou une parole impatiente, qui allait au delà de sa pensée, et qu'elle n'aurait pas dite de sang-froid. Cinq minutes après, elle
l'avait oubliée, ou si elle s'en souvenait, elle s'excusait bien vite vis-à-vis d'elle-même : « car, pensait-

elle, quoique je sois un peu vive, un peu colère, tout
le monde sait bien qu'au fond j'ai un *bon cœur*. »
Cette phrase de satisfaction sur son bon cœur, et l'habitude de croire qu'un bon cœur est une excuse pour
un mauvais caractère, était chez Henriette le résultat
des dires d'une tante, qui avec de bonnes intentions
avait peu de sens : la jeune fille avait passé près d'elle
un temps considérable pendant une longue absence de
sa mère. Ces deux idées s'étaient à la fin tellement
confondues dans l'esprit d'Henriette qu'elle courait
grand danger de croire qu'après tout il n'importait
guère qu'on eût un mauvais caractère, pourvu toutefois qu'on eût un bon cœur. Fort heureusement pour
elle le retour de sa mère la préserva d'une méprise
qui eût pu la rendre malheureuse toute sa vie.

Henriette continua à parcourir longtemps et avec
impatience l'allée sablée, prêtant l'oreille aux voix de
ses compagnes, souhaitant ardemment de retourner
parmi elles, mais ne pouvant ni ne voulant se vaincre
au point d'aller les joindre sans une prière de leur
part, ou une invitation positive qui eût épargné à son
orgueil l'aveu de ses torts, quoique son bon sens les
reconnût et la poussât tout bas à les réparer. De leur
côté ses petites amies n'étaient nullement disposées à
une pareille démarche. Il est vrai qu'elle leur manquait, comme prenant une part utile et active à leurs
amusements, mais aussi elles étaient débarrassées
d'une personne fantasque, capricieuse, que la moin-

dre contrariété irritait, et qui ne voulait permettre aux
autres de s'amuser qu'à sa façon.

Peu à peu le bruit des voix s'affaiblit, et ne se fit
plus entendre que par intervalles et à distance. La pelouse, le jeu des cerceaux et les chaines de marguerites avaient été délaissés pour jouer à cache-cache:
Henriette entendit les bruyantes exclamations qui an-
nonçaient la vive poursuite de la recherche, les triom-
phes du succès, auxquels se mêlaient les gémissants
éclats de rire des captives qu'on tirait, avec toutes sortes de joyeuses luttes, de leurs obscures retraites pour
les trainer au grand jour ; elle entendit, elle écouta,
jusqu'à ce que son orgueil s'amollit et se fondit à ces
chauds rayons de gaieté. La solitude et le délaissement
sont d'excellents remèdes contre la mauvaise humeur.
Henriette venait de se frayer un chemin à travers une
haie de lilas, et s'avançait hardiment vers la troupe

joyeuse, lorsque la petite Lucie faillit la faire battre en retraite.

— Oh! voilà Henriette qui vient! s'écria la petite fille. J'aurais parié qu'elle s'ennuierait d'être toute seule!

Henriette allait se punir encore une fois par un second accès d'humeur, lorsque, fort heureusement pour elle, survint Marie de Granson; Marie, qui aimait la paix, et l'apportait partout avec elle. Sans posséder la moitié des talents d'Henriette, elle était constamment aimée de tous ceux qui la connaissaient, seulement parce qu'elle était constamment aimable et douce, disposée à céder dans les petites choses, et dans les grandes aussi, quand le devoir ne s'y opposait pas. Marie était si évidemment bien aise de la voir, elle mit tant de cœur et de bonne volonté à réconcilier Henriette avec ses compagnes, qu'il ne fut pas possible de résister à ses efforts bienveillants. La soirée s'écoula donc de la façon la plus agréable, et semblait devoir finir en parfaite harmonie, lorsqu'une malheureuse bévue brouilla un quadrille, et renversa de nouveau la bonne humeur qu'Henriette avait conquise si récemment.

— Là! j'en étais sûre! je savais que cela arriverait si on permettait à ces ennuyeuses petites filles de danser avec nous! s'écria Henriette, élevant la voix et rougissant d'impatience. Je n'ai de ma vie rien vu de si stupide! Ne savez-vous donc pas distinguer votre main droite de votre main gauche, petite sotte? continua-t-elle, en se tournant avec colère vers Lucie.

— Certainement si, dit Lucie. Je me suis trompée, mais tout le monde peut bien se tromper une fois, Henriette; et vous n'avez que faire de vous fâcher si fort, et de m'appeler petite sotte! Je parierais que vous avez brouillé plus d'une contredanse, et fait plus d'une méprise quand vous étiez aussi petite que moi.

— Pas d'aussi ridicules, toujours. Par exemple, je n'ai jamais pris ma main droite pour ma main gauche: et en tout cas, si je n'avais pas su distinguer l'une de l'autre, je serais restée tranquille à ma place, et ne serais pas venue embrouiller tout. C'est par trop fort aussi de gâter à soi toute seule le plaisir de sept personnes!

— Je suis de cet avis, Henriette, et en conséquence je vous engage à aller vous asseoir, dit une voix calme derrière la jeune fille.

C'était la mère d'Henriette qui était arrivée au moment où celle-ci parlait si haut, et rougissait si fort.

— En vérité, il faut qu'il y ait eu une bien grande méprise pour causer tant de trouble. Qu'était-ce donc, Henriette?

— Oh! rien, madame! c'est-à-dire pas grand'chose, dit Lucie, prenant en pitié la confusion d'Henriette. Recommençons la figure, mesdemoiselles, et je tâcherai de ne pas me tromper une seconde fois.

— J'aimerais mieux ne pas danser davantage, dit Henriette d'un air boudeur.

— J'aimerais mieux aussi que vous ne dansassiez pas, tant que vous aurez de l'humeur, lui dit sa mère à voix basse; mais, comme en vous retirant vous priveriez les autres d'un plaisir, je vous engage à continuer.

Henriette, qui vit que sa mère était mécontente, n'osa pas mettre en avant une nouvelle objection. Elle fit ce qu'on lui demandait, il est vrai, mais de si mauvaise grâce, qu'il n'y eut pas une seule des petites filles qui ne se réjouit intérieurement de voir arriver l'heure du départ. Il fut évident pour Henriette, que ses compagnes étaient enchantées d'être débarrassées d'elle. Marie elle-même lui dit adieu avec plus de froideur que de coutume, et des larmes de douleur et d'humiliation coulèrent rapidement le long des joues de la jeune fille, lorsqu'elle songea à l'ardeur avec laquelle elle avait désiré cette journée, et quand elle compara ses sentiments actuels avec ceux du matin. C'était chose assez triste que d'avoir la conscience de sa propre sottise; mais être obligée de l'avouer aux autres, était encore pis. Et il faudra bien que j'en parle, se disait-elle, car, dès que je verrai Édouard, il ne manquera pas de me demander si je me suis bien amusée, si j'ai passé une journée agréable? et si je dis que non, il voudra savoir pourquoi; alors je serai forcée de convenir devant maman, devant Anne et devant Louise, que j'ai été maussade et de mauvaise humeur.

Ces idées peu consolantes se succédaient dans l'esprit d'Henriette, le lendemain matin, tandis qu'elle descendait lentement l'escalier; et lorsqu'elle entra dans la salle à manger où déjeunaient sa mère, son frère et ses sœurs, son pas était si différent de celui qu'elle avait d'ordinaire, que la petite Anne, abandonnant la défense de sa tasse de lait contre le petit chat qui essayait d'y fourrer sa tête et sa langue, courut à sa sœur lui demander si elle ne se portait pas bien? Édouard posa sur son assiette, sans y avoir goûté, un morceau de gâteau de miel, et éclata de rire en voyant la démarche dolente d'Henriette et son air soucieux.

— Eh! Henriette! ma chère, s'écria-t-il, as-tu donc

laissé la gaieté là-haut avec ton bonnet de nuit? tu as l'air de marcher comme dans un rêve : que t'est-il donc arrivé?

— Rien, dit Henriette d'un ton piqué ; et prenant sa place habituelle près d'Édouard, elle tourna sa chaise de façon à ne lui présenter que son épaule.

— Eh bien ! que signifie tout ceci? pourquoi suis-je condamné à voir un dos au lieu d'un visage? ce n'est pas que j'aie grande objection à regarder ta taille quand tu te tiens droite et que tu es bien attachée; mais j'aime encore mieux ta figure parce qu'elle a toujours quelque chose à m'apprendre; quand la langue se tait, la figure parle. Allons, laisse-moi te regarder en face, Henriette, continua-t-il en essayant de voir la mine que faisait sa sœur.

— Je soupçonne que c'est parce que son visage parle trop haut qu'Henriette évite si fort de le montrer aujourd'hui, dit sa mère.

A cette observation, les larmes, qui s'étaient amassées dans les yeux d'Henriette, depuis son entrée dans la chambre, commencèrent à tomber rapidement sur son assiette.

— Ma chère Henriette, dit son frère, changeant aussitôt de ton, si j'ai dit quelque chose qui t'ait fait de la peine, j'en suis bien fâché : pardonne-le-moi, je ne voulais que plaisanter; allons, donne-moi une poignée de main, et raconte-moi comment s'est passée votre partie chez Marie de Granson.

Henriette donna la main à son frère, mais au mot de « partie, » ses pleurs coulèrent de nouveau.

— Quoi ! est-ce que j'ai encore dit ou fait quelque sottise ? Oh ! je vois ce que c'est : une petite demoiselle se sera avisée de regarder par-dessus son épaule droite, quand elle aurait dû regarder par-dessus son épaule gauche, et Henriette l'en aura reprise un peu trop vivement. C'est cela, n'est-ce pas ? et maintenant, on est vexé ; on a un peu honte de sa promptitude à redresser les torts d'autrui : hein, Henriette ?

La conjecture d'Édouard approchait tellement de la vérité, qu'Henriette eut peine à s'empêcher de sourire, malgré la contrariété que lui causait cette pénétration; mais quand son frère continua à l'exhorter à ne point s'attrister, à prendre son parti de ces petites vivacités, qu'elle saurait bien réprimer une autre fois, et à n'y plus songer, sa mère intervint.

— Mon cher Édouard, dit-elle, tu donnes là à ta sœur, quoique avec les meilleures intentions, le plus mauvais conseil que tu puisses lui donner : éviter de penser à ses défauts, n'est pas le moyen de s'en corriger ; les voir dans leur laideur, est un acheminement à les haïr : qu'Henriette, au contraire, continue à y songer, jusqu'à ce qu'elle découvre comment il se fait qu'elle, toujours si bien disposée, puisse si souvent affliger ceux qui l'aiment, faute d'empire sur elle-même.

— En vérité, je ne le sais pas, maman, dit Henriette

avec un gros soupir; personne n'est plus fâchée que
moi d'avoir mal fait, personne n'en a plus de regrets
même en cédant à mes défauts je sens que je fais mal,
et je m'en chagrine. Oh! je voudrais tant pouvoir
vaincre mon impatience!

— Le veux-tu tout de bon? demanda sa mère.

— Oh! maman, comment pouvez-vous me faire une
pareille question? certes, oui, je veux me débarrasser de mes défauts. Est-ce que tout le monde n'a pas
comme moi envie de se corriger?

— Oui, sans doute... à la condition de se corriger
sans peine : tout le monde n'est pas très-sincère dans
ce désir, sinon chacun chercherait les moyens d'en
venir à bout.

— Quels sont donc ces moyens, maman? si vous
vouliez me dire ce qu'il faut faire, je le ferais... c'est-
à-dire je tâcherais.

— Ma chère enfant, dit sa mère, les moyens sont si
simples et si évidents, que tu n'as pas besoin de mon
aide pour les trouver.

— Je pourrais me retenir quand je me sens envie
de répondre une impertinence, ou bien me taire jusqu'à ce que je pusse obtenir de moi de répondre avec
douceur, ou bien encore, je pourrais...

— Ne cherche pas plus loin, ma chère, interrompit
Édouard; tu ne trouverais point de meilleurs remèdes,
quand tu te mettrais à en inventer depuis à présent
jusqu'à demain.

— Mais c'est que ce n'est pas si facile de retenir sa langue quand on est en colère, dit Henriette. Je vous assure, maman, que j'ai essayé quelquefois, et je n'ai jamais pu réussir.

— Je sais que ce n'est pas facile, dit sa mère ; je le sais par expérience.

— Par expérience ! vous, maman ! s'écrièrent à la fois tous les enfants, vous plaisantez! personne ne vous a jamais vue ni grognon, ni maussade; personne ne vous a jamais entendue faire des réponses malhonnêtes.

— Cela ne vous est jamais arrivé, du moins, je l'espère, répliqua la mère en souriant; mais quand j'avais l'âge d'Henriette, je me laissais aller presque aussi souvent qu'elle à répondre avec humeur.

— En ce cas, maman, dites-nous, je vous prie, comment vous avez fait pour vous guérir si complétement? demanda Henriette; peut-être pourrai-je réussir par les mêmes moyens.

— Je crois que j'ai dû en grande partie ma guérison aux mortifications innombrables que m'attirait mon caractère peu endurant. Je ne pus supporter de me voir devenue un objet d'aversion pour ceux qui m'entouraient. Une circonstance qui arriva le jour même où j'atteignis ton âge, Henriette, fit sur moi une impression si profonde, qu'à dater de ce moment-là, je résolus de me corriger, et me mis tout de bon à l'œuvre.

— Et quelle était donc cette circonstance, maman?
— est-ce une histoire? — voulez-vous nous la conter?
s'écrièrent tout d'une haleine les deux plus jeunes enfants.

—Ce n'est pas une histoire : ainsi, Anne, ne t'ap-
prête pas à entendre des choses extraordinaires, dit la
mère en riant. Vous saurez tout ce que j'ai à dire, et
ce ne sera pas très-long. Votre grand-père et votre
grand'mère, c'est-à-dire mon père et ma mère à moi,
se disposaient à aller passer les vacances à la campagne
chez une dame près de laquelle je me croyais en grande
faveur ; je comptais donc être invitée, d'autant plus
que deux de mes cousines, moins âgées que moi, devaient s'y trouver. On attendait plusieurs personnes,
entre autres un voyageur célèbre qui avait visité un
grand nombre de pays, et vu une foule de choses
étranges, et nouvelles même pour des gens infiniment plus vieux et plus instruits que moi. J'avais ouï
dire que ce monsieur était particulièrement aimable et
causeur avec les enfants, et je me faisais fête de re-
cueillir à la fois beaucoup d'amusement et d'instruction. Vous imaginerez donc facilement quelle fut ma
contrariété en apprenant que je devais rester au logis,
et ma honte fut surtout grande quand ma mère me
dit pour quelle raison elle ne m'emmenait pas. Son
amie avait une famille nombreuse : et je montrais une
telle impatience à la moindre contradiction, si peu
d'empire sur moi-même, si peu d'envie de me corri-

ger, que mon exemple pouvait devenir contagieux pour les autres enfants; ma mère craignait aussi de désobliger ses amis en leur amenant une petite fille quinteuse et fantasque : elle me le dit à regret.

— Pauvre maman! s'écria Henriette. Et qu'avez-vous fait? qu'avez-vous répondu?

— Rien, car je sentais toute la justesse de cette réprimande. Mais, quand ma mère fut partie, je fis ce

que je suppose que beaucoup de petites filles de dix
ans auraient fait en pareille occasion : je m'assis et
pleurai de tout mon cœur.

— Pauvre maman! répétèrent les trois enfants. Eh
bien! et après?... demandèrent-ils en se pressant autour d'elle.

— Après, dit leur mère en souriant, je pleurai encore jusqu'à ce que j'eusse épuisé toutes mes larmes;
alors il me vint à l'esprit que pleurer ne m'était d'aucun secours, tandis que je pouvais m'épargner pour
l'avenir une semblable disgrâce; et sauver à ma mère
le chagrin de me punir, si je me tenais ferme en garde
contre moi-même, et que je prisse une bonne fois pour
toutes le parti de me taire ou de m'en aller, dès que
je me sentirais disposée à disputer pour des bagatelles,
à faire des réponses aigres ou brusques, comme vous
les appelez.

— A présent, maman, dites-nous, s'il vous plaît,
quelle a été votre première épreuve; et comment vous
avez remporté la victoire? dit Henriette qui écoutait
avec le plus vif intérêt le récit de sa mère.

— Ma première épreuve eut lieu, si je me le rappelle bien, environ une demi-heure après le départ de
mon père et de ma mère. J'avais à raccommoder une
de mes robes ; et pendant que j'étais allée en haut la
chercher, mon petit frère William ouvrit ma boîte à
ouvrage, et en tira un peloton de fil pour faire jouer
le petit chat. Quand je descendis, ils étaient tous deux

au plus fort de leur divertissement : le chat avait déroulé le peloton, et le fil était enlacé autour des pieds de la table et de toutes les chaises de la chambre, et William avait pris les épingles de ma pelote, et les avait piquées dans les coussins du sofa.

— Les insupportables petites créatures ! s'écria Henriette, les yeux étincelants, et le rouge lui montant aux joues. J'aurais...

Elle se rappela tout à coup sa résolution, et s'arrêta court : sa mère sourit ; et Édouard et ses sœurs rirent ouvertement.

— Tu aurais été fort irritée, je le parierais, comme je le fus moi-même. J'éprouvai une excessive envie de gronder mon frère et de donner une tape à Minet, mais je puis dire à ma gloire que je n'en fis rien. Je remportai une victoire complète sur moi-même, non sur les autres : je me contentai de mettre le petit chat à la porte : quant à William, il était trop jeune pour comprendre qu'il ne devait pas s'amuser avec mon peloton de fil comme avec sa balle de paume. J'ôtai donc soigneusement toutes les épingles piquées dans les coussins du sofa, je les remis une à une sur la pelote, et depuis lors je n'oubliai plus de tourner la clef de ma boîte, quand je laissais le petit William seul dans la chambre.

— Certainement, cela valait beaucoup mieux que de se mettre en colère ; mais le mal, c'est que je ne pense jamais aux autres moyens que quand il est trop tard, et que je ne peux plus retenir ce que j'ai dit, quelque regret que j'en aie.

— Mais tu peux éviter de retomber dans la même faute une autre fois.

— Oui, dit Henriette avec hésitation, mais..., et à ce mot mais, elle fit une longue pause.

— Mais, quoi, ma chère? demanda sa mère, après avoir attendu quelque temps le reste du discours d'Henriette.

— J'allais dire une chose, maman, mais j'ai peur que vous ne trouviez cela très-sot.

— Dis toujours, et nous verrons.

— J'allais dire... je voulais vous demander... si... si... si le caractère avait une *si* grande importance... quand je... quand les gens avaient un bon cœur, maman?

— Je ne veux pas quereller sur les mots, ma chère, dit sa mère en souriant; car, comme je crois que tu ne sais pas bien clairement toi-même ce que tu veux dire, il n'est pas étonnant que tes expressions soient vagues. Avant de répondre à ta question, je voudrais savoir ce que tu entends par un *bon cœur!*

— Oh! maman, je suis sûre que vous savez très-bien ce que j'entends. N'avez-vous pas souvent ouï dire par des gens, parlant d'autres personnes, qu'elles avaient un bon cœur, quoiqu'elles n'eussent pas un très-bon caractère?

— Oui, j'ai entendu dire cela plusieurs fois par des

gens qui parlaient sans réfléchir ; autrement ils n'auraient pas affirmé une chose semblable. Si par un bon
cœur tu entends l'affection, l'obligeance, la bonté envers les autres, le désir de leur être utile et de les
rendre heureux, tu conviendras que des brusqueries,
des paroles aigres, des regards dédaigneux, sont d'é-
tranges moyens d'arriver à ce but.

Henriette garda le silence quelques minutes, préoc-
cupée de ce que venait de dire sa mère.

— Mais, maman, reprit-elle enfin, je crois..., ne
croyez-vous pas que les personnes qui n'ont pas un bon
caractère peuvent malgré cela être disposées à rendre
de grands services à leurs amis?

— Par de grands services, je suppose que tu veux
dire disposées à aider leurs amis dans quelques grands
dangers, ou dans quelques terribles calamités; mais
rappelle-toi, ma chère enfant, que durant toute la vie
tu peux n'être appelée qu'une fois à faire de grands
sacrifices, à donner de ces grandes preuves de dé-
vouement : il se peut même que les occasions ne s'en
présentent jamais, tandis que tous les jours, et presque à chaque heure, tu peux rendre de petits services, faire acte de complaisance et de douceur. Et, si tu
n'es pas obligeante dans les petites choses, lorsque
cela dépend de toi, comment veux-tu que je croie que
tu le seras dans les grandes?

— Je ne croirais rien de pareil, dit Édouard, et
personne n'y croirait non plus, à ce que j'imagine;

Supposons, par exemple, que papa eût dit au pauvre homme qui était tombé dans l'eau bourbeuse de la mare, l'autre jour : « Mon bon ami, ce n'est pas la peine que je m'arrête pour vous aider à sortir de ce trou ; si vous étiez tombé dans la rivière, et que vous en eussiez par-dessus la tête, à la bonne heure, je vous repêcherais avec le plus grand plaisir. » Que penses-tu qu'aurait dit l'homme?

— A sa place j'aurais certainement dit : Aidez-moi d'abord à sortir de la mare, et je prendrai garde de ne pas tomber dans la rivière, répliqua Henriette.

— En effet, il est probable que ce serait la réponse que feraient la plupart des gens, dit sa mère; et maintenant, mes chers enfants, si vous avez fini de déjeuner, je vous engage à vous mettre au travail; nous avons causé assez longtemps sur ce sujet.

Les observations de sa mère firent sur Henriette une grande impression; car quoique irritable et impatiente, elle n'était pas entêtée. Mais elle poussa un soupir de découragement, en se rappelant combien de fois elle avait résolu de se corriger de ses impatiences, et le peu de suite et de succès qu'avaient eu ses résolutions. « L'année dernière, pensa-t-elle, quand je grondai tant ma petite sœur Anne pour avoir laissé la cage de mon oiseau ouverte, et que je la fis pleurer si fort qu'elle éveilla le pauvre Édouard, qui était malade dans ce temps-là, je me promis bien de ne plus jamais me mettre en colère; et cependant, quoique je sois plus vieille d'un an, je n'en suis pas meilleure ; je crois même que je suis devenue pire. Je veux pourtant essayer ; je me souviens que la première fois que je me mis à dessiner le grand frêne au bout du jardin,

je jetai mon crayon à terre, et je dis que je ne pourrais jamais en venir à bout : mais maman m'assura que je le pourrais si je persévérais : je recommençai, et finis par le faire... et très-bien même... à ce que dit maman.

Pleine des meilleures intentions, Henriette se leva pour aller arroser ses fleurs. Hélas! quelqu'un l'avait devancée, et le caractère d'Henriette fut mis à l'épreuve plus tôt qu'elle ne s'y attendait. Le premier objet qui frappa ses yeux, fut sa sœur Ada, petite fille âgée de quatre ans, très-affairée à planter dans un pot un énorme pissenlit du jaune le plus éclatant.

— Vois-tu; que c'est *zoli!* dit la petite fille montrant la fleur à Henriette dans toute l'exaltation de sa joie.

— Très-joli en vérité, dit Henriette : mais où as-tu pris ce pot, ma chère?

— Là; il y avait un vilain petit morceau de bois dedans, mais *ze* l'ai ôté, dit l'enfant d'un air de triomphe, montrant du doigt quelque chose à ses pieds.

Henriette se baissa pour le ramasser; et quelle fut sa consternation quand elle découvrit que le vilain morceau de bois que les petits doigts effilés d'Ada étaient parvenus à déraciner, était une bouture d'une plante étrangère fort rare, qui lui avait été donnée tout récemment par une amie de sa mère, son précieux *linnea borealis,* qu'elle avait reçu avec tant de joie, soigné et surveillé avec tant d'anxiété et qui commençait justement à prendre racine!

— Petite sotte! maussade enfant! ne vous ai-je pas dit cent fois... La phrase, qui avait été si mal commencée, ne s'acheva pas...

— Non, je suis décidée à ne pas succomber dès la première fois, dit Henriette.

Et n'osant s'en fier à sa force d'âme en présence du pissenlit, que la pauvre petite Ada, le visage tout rayonnant de sourire, continuait à offrir à son admiration, elle courut loyalement hors du parterre.

— Bravo! dit Édouard, qui avait vu ce qui se passait au travers d'une porte vitrée; mais tu n'aurais pas dû t'enfuir ainsi, Henriette, ma chère; il est honteux de battre en retraite devant l'ennemi.

— Non pas, quand le danger est au-dessus de nos forces, dit sa mère. Henriette a fait sagement de battre en retraite pour *cette fois*; à la prochaine rencontre elle sera plus aguerrie.

— C'est toujours une pauvre victoire que celle qu'on s'assure en fuyant, dit Édouard, il n'y pas là de quoi se glorifier.

Or, comme il en avait beaucoup coûté à Henriette et qu'il lui avait fallu faire un grand effort, même pour fuir, la remarque d'Édouard lui parut souverainement injuste, elle le dit d'un ton beaucoup plus haut qu'il n'était nécessaire. Édouard était un bon garçon et aimait sincèrement sa sœur, mais il avait aussi ses faiblesses, et ne résistait pas toujours à la tentation de taquiner. Il proposa donc de décerner une couronne à Henriette comme aux vainqueurs de l'antiquité. Mais de quoi se composerait cette couronne; il était indécis sur le choix. De laurier, de persil, ou de feuilles de chêne? non; rien de tout cela ne convenait, c'était trop commun, et il y avait quelque chose de si extraordi-

naire, de si sublime, à ne pas se mettre en fureur
contre un petit enfant qui ne savait ce qu'il faisait, et
à propos d'une mauvaise herbe décorée d'un grand
nom latin, qu'il fallait une récompense aussi rare
qu'un tel excès de magnanimité.

— Une idée lumineuse! excellente! s'écria Édouard,
sautant et cabriolant autour de la chambre ; ce sera
une couronne de pissenlits! N'est-ce pas merveilleusement trouvé? extraordinaire, car on n'en voit point,
et merveilleusement approprié à la circonstance? d'ailleurs c'est un emblème de paix, un symbole d'inno-
cence, qui rappelle à la fois l'enfance et le printemps!... Je me sais un gré infini de cette pensée. Je
vais en aller cueillir tout de suite, et la petite Ada
m'aidera : elle a fait preuve de bon goût. L'excellente
idée que j'ai eue là!... Non, c'est au contraire une
mauvaise idée, une idée stupide! dit Édouard se reprenant tout à coup, en voyant l'air mortifié d'Henriette. Maman, n'est-ce pas que j'ai été bien taquin et
bien sot?... Henriette, je suis sûr que tu dois me trouver méchant ; es-tu fâchée contre moi?

— Oui, un peu, dit Henriette avec candeur; mais
j'ai tenu bon cette fois : je n'ai pas fui.

Sa mère sourit et lui tendit la main.

— Ne t'avais-je pas prédit qu'une première épreuve
t'aguerrirait?

Les jours et les semaines se succédèrent, et Henriette
eut à soutenir plus d'un combat, à faire face à plus

d'une rencontre où l'impatience de sa langue et l'irritabilité de son caractère l'exposèrent à de nombreux chocs; mais si elle ne fut pas toujours complétement victorieuse, elle eut du moins la satisfaction de voir sa tâche devenir de moins en moins difficile à chaque nouveau sujet d'impatience.

Un jour, elle trouva son frère occupé à lire les Mémoires de Franklin, et quand il en fut au passage où l'auteur parle de la méthode qu'il adopta pour se corriger de ses défauts, il le lut haut à sa sœur, et lui demanda si elle aimerait à tenir une pareille liste, et si elle aurait le courage de faire un point noir à côté du mot douceur, chaque fois qu'elle s'écarterait de cette vertu?

Henriette dit qu'elle pensait en avoir le courage, mais qu'elle n'en voyait pas l'utilité.

— Tu sais, Édouard, que jusqu'ici j'ai assez bien tenu ma résolution. Tu dis toi-même que je ne suis pas moitié aussi sujette qu'il y a un mois, à prendre de l'humeur, et à faire des réponses brusques! mais ce doit être très-désagréable de voir écrit tout ce qu'on a fait de mal.

— Bien sûr, dit Édouard, et précisément à cause de cela nous nous surveillerons davantage. Je sais bien, par exemple, que moi, je détesterais de voir une longue rangée de points noirs me faire la grimace chaque fois que j'ouvrirais mon pupitre. Tiens, sais-tu ce qu'il faut faire, Henriette? Je veux absolument me guérir de mes habitudes de désordre : j'ai perdu deux règles et trois crayons de mine de plomb dans cette dernière quinzaine, parce que je ne pense jamais à remettre les choses en place après m'en être servi. Hier encore, si, fort heureusement, maman n'était pas entrée dans ma chambre après mon départ pour le collège, la boussole portative que papa m'a prêtée aurait été cassée : je l'avais laissée sur la table, à la portée de William, qui se disposait à donner des coups de marteau sur le verre, pour voir de plus près la petite chose qui remue toujours : tu sais bien, l'aiguille aimantée! décidément je ferai deux listes, une pour moi, une pour toi. Je tiendrai la tienne, et tu te chargeras de la mienne.

Édouard prit deux feuilles de grand papier, et y traça sept lignes perpendiculaires qu'il croisa par des lignes horizontales : en tête de chaque colonne il écrivit le nom d'un jour de la semaine, à gauche de la colonne, il écrivit ORDRE en petites capitales sur sa propre liste, et DOUCEUR sur celle de sa sœur.

Chaque fois qu'Édouard laisserait traîner ses livres ou ses crayons après s'en être servi, Henriette devait marquer un mauvais point sur la ligne ORDRE; et quand Henriette se laisserait aller à la colère, à propos de ces petites différences de goût ou d'opinion qui doivent nécessairement se montrer entre deux ou trois personnes qui vivent constamment ensemble, Édouard devait faire un point noir sur la ligne DOUCEUR.

Quand les listes furent dressées, Édouard les porta
à son père et à sa mère, et leur expliqua son plan. Tous
deux sourirent, et le père dit qu'il pensait que cette
méthode serait d'un grand secours à Édouard et à
Henriette, jusqu'à ce qu'ils eussent acquis, l'un, des
habitudes d'ordre, l'autre, plus d'aménité et de bienveillance; mais cette réforme obtenue il conseillait de
mettre les listes de côté, de peur qu'ils ne s'accoutu-
massent à blâmer et à épier mutuellement les défauts
l'un de l'autre; et aussi parce qu'en grandissant, ils
devaient apprendre à exercer sur eux-mêmes un empire durable, sans être obligé de recourir pour cela à
un moyen factice.

— Si à la fin du mois, Édouard, tu peux me montrer
une page restée blanche pendant toute une semaine,
poursuivit le père, je te donnerai les *Merveilles d'Élora*;
tu sais, ce beau *keepsake* que j'ai refusé de te prêter la
semaine dernière, à cause de ton peu de soin.

Les dix premiers jours du mois n'étaient pas encore
écoulés qu'Édouard et Henriette avaient été tentés vingt
fois d'abandonner les listes en désespoir de cause: les
points noirs étaient si nombreux ! La seconde semaine,
deux jours se passèrent sans qu'il y eût tache sur le
journal d'Henriette, et celui d'Édouard n'en avait que
trois. On était au mercredi, à une heure avancée de la
matinée: il s'éleva une petite dispute au sujet d'un
globe qu'Édouard avait négligé de reporter dans le cabinet d'étude de son père. Édouard prétendit que cela

ne devait pas lui compter ; que ce n'était pas une né-
gligence, parce qu'il avait l'intention de consulter encore le globe après dîner ; ce n'était donc pas la peine
de le reporter. Mais Henriette répondit qu'il était tout
aussi facile de l'aller chercher dans le cabinet que de le
laisser sur la table où les enfants pouvaient le toucher.

— Je crois, ajouta-t-elle, qu'un des petits y a déjà
mis la main, car voilà une grande égratignure tout au
travers de l'île de Juan Fernandez, et je suis presque
sûre qu'elle n'y était pas auparavant.

— Tu ferais mieux d'être tout à fait sûre avant
d'accuser les autres, dit Édouard ; moi je crois que
l'égratignure y a *toujours* été.

— Toujours ! ô Édouard ! comment peux-tu dire une
pareille sottise !... Mais c'est moi qui parle sottement,
dit Henriette, se rappelant tout à coup ses résolutions.
Voilà un mauvais point pour moi. Quel dommage !
j'espérais tant avoir une page blanche aujourd'hui !

— Mais moi aussi, dit Édouard, je mérite un mauvais point. C'était pour m'excuser que j'ai dit que j'a-
vais besoin du globe après dîner : je comptais le ran-
ger ; la vérité, c'est que je l'ai oublié.

La dernière semaine du mois fut un temps de triomphe pour tous deux. Tout le monde déclara à l'unani-
mité que pas une parole d'impatience n'avait échappé
à Henriette, quoique William et Ada eussent deux fois
renversé son verre d'eau pendant qu'elle peignait à
l'aquarelle, et vidé à plusieurs reprises sa boîte à ou-

vrage pour y chercher quelque joujou. La maison n'é-
tait plus troublée et dérangée comme autrefois, lorsqu'au moment de partir pour le collége, Édouard
s'apercevait que ses livres, ses règles, son compas ou
ses gants ne se trouvaient pas à leur place. A force de
volonté et de persévérance, il avait appris à pratiquer
ce précepte d'ordre si utile, si simple, et qui peut se
résumer en si peu de mots :

« Une place pour chaque chose, et chaque chose à sa
place. »

— Je vois à ta figure que nous avons une page blanche cette semaine, Édouard, dit son père, quand le
jeune garçon entra dans sa chambre le dernier jour du
mois. Je m'y attendais, car j'ai observé tes progrès.
Voici le livre que je t'ai promis.

Édouard remercia son père, prit le livre, en admira
les gravures, remercia encore, puis se tut de l'air de
quelqu'un qui a quelque autre chose à dire.

— Eh bien, qu'est-ce, mon enfant? qu'as-tu dans
l'esprit, mon garçon? demanda son père qui suivait de
l'œil ses mouvements.

— Je voulais dire que si vous me le permettiez,
papa, j'aimerais à donner ce livre à Henriette. Si j'ai
appris à être plus rangé, c'est en grande partie à elle
que je le dois. Que de choses j'aurais oubliées si elle
ne m'en eût pas fait souvenir! et d'ailleurs, papa, il
est beaucoup plus difficile de veiller sur soi tous les
jours, à toute heure, et de tenir en bride un caractère

irritable, qu'il ne l'est de se corriger d'habitudes de désordre.

— Je le pense aussi, Édouard, dit son père ; supposons que tu ailles en parler à ta mère, tu la trouveras en haut.

Édouard monta rapidement les escaliers : il trouva sa mère occupée à arranger quelques belles plantes dans une très-jolie jardinière.

— Oh! c'est pour Henriette, j'en suis sûr... Merci, maman! s'écria Édouard. Je vais aller la chercher tout de suite. Vous le voulez bien, n'est-ce pas?

Et sans attendre une réponse, il redescendit les marches quatre à quatre.

Nous n'avons pas besoin de décrire la joie d'Henriette en recevant le cadeau de sa bonne mère, car il n'est pas une de nos jeunes lectrices qui ne connaissent par expérience le plaisir qu'apporte avec soi une récompense bien méritée. Qui ne sent que la plus grande de toutes les joies, est l'approbation de ceux qui s'affligent d'avoir à punir, et qui sont heureux de récompenser?

TRENTE-DEUXIÈME DIALOGUE
— TRENTIÈME JOURNÉE —

MADEMOISELLE BONNE.

onjour, mesdames. Vous avez l'air bien grave aujourd'hui. A quoi réfléchissez-vous si profondément, lady Spirituelle?

LADY SPIRITUELLE.

A bien des choses, ma Bonne; et d'abord pour vous répondre en notre nom à toutes, nous sommes tristes de penser que c'est aujourd'hui notre avant-dernier entretien.

MADEMOISELLE BONNE.

De la saison, ma chère : rien ne nous empêchera de les reprendre dans six mois, au retour de la campagne, si vous y avez pris goût.

LADY CHARLOTTE.

Six mois, c'est bien long! et pendant tout ce temps nous n'aurons plus ni contes, ni histoires.

MISS MOLLY.

Que je voudrais donc qu'il y eût encore des fées!

LADY SPIRITUELLE.

Et moi aussi! je sais bien ce que je leur demande-rais.

MADEMOISELLE BONNE.

Prenez garde, ma chère, de faire quelques vœux in-discrets, que vous seriez bien fâchée plus tard de voir s'accomplir.

LADY SPIRITUELLE.

Comme la femme à l'aune de boudin; mais je ne se-rais pas si sotte. Par exemple, ma Bonne, je demande-rais aux fées de prolonger l'hiver, pour que nos réu-nions durassent plus longtemps.

MADEMOISELLE BONNE.

Voilà un souhait affreusement égoïste, ma chère; vous ne songez pas que, pour vous ménager un petit plaisir, vous condamneriez au froid et aux plus rudes privations les pauvres gens, qui trouvent déjà l'hiver trop long.

LADY SPIRITUELLE.

Vous avez raison, ma Bonne; j'ai parlé en étour-die. Ce n'est pas l'hiver que je voudrais voir se prolon-ger, ce sont nos conversations.

MADEMOISELLE BONNE.

Vous vous en lasseriez bien vite, ma chère, si elles devaient toujours durer. Mais puisque nous en sommes sur ce chapitre, je vous dirai aujourd'hui, pour conte d'adieu, ce qui advint à la dernière des fées, qui était aussi la reine du royaume de Féerie.

LA DERNIÈRE DES FÉES

Cette fée était si bonne, qu'on lui avait donné le surnom de *Bienfaisante*. Quand elle hérita de la couronne, il y a quatre ou cinq cents ans, son premier soin fut d'examiner l'usage que ses sujettes, mesdames les fées, faisaient de leur pouvoir. Elle fut effrayée des désordres qu'elles causaient dans le monde. Ce n'étaient pas seulement quelques vieilles fées hargneuses et pleines de malice qui jouaient de mauvais tours à la pauvre espèce humaine ; les mieux intentionnées occasionnaient toutes sortes de maux en douant les enfants à tort et à travers. Bienfaisante, qui était sage, prudente et modérée, résolut de remédier au mal. Elle commença par suspendre le pouvoir des fées, et se promit de voir par elle-même si c'était rendre un service réel aux humains que de leur accorder ce qu'ils désirent le plus ardemment.

Bienfaisante sortit donc de son royaume, et s'imposa la loi de ne refuser aucune des demandes raisonnables qu'on lui ferait. Elle n'avait pas fait grande dépense en équipages, quoiqu'elle se proposât de faire un long voyage. Le bâton sur lequel elle appuyait un corps qui paraissait décrépit, lui servait tout à la fois de carrosse, de coffre-fort et de garde-robe; elle n'avait qu'à le secouer pour qu'il lui fournit à l'instant tout ce dont elle avait besoin. Un soir elle arriva dans un petit hameau dont les habitants paraissaient fort pauvres. A la porte de la première cabane, elle vit un jeune homme, à peine vêtu d'un méchant sarreau de toile.

— N'y aurait-il pas moyen, lui demanda Bienfaisante, de trouver dans ce hameau quelque âme charitable qui voulût me donner un abri pour la nuit?

— N'allez pas plus loin, ma bonne mère, lui répondit le paysan. Je n'ai qu'un pauvre gîte à vous offrir; mais comme vous ne trouverez pas mieux dans tout le village, je vous demande la préférence.

La fée ne se fit pas prier. Elle entra dans une cabane toute semblable à celle de Philémon et de Baucis; même pauvreté, même charité de la part des maîtres, qui ne différaient de l'heureux couple que par leur âge.

— Comment vivez-vous dans cette solitude? leur demanda la fée. Quel est votre travail? suffit-il à vos besoins?

— Nous y vivons heureux, lui répondit son hôte: la forêt voisine nous fournit un travail pénible, mais à l'aide duquel nous pouvons vivre d'aliments grossiers. Nous avons la paix, la santé; nous nous aimons; que pourrions-nous demander davantage?

— Et n'avez-vous jamais rien souhaité?

— Pardonnez-moi, ma bonne mère, dit le paysan: J'ai quelquefois envié le bonheur des riches, qui peuvent, à leur gré, soulager les malheureux. Le Ciel m'a donné un cœur compatissant qui, souvent, me cause bien des peines. Je partage le peu que j'ai avec ceux qui ont encore moins que moi; mais ce peu est si peu de chose, que je suis souvent réduit à plaindre ceux que je ne puis assister.

— Jouissez pleinement du plaisir de faire le bien, dit la fée en reprenant sa belle figure de reine. Les richesses ne devraient être possédées que par ceux qui pensent comme vous.

Tout en parlant, Bienfaisante avait secoué son bâton; il en était sorti une si grande quantité d'or, de diamants et de perles fines, que le pavé de la cabane en était couvert. Le paysan et sa femme, tout ébahis, cherchèrent la fée pour la remercier; mais elle avait disparu, et continuait son voyage.

Un matin qu'elle entrait dans un petit bois touffu et riant, elle aperçut une jeune fille, richement vêtue, assise au pied d'un arbre et fort occupée à lire. En s'approchant d'elle, la fée eut toutes les peines du monde à retenir un cri, tant sa laideur la frappa. Mais Bienfaisante, qui avait du bon sens, se dit que la plus belle âme peut être logée dans le plus vilain corps. Il

y avait entre elle et la jeune fille un grand fossé bour-
beux, sur lequel était jetée une planche. La fée s'y ha-
sarda, et, feignant de faire un faux pas, elle tomba
tout de son long dans la boue. La jeune demoiselle,

émue de compassion, appela ses gens qui n'étaient
pas fort éloignés; mais comme ils tardaient à venir, elle
entra dans le bourbier, et donna la main à la vieille
pour l'aider à se relever. Crapaudine, c'était le nom
de cette demoiselle, ne se contenta pas d'avoir rendu

ce service à la fée; elle la fit monter dans sa voiture
et l'emmena à sa maison de campagne, où elle lui fit
donner une de ses robes pendant qu'on nettoyait celle

de la vieille, qui était toute souillée de boue. Elle
poussa même l'humanité jusqu'à la faire dîner avec
elle. Tout en mangeant, la fée, selon sa coutume, lui
fit des questions :

— Oserais-je vous demander, ma belle demoiselle,
lui dit-elle, comment on nomme la ville que nous
voyons au pied de cette montagne?

Crapaudine fit un grand éclat de rire en s'entendant
appeler Belle. C'était la première fois de sa vie qu'on
s'avisait de lui donner ce nom.

— Ou vous voulez vous moquer de moi, ou vous n'avez pas la vue bonne, dit-elle à la vieille. Je sais fort bien que je suis laide à faire peur, et l'on ne peut, sans vouloir m'insulter, me donner l'épithète de belle.

— Je n'ai pas la vue des meilleures, répondit la vieille; mais comme je crois que tout ce qui est bon est beau, je pensais ne rien risquer en vous donnant ce titre. Dites-moi, je vous prie, regardez-vous comme un malheur cette laideur que vous assurez être choquante?

— Non, en vérité, répliqua Crapaudine; je ne vois pas qu'on me compte pour moins qu'une autre dans le monde. J'ai tâché de compenser ce qui me manque en beauté par la douceur du caractère et l'agrément de l'esprit, et j'ai quelquefois la vanité de croire que j'y ai réussi. Je ne suis pas fille à me désespérer de ce que la Providence m'a faite laide, quoique je ne fusse pas fâchée d'être belle.

— Vous n'avez plus rien à désirer de ce côté-là, dit la fée. Regardez-vous dans votre miroir.

En disant ces paroles, Bienfaisante disparut, charmée d'avoir rendu service à une personne qui le méritait si bien.

Elle descendit vers Paris : c'était la ville dont elle avait demandé le nom. Elle s'arrêta en route vis-à-vis d'une grande ferme. Le maître, qui était debout sur la porte, les bras croisés, paraissait plongé dans de tristes réflexions. Bienfaisante le pria de lui faire donner un verre d'eau.

— Volontiers, ma bonne femme, lui dit cet homme. Entrez, vous dinerez avec nos gens.

— Je n'ai pas faim, lui répondit la vieille; mais oserais-je vous demander la cause de votre chagrin?

— Une bagatelle, reprit le fermier, et je suis honteux d'y être aussi sensible. Vous voyez cet arbre, continua-t-il en montrant un grand poirier dont les branches desséchées s'étendaient au-dessus de la maison, je l'ai planté moi-même étant encore enfant, et je l'ai vu grandir avec un plaisir infini. Il me garantissait en été des rayons du soleil, et me donnait les meilleurs fruits du monde, des poires d'une bonté, d'une grosseur sans égale! Hélas! mon pauvre arbre est mort! J'aurais donné la moitié de mon bien pour le sauver, mais il n'y a plus de remède.

Cet homme, en achevant de parler, ne put retenir ses larmes.

— Consolez-vous, lui dit la fée, vous mangerez encore cette année de ses fruits.

En même temps, elle toucha l'arbre qui aussitôt reverdit et se couvrit de fleurs; car on était au printemps.

— Qu'il faut peu de chose pour troubler le bonheur d'un homme et pour le lui rendre! se dit la fée en s'éloignant.

Elle arriva dans la grande ville, et y vit tout d'abord

une figure extraordinaire. C'était un grand homme sec,
dont l'habit, jadis noir, était devenu gris à force d'être
râpé. Un vieux chapeau tout déformé lui couvrait à
peine la tête; il portait, en guise de chemise, un faux-

col sale et déchiré; ses bas étaient troués ainsi que
ses souliers. Il entra dans un chétif cabaret où il se
fit apporter une portion de six sous qu'il dévora plutôt
qu'il ne la mangea. Bienfaisante qui s'était mise à table
vis-à-vis de lui, l'invita à partager son dîner au mo-

ment où il finissait le sien ; aussi sa proposition fut-
elle bien accueillie. Une poularde fut dépêchée en un
clin d'œil, ainsi qu'un énorme morceau de bœuf à la
mode. Cet homme, étant un peu rassasié, rompit le silence qu'il avait gardé jusque-là, et dit à la vieille :

— Vous êtes sans doute étonnée, madame, de mon
appétit, mais je ne fais qu'un repas en vingt-quatre
heures, et je le fais bon, quand je puis.

Bienfaisante ne put s'empêcher de rire de sa franchise et lui demanda quelle était sa profession ?

— Ne le devinez-vous pas à ma figure ? lui répondit-
il. Je suis auteur, pour mes péchés.

— J'avais toujours cru, reprit Bienfaisante, que le
talent suffisait pour faire vivre celui qui le possède.
Ne vous procure-t-il pas des ressources, de la considération, des connaissances honorables et utiles ?

— Il y a auteurs et auteurs, repartit cet homme. Je
ne suis pas de ceux qui courtisent la faveur du public
par des ouvrages frivoles. Je ne puis tirer de ma cervelle que du bon, de l'utile, et cela ne donne pas de
l'eau à boire. Un livre de morale dont un libraire hardi
me donna trois cents francs l'an passé est encore tout
entier dans sa boutique, si l'on en excepte une ving-
taine d'exemplaires dont je dois encore la reliure, et
que j'ai distribués à mes amis qui s'étaient chargés de
prôner l'ouvrage. Mais ils y ont perdu leur peine, et
ce livre m'a tellement décrié que mon seul nom est
capable de faire bâiller et d'endormir tout un salon...

— Ne pourriez-vous, dit la fée, trouver quelque imprimeur honnête et charitable, qui fît cas de vos écrits et se chargeât de les imprimer sans vous nommer?

— Vous venez sans doute du Monomotapa, ma bonne vieille, repartit l'auteur en colère, pour connaître si mal les gens. Si vous saviez à quelles bassesses il m'a fallu descendre pour obtenir l'emploi de correcteur d'imprimerie, vous vous étonneriez qu'un honnête homme ait pu y survivre. Aussi ne suis-je plus qu'un squelette; et si le ciel ne met bientôt un terme aux peines que j'endure, il faudra que je succombe.

— Mais enfin, poursuivit la fée, ne pourriez-vous pas vous procurer l'appui de quelque grand seigneur, ou d'un de vos confrères en renom?

— Oh! pour le coup, dit l'auteur en se levant brusquement, vous avez résolu de me faire devenir fou, avec vos « ne pourriez-vous pas... » Non, madame, je ne puis rien!...

— Je n'ai pas voulu vous fâcher, monsieur, lui dit Bienfaisante; je serais même charmée de vous rendre service. Oserais-je vous prier de me lire quelques-unes de vos productions? Mais il fait froid ici; si nous allions chez vous?

— Je ne vous réponds pas, reprit l'auteur, que ma chambre soit chaude, car de l'hiver je n'y ai fait de feu. J'écris dans mon lit, faute de bois; mais à coup sûr vous vous réchaufferez en montant, car le premier que j'occupe est au septième étage.

21.

Bienfaisante suivit l'auteur qui lui donna galamment la main pour monter, et lui offrit la seule chaise qu'il possédât ; encore était-elle si démantibulée, qu'on n'y était pas trop en sûreté. Quelques planches couvertes de livres et de papiers poudreux, une table boi-

teuse, un pot à bière, une bouteille qui servait de chandelier, un mauvais grabat, voilà l'inventaire exact du mobilier de M. Biendisant : c'était le nom du maître du logis qui fut contraint de s'asseoir sur le pied de son lit. Il lut quelques-uns de ses manuscrits à Bienfaisante, qui trouva du talent à cet auteur si maltraité de la fortune.

— Eh bien, madame, lui dit-il, au milieu de ma misère peu s'en faut que je ne sois plus heureux qu'un roi. Si mes ouvrages me procuraient seulement de quoi vivre comme le plus austère anachorète, je n'en demanderais pas davantage. J'aime le travail, et toute mon ambition serait de m'y livrer sans réserve ; tandis que je sèche sur pied de me voir contraint tout le jour de corriger les sottises d'autrui.

Pendant que Biendisant parlait, la fée se disait : « Est-il possible qu'au milieu d'une ville riche, éclairée, un homme de talent soit réduit à une situation si misérable, faute de trouver une main qui le tire de l'oubli ? C'est pour soulager le mérite indigent que le ciel m'a faite dispensatrice de ses dons. Hâtons-nous de les répandre. »

Les fées ne font jamais d'inutiles souhaits. A peine Bienfaisante achevait-elle le sien, que le taudis de Biendisant avait changé d'aspect. Un ameublement simple, mais commode, avait remplacé les meubles délabrés. Une bibliothèque bien garnie attira surtout l'attention de l'auteur.

— Livrez-vous sans réserve à votre goût pour l'étude, lui dit Bienfaisante. Toutes les fois que vous ouvrirez le coffret qui est à droite dans la bibliothèque, vous y trouverez la somme que vous aurez souhaitée.

Biendisant voulut se jeter aux pieds de sa bienfaitrice, mais elle était déjà partie pour chercher de nouvelles occasions de faire des heureux.

Après avoir parcouru bien des rues, elle avisa une jeune fille qui marchait assez vite et lui demanda si elle pourrait lui indiquer une maison où elle pût passer la nuit?

— Volontiers, ma bonne mère, répondit la jeune fille d'un air gracieux, suivez-moi; je vous conduirai chez mon hôtesse. C'est une brave femme qui a des chambres garnies et chez laquelle vous serez très-bien. Mais dites-moi, je vous prie, vous n'êtes-donc pas de Paris, et vous n'y connaissez personne?

— Non, ma belle enfant, lui répondit la fée, je ne fais que d'arriver.

— Dieu soit loué de m'avoir mise sur votre chemin! Paris est plein de méchantes gens. Mais, madame, je marche peut-être bien vite pour vous, prenez mon bras. J'irais plus doucement si je ne venais de faire essayer une robe qu'il faut rendre demain matin, sinon je n'aurais pas de quoi faire un bouillon à ma pauvre mère qui est malade.

— Ne vous gênez pas, lui dit la fée. Je suis leste malgré mon âge, et en état de vous suivre.

Chemin faisant, la jeune fille apprit à la fée que son père, qui était cordonnier, s'était ruiné grâce à ses mauvaises pratiques, et avait en mourant laissé sa femme fort pauvre et fort infirme.

— Heureusement, ajouta-t-elle, je sais mon métier; mais les loyers sont si chers, on gagne si peu, que j'ai bien de la peine à nourrir ma pauvre mère et à lui procurer tout le bien-être qu'exige la maladie.

— Je veux la voir, dit Bienfaisante. J'ai de bons remèdes, et peut-être pourrai-je la guérir.

— Que je vous aurais d'obligation! s'écria la jeune fille en pleurant de joie et en lui serrant les mains. C'est une si bonne mère; elle m'aime tant, que je donnerais ma vie pour la soulager!

Elles arrivaient:

— Réjouissez-vous, chère mère, dit la jeune fille, je vous amène une bonne dame qui espère pouvoir vous rendre la santé.

Bienfaisante s'approcha de la malade, la consola, et lui ayant fait prendre quelques gouttes d'un excellent élixir, cette bonne femme se trouva guérie. On ne saurait se figurer les transports de la mère et de la fille. Celle-ci courut à une armoire d'où elle tira quatre sous enveloppés dans du papier, et descendit chercher un peu de vin. Pendant son absence, la mère dit à la fée :

— Je crains que ma fille ne meure de joie. Elle m'est si attachée, qu'elle travaille jour et nuit pour me nourrir, et qu'elle ne songe qu'à soulager mes maux.

Bienfaisante, attendrie, embrassa la jeune fille qui rentrait et qui se hâta de rincer un verre et de lui offrir à boire. La fée but un doigt de vin, et touchant de son bâton un vieux bahut qui était dans la chambre:

— Jouissez, lui dit-elle, de la récompense due à votre piété filiale, et puisse le ciel vous conserver longtemps votre mère pour le bonheur de toutes deux!

Le vieux coffre s'emplit de pièces d'or et la fée disparut.

Quelques jours après, comme Bienfaisante passait devant une maison, elle entendit pousser de grands cris. Tout y paraissait en désordre. Plusieurs personnes entraient et sortaient avec précipitation, et toutes semblaient si préoccupées, que la fée pénétra jusque dans le principal appartement sans qu'on lui demandât ce qu'elle voulait. Elle aperçut alors à terre une femme

bien mise qui se roulait sur le parquet et s'arrachait
les cheveux ; un homme assis à côté d'elle, insensible
en apparence à sa douleur, avait les mains jointes et
le regard fixe. Plusieurs autres personnes entouraient
le lit d'un enfant de quatre ans, qui se mourait. Bienfaisante s'approcha de l'homme qui était immobile et
lui demanda quelle était la maladie de l'enfant ?

— Je m'entends en médecine, dit-elle, et je pourrai
peut-être apporter du soulagement à votre peine.

Cet homme jeta les yeux sur la fée et lui répondit
tristement :

— Si vous saviez faire des miracles, j'espérerais
quelque chose, mais...

Il n'eut pas le temps d'achever. Aux premiers mots
de la fée, la mère s'était redressée et avait cessé de
pleurer. Lorsqu'elle eut entendu ce que disait Bienfaisante, elle se leva en hâte, la serra dans ses bras et la
conjura de lui rendre la vie, en sauvant son enfant ;
puis, sans lui donner le temps de répondre, elle la
mena auprès du berceau et recommença ses cris, en
voyant le pauvre petit près de rendre le dernier soupir. Les fées, sans avoir jamais étudié la médecine,
sont plus savantes que les plus habiles médecins.
Bienfaisante connut bientôt que les souffrances de l'enfant étaient causées par un ver d'une grosseur prodi-
gieuse qui le piquait à l'intérieur et provoquait d'affreuses convulsions. Elle demanda une cuillerée d'eau
fraîche et y mit une poudre dont elle connaissait l'effi-

cacité. L'enfant, après quelque agitation, rendit le ver
et parut aussitôt soulagé.

— Donnez-lui à manger, dit la fée, vous pouvez
compter sur sa guérison.

A ces mots, le père qui n'avait pas quitté sa place,
courut vers l'enfant et, voyant le ver qu'il avait rendu,
tomba tout troublé aux pieds de la fée. Il lui serrait les
mains, les baisait, puis se levait pour aller regarder

son fils. Quand ses premiers transports furent calmés, il pria Bienfaisante de passer dans son cabinet.

— Madame, lui dit-il, je vous dois tout. Heureusement, je suis assez riche pour vous prouver ma reconnaissance. Ne mettez pas de bornes à vos désirs ; quand il m'en coûterait tout mon bien, je ne croirais pas avoir assez payé le service que vous venez de me rendre.

— Je suis charmée de vous voir si reconnaissant, répliqua la fée; mais je ne cherche en obligeant que le plaisir de faire du bien.

Il voulut insister; Bienfaisante était allée en quête d'autres aventures.

Elle passait un jour devant un hangar où on louait des voitures pour aller à quelque distance de la ville. Un homme fort bien mis et d'une figure intéressante en arrêta une à deux places. Il prit fantaisie à la fée d'être du voyage, et lui ayant demandé la permission de s'associer à lui, elle monta près de lui et s'installa à ses côtés. Elle s'aperçut bien vite que son compagnon avait du chagrin : il soupirait souvent et ne lui répondait qu'avec distraction.

— Vous me paraissez rêveur, lui dit la fée. Oserais-je vous demander ce qui vous préoccupe? Ne me jugez point indiscrète, le cœur me dit que je puis quelque chose pour vous.

Cet homme la regarda en soupirant.

— Vous seriez bien habile, répliqua-t-il, si vous pouviez me rendre ma tranquillité. Je veux bien vous avouer que ma tristesse a sa source dans une cause si ridicule, que je n'ai jamais eu le courage de la déclarer à personne. Je suis marchand, et, outre le gain que me procure mon commerce, je possède un revenu honnête. Je me porte bien, Dieu merci ; j'ai une femme et trois enfants que j'aime, et dont je suis aimé. Il semblerait, d'après cela, que je devrais être heureux : point du tout. L'incertitude des événements de la vie se présente, à chaque minute, à mon imagination. Je ne puis prendre sur moi de jouir du présent qui m'échappe, tandis que je me tourmente de ce qui peut m'arriver de fâcheux dans l'avenir. Chaque jour me paraît être la veille de celui où je dois perdre ma femme, mes enfants, mes biens, ma santé ou ma vie. Vous comprenez qu'avec une telle inquiétude, qui, toute ridicule qu'elle paraît, est pourtant fondée, je ne puis être heureux.

— En effet, dit la fée, votre situation est singulière. Les hommes ne se préoccupent guère de l'avenir que dans l'espoir de le rendre meilleur et d'échapper ainsi aux ennuis du présent.

— Je ne puis m'empêcher, reprit l'étranger, de regarder l'incertitude de toutes choses comme une des grandes misères de cette vie. Nous marchons ici-bas à tâtons, au milieu de précipices. L'homme serait moins à plaindre s'il voyait d'un coup d'œil les malheurs qui le menacent. Il saurait sur quoi compter et pourrait prendre des mesures pour les éviter ou les réparer.

— Je ne sais trop, dit la fée, si ce moyen serait bien propre à rendre heureux. Toutefois, il ne tiendra qu'à vous d'en essayer. Vous connaîtrez au commencement de chaque année les malheurs qui doivent vous arriver. Je souhaite que cette connaissance vous procure le repos.

L'étranger crut que la fée était folle et s'apprêtait à rire de sa promesse, lorsqu'il se trouva seul.

Bienfaisante eut encore beaucoup d'autres occasions d'exercer la bonté de son cœur, mais je ne vous parlerai que de sa dernière aventure.

Un soir elle trouva à la porte d'une église un pauvre qui se soutenait sur deux béquilles. Elle connut à sa pâleur qu'il était malade, cependant il avait une physionomie calme et contente qui surprit la fée.

— Bonjour, mon ami, lui dit-elle en lui donnant quelque argent.

— Merci, madame, répondit le pauvre; mais je n'ai jamais eu de mauvais jours.

— Vous m'étonnez, reprit Bienfaisante; je craignais au contraire que vous n'en eussiez jamais connu d'autres.

— Oh! reprit le mendiant, mes maux sont peu de chose comparés à ce que je souffre en voyant la misère d'une famille que j'aime et que je ne puis soulager. Cependant je n'ai jamais désespéré, parce que je regarde mes peines comme des moyens dont se sert

la Providence pour me conduire au vrai bonheur.

La fée, désirant prolonger cet entretien, lui proposa de l'accompagner chez lui.

— Volontiers, lui dit-il ; mais je crains que vous ne vous repentiez de votre visite.

Il la conduisit au fond d'une petite rue et la fit monter dans un galetas où elle vit deux enfants couverts de plaies que pansait une pauvre femme à peine vêtue. Il n'y avait pas de siége dans la chambre, et la fée fut obligée de s'asseoir sur le carreau.

— Y a-t-il longtemps que vous êtes dans cette situation ? demanda-t-elle.

— Depuis deux ans, répondit le pauvre homme. J'étais ouvrier et je nourrissais honnêtement ma famille. Une nuit, le feu prit à la maison et je perdis tout ce que je possédais. Je devins ensuite perclus des deux jambes et mes enfants tombèrent malades. Je n'eus plus alors d'autre ressource que la charité des fidèles, et je la sollicite chaque jour pour pouvoir donner du pain à ma famille.

— Comment avez-vous pu conserver votre sérénité au milieu de tant de malheurs ?

— En me confiant à un père infiniment bon et puissant. Je sais qu'il m'aime, qu'il peut et qu'il veut me rendre heureux. Je m'en remets à lui, persuadé que ma pauvreté, mes maux, et ceux de mes enfants, sont préférables à la santé et aux richesses, puisque ce Dieu plein de bonté nous les envoie.

— N'avez-vous donc jamais manqué du nécessaire?
lui dit la fée.

— Non, madame; il m'est arrivé aujourd'hui, peut-
être pour la centième fois, d'atteindre la fin du jour
sans avoir rien reçu, et cela quand nous n'avions pas
un morceau de pain pour le lendemain. Je ne vous
dirai pas que je ne fusse parfois tenté de me défier de
la Providence, mais je pensais aux paroles de l'Évangile : « Si Dieu a soin d'une herbe des campagnes,
combien aura-t-il plus de soin de vous, gens de peu de
foi... ; » et au moment où j'allais regagner mon gîte,
je recevais plus que je n'aurais osé espérer.

Bienfaisante, saisie de respect pour une vertu si
rare, dit au mendiant :

— Je ne mets point de bornes à vos désirs; je suis
fée, il n'est presque rien que je ne puisse faire en
votre faveur : richesses, honneurs, je puis tout donner, demandez.

— Le ciel m'en préserve! dit le pauvre. Trop aveugle sur ce qui me regarde, j'irais peut-être souhaiter,
sous une autre forme, de plus grands maux que ceux
que j'ai eus jusqu'ici. Laissez à la Providence le soin de
choisir ce qui me convient. Devenez, si vous le voulez, son instrument pour nous assister de temps à
autre. Si Dieu veut me remettre en état de gagner
ma vie, je travaillerai sans relâche en lui abandonnant
le soin de faire fructifier mon travail. Voilà les seuls
souhaits que je veuille former.

— Et ce sont ceux que je veux remplir, lui dit la fée; vous m'ouvrez les yeux. Il n'appartient point à des intelligences bornées de retoucher aux œuvres de Celui qui est la sagesse et la bonté mêmes. Hélas! je crains bien d'avoir fait le malheur de ceux que j'ai doués selon leurs désirs.

En achevant de parler, Bienfaisante disparut et laissa dans le galetas une bourse contenant cent pièces d'or. Cette somme permit au pauvre homme de se faire soigner, ainsi que ses enfants. Il retrouva la santé et, joyeux, se remit au travail. De son côté, Bienfaisante était retournée dans son royaume, où nous la laisserons se reposer de ses longues courses.

A demain, mes chers enfants.

TRENTE-TROISIÈME DIALOGUE

— TRENTE ET UNIÈME JOURNÉE —

—◇—

MADEMOISELLE BONNE.

Avez-vous rêvé, mesdames, de la reine des fées ?

LADY SPIRITUELLE.

Non, ma Bonne ; mais j'y ai beaucoup pensé, et je me demande si elle a pu avoir réellement tort de récompenser de braves gens en leur faisant du bien.

LADY SENSÉE.

Pour moi, je trouve que le mendiant était un saint, d'accepter ses maux avec tant de résignation, et de refuser des dons dont il craignait de mal user.

MADEMOISELLE BONNE.

Remarquez, ma chère, qu'il ne voulait rien accepter

de surnaturel et qui contrariât l'ordre établi par la
Providence.

LADY CHARLOTTE.

Est-ce que Bienfaisante ne s'est pas assez reposée,
ma Bonne, et ne nous direz-vous pas aujourd'hui la fin
du conte?

MADEMOISELLE BONNE.

Volontiers, ma chère. Puisque j'ai résolu de donner
congé à la géographie et à l'histoire, et de consacrer
nos deux derniers entretiens à la reine de vos bonnes
amies les fées, revenons-y.

Bienfaisante passa huit ans à rétablir le bon ordre
parmi ses sujettes : il lui tardait de connaître les
conséquences des dons qu'elle avait faits. Elle put
enfin partir, et alla droit au pauvre hameau où elle
avait reçu une si généreuse hospitalité. A la place de
la cabane qu'habitait le couple charitable qui l'avait
accueilli elle vit un palais superbe. Un brillant équipage était à la porte, avec grand nombre de chevaux,
de chiens et de veneurs.

— A qui appartient cette belle habitation? demanda
la fée, qui avait pris la figure d'une jeune fille mal
vêtue et couverte d'ulcères.

— Celui qui demeure dans ce château, lui répondit un vieillard, était autrefois un de nos égaux. Nous
n'avons jamais pu comprendre par quel enchantement
il est tout à coup devenu riche; mais nous comprenons

encore moins le changement qu'ont produit en lui les
richesses. Le marquis de Durcy, lorsqu'il n'était qu'un
pauvre bûcheron, se faisait adorer de ses voisins. Il
était doux, serviable, bienfaisant; mais depuis qu'il
est grand seigneur, il est si fier, qu'à peine osons-
nous le regarder; et tandis qu'il dépense des sommes

énormes pour nourrir des laquais, des chevaux, des
chiens, il verrait sans pitié ses anciens voisins mourir de faim à sa porte. Sa femme fait la princesse, et
l'on ne peut se figurer leur dureté à tous deux. Il a
acheté le bois où il travaillait autrefois pour gagner sa
vie, et il y a quatre jours qu'il maltraita un de mes fils
et lui cassa sa canne sur le dos, parce qu'on accusait
ce pauvre garçon d'avoir rompu une branche. Nous

sommes obligés de souffrir sans nous plaindre. Il est
seigneur de la paroisse; le maire et le juge de paix
mangent tous les jours à sa table : comment pourrions-
nous espérer d'obtenir justice?

A peine le bonhomme achevait-il de parler, que
M. le marquis sortit de son palais, suivi d'une petite
cour.

— Généreux seigneur, lui cria la fée, ayez pitié
d'une pauvre infirme dénuée de tout secours! Commandez qu'on me reçoive dans vos écuries : je serai
trop heureuse qu'on m'y nourrisse des restes de vos
domestiques!

— Voilà une impudente créature! dit le marquis de fraîche date. Prend-elle mon château pour un hôpital? Retire-toi, malheureuse! et si tu t'avises de reparaître devant moi, je te ferai chasser par mes gens!

La fée reprit aussitôt sa figure naturelle.

— Je ne vous ferai point de reproches, dit-elle à ce mauvais riche, qui tomba à ses pieds dès qu'il la reconnut; c'est à moi que je dois attribuer tous vos crimes. Devais-je me croire plus sage que la Providence, qui vous avait fait naître pauvre, parce qu'elle prévoyait l'abus que vous feriez des richesses? Retournez dans votre néant; puissiez-vous y retrouver vos premières vertus!

A ces mots, le palais disparut, ainsi que les richesses qu'il contenait. Il ne resta au marquis que sa chétive cabane, où il fut trop heureux de trouver un asile et où il eut tout le temps de se repentir de sa cruauté.

Bienfaisante ne souhaita qu'en tremblant se retrouver auprès de la jeune fille à qui elle avait accordé la beauté. Elle était assise au lieu où la fée l'avait vue pour la première fois; mais, au lieu d'un livre, elle tenait un miroir, et, en considérant les ravages que la petite vérole venait de faire sur son visage, elle fondait en larmes. Si la fée n'eût pas été sûre que son art ne pouvait la tromper, elle ne l'eût pas reconnue. Bienfaisante prit la figure d'une paysanne qui portait des fruits, et, s'étant approchée de cette demoiselle,

elle lui en offrit de si bonne grâce, qu'elle attira toute son attention.

— Oserais-je vous demander pourquoi vous pleurez? lui dit la fée d'un air compatissant.

— Pouvez-vous me faire une pareille question? répondit l'affligée. Regardez-moi, et vous le saurez. Hélas! il fut un temps où un pareil malheur m'eût laissée indifférente, tandis qu'aujourd'hui je ne le puis supporter sans horreur.

Bienfaisante, qui avait repris la forme d'une vieille, lui dit :

— Et pourquoi avez-vous moins de raison aujourd'hui que vous n'en aviez alors ?

Cette fille, qui avait reconnu la fée, lui répondit :

— Ah! madame! quel funeste présent vous m'avez fait! Rendez-moi ma beauté, ou rendez-moi les vertus qu'elle m'a enlevées.

— Je ne conçois pas, reprit la fée, pourquoi votre beauté vous aurait fait perdre vos vertus ?

— Je vais vous le dire, repartit la jeune fille. Je suis née au milieu d'une famille où la beauté semblait héréditaire; et, cadette de trois sœurs qu'on pouvait comparer aux Grâces, ma laideur, qui m'avait fait surnommer Crapaudine, et qu'on me reprochait sans cesse, me fit croire que j'étais la plus malheureuse de toutes les créatures. J'avais une gouvernante d'un rare mérite, et qui, me voyant le rebut de mes parents, s'attacha plus à moi qu'à mes sœurs qui, caressées de tout le monde, se montraient moins dociles. « Ma chère enfant, me disait-elle souvent, pourquoi vous affliger d'un mal imaginaire? Il n'est pas nécessaire d'être belle pour être aimable, et il ne tient qu'à vous d'acquérir ce que les maladies et les années ne pourront vous ôter. » J'acquis, en effet, sous la direction de cette excellente femme, une douceur, une affabilité, une instruction et des lumières qui firent oublier ma laideur. Mes sœurs avaient beaucoup d'admirateurs;

moi, j'avais des amis. Quelques-uns de ceux qu'attirait leur beauté s'arrêtaient à causer avec moi, et j'a-
vais grand plaisir à cet échange de pensées. J'étais
estimée de tous les honnêtes gens. Voilà, madame, les
biens que vous m'avez fait perdre. A peine ai-je pu me
regarder avec complaisance dans mon miroir, que
ma vanité éveillée m'a fait négliger tout ce qui pouvait orner mon esprit; plus de lectures, plus d'entretiens intéressants. Je passais la moitié du jour à ma
toilette, et l'autre à me donner en spectacle pour re-
cueillir de futiles éloges. Huit ans se sont rapidement
écoulés de la sorte; et une maladie funeste, en changeant mon visage, m'a rendue la fable de toutes les
personnes que ma vanité avait éloignées de moi. On
me conseille de quitter le monde; mais la solitude,
que j'aimais tant autrefois, m'est devenue insupportable. Mon esprit s'est rétréci, à force de s'occuper de
bagatelles; j'ai perdu le goût du bon et de l'utile. Si
je prends un livre, je bâille, il me tombe des mains
et je m'endors. Je regrette le jeu, les spectacles; en
un mot, je suis la plus malheureuse de toutes les femmes.

En parlant, elle fondait en larmes. Elle se regarda
machinalement dans le miroir qu'elle tenait à la main,
et, comme si elle se fût vue pour la première fois,
elle le jeta de dépit à vingt pas d'elle. Bienfaisante en
eut pitié, et se reprochant ses malheurs :

— Que n'est-il en mon pouvoir, lui dit-elle, de vous

accorder tout à la fois le retour de votre beauté et celui de votre raison! Mais je ne puis vous rendre que l'un de ces deux avantages; choisissez.

A cette proposition, Crapaudine demeura rêveuse et parut violemment agitée. Enfin, elle se leva tout à coup et dit à la fée :

— Je ne balance plus, madame ; que ma laideur augmente, s'il le faut, pourvu que je me retrouve dans les heureuses dispositions où j'étais, il y a quelques années. Rendez-moi mes vertus, ma raison, je serai contente.

— Ce que vous me demandez dépasse ma puissance, répondit Bienfaisante : vous seule pouvez reprendre possession de ces biens, et votre choix est d'un bon présage. Désormais, la nature sera pour vous sans voiles ; mais vos connaissances, loin de surexciter votre vanité, vous rendront plus douce et plus humble, si toutes les fois que vous en acquerrez une nouvelle, vous avez le soin d'ouvrir un volume in-folio que vous trouverez sur votre table. Il contient la liste des choses que vous ignorerez toute votre vie ; et cette liste immense, comparée à ce que vous savez, rabattra les fumées de votre orgueil. La Providence ne vous avait refusé la beauté que pour vous donner l'envie et le loisir de cultiver votre intelligence, de vous former un aimable caractère. J'avais mal à propos dérangé ses vues sur vous, et je vous remets dans l'ordre dont je vous avais malheureusement tirée.

Juste ciel! s'écria la fée en s'éloignant, je n'ai fait jusqu'ici que des présents funestes. O sagesse des mortels et des fées, vous n'êtes qu'aveuglement, et les hommes, en suivant vos lumières, font autant de chutes que de pas!

Elle s'achemina vers la ferme où elle avait rendu la vie au poirier mort : on était alors dans la saison des fruits, et elle ne put s'empêcher d'admirer les belles poires dont l'arbre était couvert. « Pour cette fois, dit-elle, je n'ai rien à me reprocher; et le bon fermier, s'il vit encore, a eu tout le temps de jouir des fruits du beau poirier qu'il regrettait si amèrement. » Comme elle approchait, elle entendit le vieillard qui jetait de grands cris mêlés de plaintes. « Maudite soit la vieille sorcière! disait-il. Qui la priait de se mêler de mes affaires? Dieu savait bien ce qu'il faisait, lorsqu'il fit sécher surpied ce malencontreux poirier qui me donne des fruits si amers! » La fée se hâta d'entrer ; mais le fermier l'eut à peine aperçue, qu'il manqua lui sauter au visage.

— Venez-vous encore, s'écria-t-il, m'apporter quelque nouveau malheur? Vous avez fait une belle besogne en ressuscitant mon arbre, et en me donnant de si belles poires! Les envieux ont crié au sortilége; on m'a accusé de magie noire, et il s'en est peu fallu qu'on me mit en prison. Et puis, c'est à qui me volera mes fruits. Pas plus tard qu'hier, de méchants garnements, en jetant des pierres dans les branches pour faire tomber les poires, ont attrapé mon petit-fils à la tête. L'enfant se meurt, et nous vous avons cette obligation !

— Menez-moi près du petit malade, dit la fée ; je n'épargnerai rien pour réparer le mal dont je suis la cause innocente.

Bienfaisante appliqua sur la plaie un baume dont les seules fées connaissent la vertu, et le lendemain l'enfant était hors de danger.

— Je vous suis bien obligé de l'avoir guéri, lui dit le bonhomme ; mais je n'en serai pas moins en butte à l'envie et au mauvais vouloir de mes voisins. Croyez-moi, ma bonne mère, quand vous verriez se dessécher tous les arbres du monde, ne vous avisez pas de les faire revivre; que Dieu nous donne ou nous ôte, ce qu'il fait est bien fait, et nous devons nous y tenir.

— Il a raison, pensa la fée; je serais tentée de retourner sur mes pas, car je n'augure rien de bon du reste de mon voyage : cependant il faut pousser l'épreuve jusqu'au bout.

A l'instant elle se rendit invisible et se souhaita chez M. Biendisant. Elle traversa un grand jardin, au bout duquel était le salon. Elle y vit une table bien servie. Le maître du logis y tenait le haut bout, environné de six convives qui mangeaient et parlaient comme des auteurs, c'est-à-dire sans relâche. Quelquefois Biendisant ouvrait la bouche; alors il se faisait un silence subit; on l'écoutait avec attention, on applaudissait à ce qu'il disait.

—O siècle! ô mœurs! s'écria l'un des convives; le mérite gémit dans l'oubli; la pauvreté, le mépris semblent être son partage. A peine pourrait-on nommer vingt auteurs qui n'aient pas à se plaindre de la fortune !

—Le dédain que l'on affiche pour les savants, reprit un autre d'un ton prophétique, est un présage certain de la décadence des sciences et des arts; nous retournons à la barbarie.

— Vous êtes dans l'erreur, dit à son tour Biendisant. Le pays des richesses n'est pas le terroir des auteurs; ils s'y abâtardissent. La pauvreté est, dit-on, mère de l'industrie; sans chercher bien loin, je vous citerai mon propre exemple. Dieu m'avait doué de quelques talents, la nécessité m'engagea à les cultiver. J'étais laborieux; mais cette inclination, que je croyais m'être naturelle, venait du besoin, qui me poussait à travailler. Je me disais alors que je composerais avec bien plus d'ardeur si j'étais délivré du souci de pourvoir à mon existence; je me persuadais que les inquiétudes qui m'assiégeaient empêchaient mon esprit de prendre l'essor. Dans cette disposition, ma bonne ou ma mauvaise étoile me fit rencontrer une fée, qui me mit tout à coup dans une abondance que je n'avais jamais connue. Qu'arriva-t-il? Trop de bien-être me rendit paresseux. Je ne travaille plus; depuis ce jour pas un bon ouvrage n'est sorti de ma plume. Voyez un homme qui aspire à l'Académie! Que de peines ne prend-il pas pour perfectionner ses écrits! Que de préoccupation du succès! A-t-il obtenu ce qu'il désire, il n'est plus le même; il s'endort et ne bat plus que d'une aile. J'en conclus que, dans l'intérêt des lettres, il faut laisser à un auteur l'aiguillon qui le pousse au travail.

— Je suis de votre avis, dit la fée en se rendant visible; je suis comptable au public du bien que vous ne lui avez pas fait. Retournez donc dans la situation d'où je vous ai tiré. J'y joindrai un adoucissement en faveur de votre sincérité. Toutes les fois que vous aurez composé un ouvrage *vraiment utile*, dont vous aurez peine à trouver le débit, vous pourrez compter sur la somme

que vous aurait procurée votre livre si les hommes
avaient le goût aussi bon qu'ils l'ont maintenant dé-
pravé ; et pour ne pas faire de jaloux, j'accorde la même
faveur à vos convives.

— Vivat ! s'écria Biendisant. Je reconnais la justice
de votre arrêt, et ne m'en plains point. Je vous sais
meilleur gré de cette dernière grâce que de la grande
abondance où vous m'aviez mis assez mal à propos.

A peine Bienfaisante eut-elle disparu, que les auteurs se séparèrent, anxieux de mériter ses bienfaits.
Peu y parvinrent, car ce n'est pas chose aisée que de
composer un ouvrage *vraiment utile*.

La fée se souhaita près de la jeune fille dont elle
avait récompensé la piété filiale. Aussitôt elle fut trans-
portée à la porte d'un magnifique hôtel. Elle y entra :
un suisse, à la mine rébarbative, lui demanda ce qu'elle
voulait ?

— Je désirerais, dit-elle, parler à la mère de madame.

— Vous radotez, la vieille, lui répondit ce brutal ;
madame n'a point de mère. Depuis près de neuf ans
que je suis à son service, je n'en ai point entendu parler, et je la suppose morte depuis longtemps.

Bienfaisante ouvrit un livre qu'elle portait toujours
sur elle, où étaient inscrits les noms des personnes
qu'elle avait connues. Ce nom s'effaçait de lui-même
lorsque celui ou celle qu'il désignait mourait. Elle y
trouva le nom de la mère de la jeune fille ; et comme

elle allait faire au suisse de nouvelles questions, elle aperçut une bonne vieille qui, appuyée sur un bâton, s'acheminait vers l'hôtel. Redevenue invisible, elle s'assura qu'en effet le portier ne connaissait pas la mère de sa maîtresse.

— Ne pourrais-je pas parler à madame? demanda la vieille.

— Madame s'est couchée fort tard, dit le suisse; mais elle m'a commandé de ne jamais vous renvoyer; asseyez-vous donc, je vais la faire avertir que vous êtes ici.

La bonne femme soupira, et se croyant seule, elle laissa couler des larmes qu'elle essuya soigneusement lorsqu'elle vit revenir le suisse.

— Suivez-moi, lui dit cet homme; madame est encore au lit, mais elle a ordonné qu'on vous fît monter à sa chambre par l'escalier dérobé.

Bienfaisante pénétra avec eux dans un riche appartement. Elle reconnut la jeune fille, qui tendit les bras à sa mère aussitôt qu'elles furent seules.

— Je suis au désespoir, lui dit-elle, d'avoir été si longtemps sans vous voir; mais, ma chère mère, il ne m'a pas été possible de trouver un moment.

On frappa à la porte. Une femme de chambre annonça le maître de la maison, qui faisait demander s'il était jour chez madame? Il entra, et voyant la vieille qui s'était levée et se tenait à l'écart:

— C'est votre nourrice, je crois? dit-il à sa femme.

Bonjour, ma bonne mère; comment vous portez-vous?

Et, sans attendre la réponse, il raconta les circonstances d'un souper qu'il avait fait la veille avec des amis. Il ajouta qu'il dînerait chez lui ce jour-là; il fit une inclination de tête à la prétendue nourrice, et lui mit un écu dans la main. A peine fut-il sorti, que cette femme s'écria en pleurant :

— Voyez, ma fille, à quoi vous me réduisez? N'est-il pas bien dur pour moi de faire un tel personnage et de recevoir l'aumône de la main de mon gendre? Vous abusez de ma tendresse pour vous, et je suis folle de me prêter au mensonge qu'exige votre orgueil.

— Et pourquoi vous affligez-vous, ma mère? reprit la fille. Pouvez-vous douter de ma tendresse? Vous ai-je jamais laissé manquer de rien?

— Qu'ai-je besoin de vivre dans l'abondance? repartit la mère. J'étais mille fois plus heureuse dans ma pauvreté. J'avais, du moins, une fille qui ne rougissait pas de moi, qui me donnait ses soins. Je l'ai perdue, cette fille, continua-t-elle en sanglotant : c'est aujourd'hui une grande dame qui se croirait déshonorée de m'avouer pour sa mère. Cette pensée me fend le cœur. Je n'ai pas mangé un morceau avec appétit depuis votre mariage, et je meurs à petit feu.

— Ne nous verrons-nous jamais que pour nous affliger mutuellement? dit la fille, qui avait les larmes aux yeux. Voulez-vous me faire perdre l'affection de mon mari, en l'exposant aux sarcasmes du monde? Que dirait-on, si l'on apprenait qu'il a épousé une fille de rien? et pourrions-nous le cacher longtemps, si je vous présentais comme ma mère; car enfin vous n'avez pas les manières et le ton d'une personne distinguée, et c'est ce qui m'oblige à cacher ma tendresse pour vous.

Bienfaisante, oubliant qu'elle était invisible, se laissa emporter à son premier mouvement, et s'écria :

—Quel cœur suis-je parvenue à gâter!

À cette voix, les deux femmes, effrayées, regardèrent de tous côtés et allaient appeler, lorsque la fée se montra. La jeune dame rougit en la voyant; et la fée, lisant dans son âme les justes reproches qu'elle se faisait, ne voulut point aggraver sa peine.

— Apprenez, lui dit-elle, qu'une naissance obscure ne déshonore pas; mais s'efforcer de la cacher, et mentir pour en imposer aux autres, voilà qui est méprisable. Rougissez, non pas d'avoir une mère pauvre, mais d'avoir pu la méconnaître, et hâtez-vous de réparer votre faute en l'avouant, non-seulement aux yeux de votre mari, mais à la face du monde entier, s'il était possible. On n'est vraiment noble que lorsqu'on sait s'élever au-dessus des préjugés du vulgaire, et être vertueux quoi qu'il en coûte.

Pendant que la fée parlait, la jeune dame paraissait fort agitée. Enfin son bon naturel l'emporta. Elle fit prier son mari de passer chez elle, et lui dit :

—Je vous demande pardon, monsieur, de vous avoir

abusé en me faisant descendre d'une famille noble; je
suis née de pauvres artisans, et je gagnais péniblement
ma vie, lorsqu'un léger service rendu à celle que vous
voyez ici me valut sa protection et les biens immenses

qui m'ont élevé au rang de votre femme. Je n'en étais
pas digne, puisque j'ai eu la faiblesse de rougir de ma
mère. Souffrez que je vous la présente, et pardonnez-
moi d'avoir manqué de confiance en vous.

Elle tenait sa mère par la main. Le mari, d'abord

interdit, prit son parti de bonne grâce; il embrassa sa belle-mère, et ne pouvait détacher ses yeux de la fée, qui avait repris sa royale figure.

— Je tremblais, lui dit Bienfaisante, que l'orgueil ne fût le plus fort. J'aurais été bien fâchée de vous enlever mes bienfaits; mais vous les méritez tous deux. Avouez pourtant, madame, que sans cet heureux dénoûment vous auriez eu sujet de vous plaindre de moi, car les richesses que je vous avais données ne valaient certes pas les vertus qu'elles ont failli étouffer dans votre cœur. On risque beaucoup en voulant se mêler de tirer les humains de la condition où la Providence les a placés. Faites en sorte à l'avenir que je n'aie pas de reproches à me faire.

La fée se rendit ensuite chez le père et la mère dont elle avait sauvé le fils unique. Elle les trouva plongés dans le plus affreux désespoir.

—Ah! madame, s'écria le père, dès qu'il l'aperçut, le service que vous nous avez rendu nous a été fatal. Plût à Dieu que le malheureux enfant que vous avez arraché à la mort eût péri en naissant, nous ne serions pas exposés à le voir monter sur un échafaud! Mais, ajouta ce père désolé, je connais votre puissance. Vous pouvez nous rendre une seconde fois notre fils. Tirez-le des mains de la justice, et transportez-le, s'il le faut, dans les pays les plus éloignés.

— Que ne puis-je vous accorder ce que vous me demandez, répondit Bienfaisante, et réparer ainsi le mal que j'ai fait! Mais, en prolongeant les jours d'un coupable, je me rendrais complice des crimes qu'il commettrait de nouveau. Laissez à la Providence le soin de ce qui le touche, et méritez, par votre soumission à ses volontés, qu'elle le prenne en pitié.

Cependant, touchée du désespoir de la mère, la fée allait peut-être oublier sa résolution de ne plus intervenir dans les décrets de la Providence, lorsqu'on vint annoncer aux malheureux parents que leur fils se mourait. Ils conjurèrent alors la fée d'employer son art pour le sauver de nouveau; mais elle n'eut garde de se laisser fléchir, persuadée qu'elle était qu'ils échappaient ainsi à des malheurs plus grands encore, et à la honte de voir leur enfant périr par la main du bourreau.

Il ne lui restait plus qu'à s'informer si la connaissance de l'avenir avait été salutaire à celui qui, n'ayant aucun chagrin réel, s'affligeait de tous ceux qui pouvaient l'atteindre un jour.

Elle arriva devant une chétive maison de campagne, et aperçut à la porte un homme tellement défiguré, qu'elle eut peine à le reconnaître. Il n'en fut pas de même de lui; dès qu'il la vit, il l'accabla d'injures.

— Je ne m'offense point de vos reproches, lui dit la fée : je les mérite sans doute; mais apprenez-moi quelles ont été les suites de la clairvoyance que vous désiriez si fort. Peut-être pourrai-je remédier au mal que j'ai fait sans le vouloir.

— A ce prix, je vous pardonnerai le passé, lui dit

cet homme. Que les mortels sont fous de vouloir percer
le voile que la divine Providence a jeté sur l'avenir ! Les
précautions qu'on prend pour se soustraire aux malheurs futurs, les font souvent arriver. Vous allez en
juger.

« Après vous avoir perdu de vue, j'attendis avec impatience le premier jour de l'an. Il vint enfin ce jour
tant désiré ! Jugez de mon désespoir, en découvrant que
j'étais menacé d'avoir les deux jambes cassées, de perdre mes biens et le peu de bon sens que j'avais avant
la fin de l'année. Comme le premier de ces malheurs
devait m'arriver en janvier, je résolus de le prévenir
en ne bougeant pas de mon lit. J'abandonnai le soin
de mes affaires ; une terreur panique s'empara de moi :
pour tout au monde je n'aurais pas voulu me lever ou
marcher. Le septième jour, lorsque ma femme et mes
domestiques vaquaient à la boutique, le plafond de ma
chambre à coucher s'effondra tout à coup. On me retira à moitié mort de dessous les plâtras, et j'eus non-
seulement les deux jambes brisées, mais le reste du
corps défiguré comme vous le voyez. Ce qu'il y eut de
plus fâcheux dans cet accident, c'est que la frayeur
dérangea mon cerveau. J'ai passé plusieurs années entre les mains des médecins ; ils m'ont guéri, mais les
dépenses ont absorbé la plus grande partie de mon bien.
Le désordre s'est mis dans mes affaires, et je me suis
trouvé réduit à venir habiter cette chaumière, où je
passe mon temps à vous donner au diable, vous et vo-

lre science, attendant avec crainte une autre année qui, en me présageant quelque nouveau désastre, me rendra peut-être fou une seconde fois.

— Ne craignez rien de ce côté, lui dit la fée; désormais vous ne pourrez prévoir l'avenir. Sachez qu'une des plus grandes faveurs que Dieu ait faite à l'homme est de lui cacher les maux qui le menacent. S'en chagriner avant qu'ils arrivent, vouloir les prévenir, est une folie pour le moins aussi funeste que celle que vous avez éprouvée. Confiez-vous désormais à la Providence du soin de veiller sur vous et sur votre famille, qu'elle a protégée. Vous seul, en sortant de son ordre, aviez mérité d'en être abandonné. Que la leçon vous profite! Je veux réparer le tort que je vous ai fait en cédant à vos prières; je vous remets dans l'état où vous étiez quand je vous rencontrai; vous trouverez sur votre table l'équivalent de ce que vous avez perdu. Faites-le profiter comme auparavant, et loin de prévoir des maux imaginaires, jouissez des dons que Dieu vous fait dans le présent.

Profondément convaincue par son expérience qu'il n'appartient pas à des intelligences bornées, ni même à celle des fées, de retoucher aux œuvres du Créateur, Bienfaisante retourna dans son royaume. Elle y interdit pour toujours à ses sujettes l'exercice de l'art de la féerie; et se sentant près de sa fin, elle légua par testament, à l'espèce humaine, les dons précieux de résignation, de force d'âme et de foi, qui font les véritables miracles.

LADY SPIRITUELLE.

Ah! ma Bonne, que je vous remercie! Me voilà corrigée de faire des souhaits.

MADEMOISELLE BONNE.

Il ne nous est pas défendu, ma chère enfant, de souhaiter accomplir tout le bien qui dépend de nous: ainsi désirer de se corriger, de devenir sage et bonne, c'est commencer à l'être. Là, le champ est libre et vaste je vous assure. Pour ma part, je fais du fond du cœur

un souhait en vous quittant, c'est que le souvenir
de nos entretiens puisse contribuer à faire de vous
d'aimables et vertueuses jeunes filles, en attendant
que vous soyez un jour de dignes et bonnes mères de
famille!

TABLE DES MATIÈRES

PARIS. — IMP. SIMON RAÇON ET COMP., RUE D'ERFURTH, 1.

EXTRAIT DU CATALOGUE

DE LA LIBRAIRIE

GARNIER FRÈRES

6, rue des Saints-Pères, et Palais-Royal, 215

DICTIONNAIRE NATIONAL

OUVRAGE ENTIÈREMENT TERMINÉ

MONUMENT ÉLEVÉ A LA GLOIRE DE LA LANGUE ET DES LETTRES FRANÇAISES

Ce grand Dictionnaire classique de la Langue française contient, pour la première fois, outre les mots mis en circulation par la presse, et qui sont devenus une des propriétés de la parole, les noms de tous les Peuples anciens, modernes; de tous les Souverains de chaque État; des Institutions politiques; des Assemblées délibérantes; des Ordres monastiques, militaires; des Sectes religieuses, politiques, philosophiques; des grands Événements historiques: Guerres, Batailles, Siéges, Journées mémorables, Conspirations, Traités de paix, Conciles; des Titres, Dignités, Fonctions, des Hommes ou Femmes célèbres en tout genre; des Personnages historiques de tous les pays et de tous les temps: Saints, Martyrs, Savants, Artistes, Écrivains; des Divinités, Héros et Personnages fabuleux de tous les peuples; des Religions et Cultes divers, Fêtes, Jeux, Cérémonies publiques, Mystères, enfin la Nomenclature de tous les Chefs-lieux, Arrondissements, Cantons, Villes, Fleuves, Rivières, Montagnes de la France et de l'Étranger; avec les Étymologies grecques, latines, arabes, celtiques, germaniques, etc., etc.

Cet ouvrage classique est rédigé sur un plan entièrement neuf, plus exact et plus complet que tous les dictionnaires qui existent, et dans lequel toutes les définitions, toutes les acceptions des mots et les nuances infinies qu'ils ont reçues sont justifiées par plus de quinze cent mille exemples extraits de tous les écrivains moralistes et poëtes, philosophes et historiens, etc., etc. Par M. Bescherelle aîné, principal auteur de la *Grammaire nationale*. 2 magnifiques vol. in-4 de plus de 3,000 pages, à 4 col., imprimés en caractères neufs et très-lisibles, sur papier grand raisin, glacé, contenant la matière de plus de 300 volumes in-8. 50 fr.

Demi-reliure chagrin. . . . . 60 fr.

GRAMMAIRE NATIONALE

Ou Grammaire de Voltaire, de Racine, de Bossuet, de Fénelon, de J. Rousseau, de Bernardin de Saint-Pierre, de Chateaubriand, de Casimir Delavigne, et de tous les écrivains les plus distingués de la France; par MM. Bescherelle frères et Litais de Gaux. 1 fort vol. grand in-8, 12 fr. net. . . . . 10 fr.

Complément indispensable du DICTIONNAIRE NATIONAL.

DICTIONNAIRE USUEL DE TOUS LES VERBES FRANÇAIS

Tant réguliers qu'irréguliers, entièrement conjugués, par BESCHERELLE frères. 2 vol. in-8 à 2 colonnes. . . . . 12 fr.

Ce livre est indispensable à tous les écrivains et à toutes les personnes qui s'occupent de la langue française, car le verbe est le mot qui, dans le discours, joue le plus grand rôle; il entre dans toutes les propositions, pour être le lien de nos pensées et y répandre la clarté et la vie; aussi les Latins lui avaient donné le nom de *verbum* pour exprimer qu'il est le mot nécessaire, le mot par excellence. La conjugaison des verbes est sans contredit ce qu'il y a de plus difficile dans notre langue, puisqu'on y compte plus de trois cents verbes irréguliers. A l'aide de ce dictionnaire, tous les doutes sont levés, toutes les difficultés vaincues.

LE VÉRITABLE MANUEL DES CONJUGAISONS

Ou Dictionnaire des 8,000 verbes, par BESCHERELLE frères. Troisième édition. 1 vol. in-18. . . . . 3 fr. 75

GRAND DICTIONNAIRE ESPAGNOL-FRANÇAIS ET FRANÇAIS-ESPAGNOL

Avec la prononciation dans les deux langues, plus exact et plus complet que tous ceux qui ont paru jusqu'à ce jour, rédigé d'après les matériaux réunis par D. VICENTE SALVA, et les meilleurs dictionnaires anciens et modernes, par F. DE P. NORIEGA et GUIM. 1 fort vol. grand in-8 jésus d'environ 1,600 pages à 5 colonnes. . . . . 18 fr.

PETIT DICTIONNAIRE NATIONAL

Contenant la définition très-claire et très-exacte de tous les mots de la langue usuelle; l'explication la plus simple des termes scientifiques et techniques; la prononciation figurée dans tous les cas douteux ou difficiles, etc., à l'usage de la jeunesse, des maisons d'éducation qui ont besoin de renseignements prompts et précis sur la langue française; par BESCHERELLE aîné, auteur du *Grand Dictionnaire national*, etc. 1 fort volume in-32 jésus de plus de 600 pages. . . . . 2 fr. 25

NOUVEAU DICTIONNAIRE ANGLAIS-FRANÇAIS ET FRANÇAIS-ANGLAIS

Contenant tout le vocabulaire de la langue usuelle, et donnant la prononciation figurée de tous les mots anglais et celle des mots français dans les cas douteux ou difficiles, par CLIFTON. 1 beau volume grand in-32 de 1,000 pages environ. . . . . 4 fr. 50

NOUVEAU DICTIONNAIRE ALLEMAND-FRANÇAIS ET FRANÇAIS-ALLEMAND

Du langage littéraire, scientifique et usuel; contenant à leur ordre alphabétique tous les mots usités et nouveaux de ces deux idiomes; les noms propres de personnes, de pays, de villes, etc.; la solution des difficultés que présentent la prononciation, la grammaire et les idiotismes; et suivi d'un tableau de verbes irréguliers, par K. ROTTECK (de Berlin). 1 fort vol. grand in-32 jésus (édition galvanoplastique). . . . . 4 fr. 50

NOUVEAU DICTIONNAIRE DE POCHE FRANÇAIS-ESPAGNOL ET ESPAGNOL-FRANÇAIS

Avec la prononciation dans les deux langues, rédigé d'après les matériaux réunis, par D. VICENTE SALVA, et les meilleurs dictionnaires parus jusqu'à ce jour, 1 fort vol. gr. in-32, format dit Cazin d'environ 1 100 pag. 5 fr.

GRAND DICTIONNAIRE ITALIEN-FRANÇAIS
ET FRANÇAIS-ITALIEN

Par BARBERI, continué et terminé par BASTI et CERATI. 2 gros vol. in-4,
contenant 2,500 pages, 45 fr.; net. . . . . 25 fr.

LE NOUVEAU MAITRE ITALIEN

Abrégé de la Grammaire des Grammaires italiennes, simplifié et mis à la
portée de tous les commençants, divisé par leçons, avec des thèmes
gradués pour s'exercer à parler dès les premières leçons et s'habituer
aux inversions italiennes, par J. Ph. BARBERI, auteur du *Grand Dictionnaire italien-français.* 1 fort vol. in-8, 6 fr.; net. . . . . 4 fr.

DICTIONNAIRE USUEL DE GÉOGRAPHIE MODERNE

Contenant : les articles les plus nécessaires de la géographie ancienne,
ce qu'il y a de plus important dans la géographie historique du moyen
âge, le résumé de la statistique générale des grands États et des villes
les plus importantes du globe, par M. D. DE RIENZI. Nouvelle édition.
1 fort vol. in-8, à 2 col., orné de 9 cartes col. . . . . . . 8 fr.

DICTIONNAIRE GÉOGRAPHIQUE, STATISTIQUE ET POSTAL
DES COMMUNES DE FRANCE

Dédié au commerce, à l'industrie et à toutes les administrations publiques,
par M. A. PEIGNÉ, auteur du *Dictionnaire portatif de la langue française*
et de plusieurs ouvrages d'instruction; avec la carte des postes. Cet
ouvrage, par la multiplicité et l'exactitude des renseignements qu'il
fournit, est indispensable à tout commerçant, voyageur, industriel et
employé d'administration, dont il est le *vade mecum.* . . . . . . 5 fr.

GUIDES POLYGLOTTES, MANUELS DE LA CONVERSATION
ET DU STYLE ÉPISTOLAIRE

A l'usage des voyageurs et de la jeunesse des écoles, par MM. CLIFTON,
VITALI, CORONA, BUSTAMENTE, EBELING, CAROLINO DUARTE. Grand in-32, for-
mat dit Cazin, papier satiné, élégamment cartonnés. Le vol. . 2 fr.
Jolie reliure toile. . . . . 50 c. le vol. en plus.

Français-Anglais. 1 vol in-32.	**English-Portuguese.** 1 vol. in-32
Français-Italien. 1 vol. in-32.	**Español-Inglés.** 1 vol. in-32.
Français-Allemand. 1 vol. in-32.	**Anglais-Allemand.** 1 vol. in-32.
Français-Espagnol. 1 vol. in-32.	**Español-Italiano.** 1 vol. in-32.
Français-Portugais. 1 vol. in-32.	**Portuguez-Francez.** 1 vol. in-32.
Español-Francés. 1 vol. in-32.	**Portuguez-Inglez.** 1 vol. in-32.
English-French. 1 vol. in-32.	

GUIDE EN SIX LANGUES. — Français-anglais-allemand-italien-
espagnol-portugais. 1 fort vol. in-16 de 550 pages. Prix. . . . . 5 fr.

Nous appelons d'une manière toute spéciale l'attention sur nos *Guides poly-
glottes.* Le soin intelligent et scrupuleux qui en a dirigé l'exécution leur assure
parmi les livres de ce genre, une incontestable supériorité. Le texte original a
été fait et préparé, avec beaucoup d'adresse et d'habileté, par un maître de con-
férence à l'École normale supérieure. Les besoins de la conversation usuelle y
sont très-heureusement prévus. Les dialogues, au lieu de se traîner dans l'or-
nière des banalités ennuyeuses, ont un à-propos, une vivacité, un sel, qui amusent et réveillent le lecteur. L'auteur a eu l'art de joindre l'*agréable* à l'*utile.*

GÉOGRAPHIE UNIVERSELLE

Par MALTE-BRUN, description de toutes les parties du monde sur un nouveau plan, d'après les grandes divisions du globe; précédée de l'Histoire de la Géographie chez les peuples anciens et modernes, et d'une Théorie générale de la Géographie mathématique, physique et politique. Sixième édition, revue, corrigée et augmentée, mise dans un nouvel ordre et enrichie de toutes les nouvelles découvertes, par J. J. N. HUOT. 6 beaux vol. grand in-8, enrichis de 41 gravures sur acier. . . 60 fr. Avec un superbe atlas entièrement établi à neuf. 1 vol. in-folio, composé de 72 magnifiques cartes coloriées, dont 14 doubles. . . . . . 80 fr.

On se plaignait généralement de la sécheresse de la géographie, lorsque, après quinze années de lectures et d'études, Malte-Brun conçut la pensée de renfermer dans une suite de discours historiques l'ensemble de la géographie ancienne et moderne, de manière à laisser, dans l'esprit d'un lecteur attentif, l'image vivante de la terre entière, avec toutes ses contrées diverses, et avec les lieux mémorables qu'elles renferment et les peuples qui les ont habitées ou qui les habitent encore.

Il s'est dit : « La géographie n'est-elle pas la sœur et l'émule de l'histoire! Si l'une a le pouvoir de ressusciter les générations passées, l'autre ne saurait-elle fixer, dans une image mobile, les tableaux vivants de l'histoire en retraçant à la pensée cet éternel théâtre de nos courtes misères? cette vaste scène, jonchée des débris de tant d'empires, et cette immuable nature, toujours occupée à réparer, par ses bienfaits, les ravages de nos discordes? Et cette description du globe n'est-elle pas intimement liée à l'étude de l'homme, à celle des mœurs et des institutions! n'offre-t-elle pas à toutes les sciences politiques des renseignements précieux! aux diverses branches de l'histoire naturelle, un complément nécessaire? à la littérature elle-même, un vaste trésor de sentiments et d'images! »

DICTIONNAIRE DE LA CONVERSATION ET DE LA LECTURE

52 vol. grand in-8 de 500 pages à 2 col., contenant la matière de plus de 300 vol. . . . . 208 fr.

Œuvre éminemment littéraire et scientifique, produit de l'association de toutes les illustrations de l'époque, sans acception de partis ou d'opinions, le *Dictionnaire de la Conversation* a depuis longtemps sa place marquée dans la bibliothèque de tout homme de goût, qui aime à retrouver formulées en préceptes généraux ses idées déjà arrêtées sur l'histoire, les arts et les sciences.

SUPPLÉMENT AU
DICTIONNAIRE DE LA CONVERSATION ET DE LA LECTURE

Rédigé par tous les écrivains dont les noms figurent dans cet ouvrage, et publié sous la direction du même rédacteur en chef. 16 vol. gr. in-8 de 500 pages, conformes aux 52 vol. publiés de 1832 à 1839. . 80 fr.

Le *Supplément*, aujourd'hui TERMINÉ, se compose de *seize volumes* formant les tomes LIII à LXVIII de cette Encyclopédie si populaire.

Ce *Supplément* a réparé toutes les erreurs, toutes les omissions qui avaient échappé dans le travail si rapide de la rédaction des 52 premiers volumes. Tous les *renvois* que le lecteur cherchait vainement dans l'ouvrage principal se trouvent traités dans le *Supplément*, quelques articles jugés insuffisants ont été refaits.

Qui ne sait l'immense succès du *Dictionnaire de la Conversation*! Plus de 19,000 exemplaires des tomes I à LII ont été vendus; mais, aujourd'hui, les seuls exemplaires qui conservent toute *leur valeur* primitive sont ceux qui possèdent le *Supplément*, en d'autres termes, les tomes LIII à LXVIII.

Comme les seize volumes supplémentaires n'ont été tirés qu'à 3,000, ils ne tarderont pas à être épuisés.

Nous nous bornerons à prévenir les possesseurs des tomes I à LII qu'avant peu de temps il nous sera impossible de compléter leurs exemplaires et de leur fournir les tomes LIII à LXVIII; car ils s'épuisent plus rapidement que nous ne l'avions pensé.

Prix des seize vol. du *Supplément* (tomes LIII à LXVIII), 80 fr.; le v 5 fr.